俗世百味

梁晓声 著

贵州出版集团
贵州人民出版社

图书在版编目（CIP）数据

俗世百味 / 梁晓声著 . -- 贵阳：贵州人民出版社，
2022.8
ISBN 978-7-221-17012-5

Ⅰ．①俗… Ⅱ．①梁… Ⅲ．①散文集－中国－当代
Ⅳ．① I267

中国版本图书馆 CIP 数据核字 (2021) 第 281348 号

俗世百味

SUSHI BAIWEI

梁晓声 / 著

出版统筹	新华先锋
出版人	王　旭
责任编辑	戴　俊
特邀编辑	杨安婷
装帧设计	王　鑫
出版发行	贵州出版集团　贵州人民出版社
地　　址	贵阳市观山湖区会展东路 SOHO 办公区 A 座
邮　　编	550081
印　　刷	三河市宏达印刷有限公司
开　　本	620mm×889mm　1/16
印　　张	15
字　　数	203 千字
版次印次	2022 年 8 月第 1 版　2022 年 8 月第 1 次印刷
书　　号	ISBN 978-7-221-17012-5

定　　价　49.00 元

录

第
一
章

俗世烟火气

小垃圾女

　　我第一次见到她，是在元月下旬的一个日子，刮着五六级风。家居对面，元大都遗址上的高树矮树，皆低俯着它们光秃秃的树冠，表示对冬季之厉色的臣服。偏偏十点左右，商场来电话，通知安装抽油烟机的师傅往我家出发了……

　　前一天我就将旧的抽油烟机卸下来丢弃在楼口外了。它已为我家厨房服役十余年，油污得不成样子。我早就对它腻歪透了。一除去它，上下左右的油污彻底暴露，我得赶在安装师傅到来之前刮擦干净。洗涤灵、去污粉之类难起作用，我想到了用湿抹布滚粘了沙子去污的办法。我在外边寻找到些沙子用小盆往回端时，见个十一二岁的女孩儿，站在铁栅栏旁。我丢弃的那台脏兮兮的抽油烟机，已被她弄到那儿。并且，一半已从栅栏底下弄到栅栏外；另一半，被突出的部分卡住。

　　女孩儿正使劲跺踏着。她穿得很单薄，衣服裤子旧而且小。脚上是一双夏天穿的扣绊布鞋，破袜子露脚面。两条齐肩小辫，用不同颜色的头绳扎着。她一看见我，立刻停止跺踏，双手攥一根栅栏，双脚蹬在栅栏的横条上，悠荡着身子，仿佛在那儿玩的样子。那儿少了一根铁栅，传达室的朱师傅用粗铁丝拦了几道。对于那女孩儿来说，钻进钻出仍是很容易的。分明，只要我使她感到害怕，她便会一下子钻出去逃之夭夭。而我为了不使她感到害怕，主动说："孩子，你是没法弄走它的呀！"——倘她由于害怕我仓皇钻出时刮破了衣服，甚或刮伤了哪儿，我内心里肯定会觉得不安的。

她却说："是一个叔叔给我的。"又开始用她的一只小脚踩踏。

果而有什么"叔叔"给她的话，那么只能是我。我当然没有。

我说："是吗？"

她说："真的。"

我说："你可小心……"

我的话还没说完，她已弯下腰去，一手捂着脚腕了。破裂了的塑料是很锋利的。我说："唉，扎着了吧？你倒是要这么脏兮兮的东西干什么呢？"她说："卖钱。"其声细小。说罢抬头望我，泪汪汪的。显然是疼的。接着低头看自己捂过脚腕的小手，手掌心上染血了。我端着半盆沙子，一时因我的明知故问和她小手上的血而呆在那儿。她又说："我是穷人的女儿。"其声更细小了。她的话使我那么的始料不及，我张张嘴，竟不知再说什么好。而商场派来的师傅到了，我只有引领他们回家。他们安装时，我翻出一片创可贴，去给那女孩儿，却见她蹲在那儿哭，脏兮兮的抽油烟机不见了。我问哪儿去了？

她说被两个蹬手板车收破烂儿的大男人抢去了。说他们中一个跳过栅栏，一接一递，没费什么事儿抽油烟机就成他们的了……我问能卖多少钱？她说十元都不止呢，哭得更伤心了。我替她用创可贴护上了脚腕的伤口，又问："谁教你对人说你是穷人的女儿？"她说："没人教，我本来就是。"我不相信没人教她，但也不再问什么。我将她带到家门口，给了她几件不久前清理的旧衣物。她说："穷人的女儿谢谢您了叔叔。"我又始料不及，觉得脸上发烧。我兜里有些零钱，本打算掏出全给了她的。但一只手虽已插入兜里，却没往外掏。那女孩儿的眼，希冀地盯着我那只手和那衣兜。我说："不用谢，去吧。"她单肩背起小布包下楼时，我又说："过几天再来，我还有些书刊给你。"听着她的脚步声消失在外边我才抽出手，不知不觉中竟出了一手的汗。我当时真不明白我是怎么了……

事实上我早已察觉到了那女孩儿对我的生活空间的"入侵"。那是一种诡秘的行径。但仅仅诡秘而已，绝不具有任何冒犯的意味，更不具有什么危险的性质。无非是些打算送给朱师傅去卖，暂且放在门外过道的旧物，每每再一出门就不翼而飞了。左邻右舍都曾说撞见过一个小小年纪的"女贼"在偷东西。我想，便是那"穷人的女儿"无疑了……

四五天后的一个早晨我去散步，刚出楼口又一眼看见了她。仍在第一次见到她的地方，她仍然悠荡着身子在玩儿似的。她也同时看见了我，语调亲昵地叫了声叔叔。而我，若未见她，已将她这一个穷人的女儿忘了。

我驻足问："你怎么又来了？"

她说："我在等您呀叔叔。"语调中掺入了怯怯的、自感卑贱似的成分。

我说："等我？等我干什么？"

她说："您不是答应再给我些您家不要的东西吗？"

我这才想起对她的许诺，搪塞地说："挺多呢，你也拎不动啊！"

"喏"——她朝一旁翘了翘下巴，一个小车就在她脚旁。说那是"车"，很牵强，只不过是一块带轮子的车底板。显然也是别人家扔的，被她捡了。

我问她："脚好了吗？"她说："还贴着创可贴呢，但已经不怎么疼了。"之后，一双大眼瞪着我又强调地说："我都等了您几个早晨了。"

我说："女孩儿，你得知道，我家要处理的东西，一向都是给传达室朱师傅的。已经给了几年了。"我的言下之意是，不能由于你改变了啊！

她那双大眼睛微微一眯，凝视我片刻说："他家里有个十八九岁的残疾女儿，你喜欢她是不是？"

我不禁笑着点了一下头。

"那，一次给他家，一次给我，行不？"她专执一念地对我进行说服。

我又笑了。我说："前几天刚给过你一次，再有不是该给她家了么？"

她眨眨眼说："那，你已经给他家几年了，也多轮我几次吧！"

我又想笑，却怎么也笑不起来了。心里一时很觉酸楚，替眼前花蕾之龄的女孩儿，也替她那张能说会道的小嘴儿。我终不忍令她太过失望，二次使她满足……

我第三次见到那女孩儿，日子已快临近春节了。我开口便道："这次可没什么东西打发你了。"

女孩儿说："我不是来要东西的。"她说从我给她的旧书刊中发现了一个信封，怕我找不到着急，所以接连两三天带在身上，要当面交我。

那信封封着口，无字。我撕开一看，是稿费单及税单而已。

她问："很重要吧？"

我说："是的，很重要，谢谢你。"

她笑了："咱俩之间还谢什么。"

她那窃喜的模样，如同受到了庄严的表彰。而我却看出了破绽——封口处，留下了两个小小的脏手印儿。夹在书刊里寄给我的单据，从来是不封信封口的。好一个狡黠的"穷人的女儿"啊！她对我动的小心眼令我心疼她。

"看"——她将一只脚伸过栅栏，我发现她脚上已穿着双新的棉鞋了，摊儿上卖的那一种。并且，她一偏她的头，故意让我瞧见她的两只小辫已扎着红绫了。

我说："你今天真漂亮。"

她悠荡着身子说："我妈妈决定，今年春节我们不回老家了。"

"爸爸是干什么的？"

她略一愣，遂低下了头。

我正后悔自己不该问，她抬起头说："叔叔，初一早晨我会给您拜年。"我说不必。她说一定。我说我也许会睡懒觉。她说那她就等。说您不会初一整天不出家门的呀。说她连拜年的话都想好了"叔叔马年吉祥，恭喜发财！""叔叔我一定来给你拜年！"说完，猛转身一蹦一跳地跑了。两只小辫上扎的红绫，像两只蝴蝶在她左右肩翻飞……

初一我起得很早。倒并不是因为和那"穷人的女儿"有个比较郑重的约会，而是由于三十儿夜晚看一本书看得失眠了。我是个越失眠反而越早起的人。却也不能说与那个比较郑重的约会毫无关系。其实我挺希望初一一大早走出家门，一眼看见一个一身簇新，手儿脸儿洗得干干净净，两条齐肩小辫扎得精精神神的小姑娘快活地大声给我拜年："叔叔马年吉祥，恭喜发财！"——尽管我不相信那真能给我带来什么财运……

一上午，我多次伫立窗口朝下望，却始终不见那"穷人的女儿"的小身影。下午也是。到今天为止，我再没见过她。却时而想到她。每一想到，便不由得在内心默默祈祷：小姑娘，马年吉祥，恭喜发财！……

我 与 浪 漫 青 年

耿明同志：

明明数次从南昌打来电话，嘱我为《七彩帆》写篇什么，拖延至今，时日渐久，心内常常不安。奈何近一年中，旧病新疾，轮番侵体，间或执笔，皆因"一诺千金"而已。更何况颈椎骨质增生，伏案片刻，头晕目眩。

值此春节假日期间，自我感觉稍转良好，复您一信，权当"交卷"，以了心债之累。

思来想去，一时竟不知作篇什么"文章"为好。倒是忆起我与明明十余年的友情，个中体会种种，于我自己，于明明，以及许许多多当代青年，似不无益处，可供浅显的参考……

大约十年前，明明出现在我家里。那时的他，许是刚刚二十出头。不谙世故，严格地说，乃一单纯少年。

他是到北京来报考中央民族音乐学院的。他是前一年的高考落榜生。正如流行歌曲里唱的，那挫折仿佛是他"心口永远的痛"。尽管他不曾多谈这一点，然而我看得出来，也十分理解。

当年流行歌曲还没像如今这么流行。但是据我想来，他是立志要在北京成为一名通俗歌手的。他是个热爱音乐，更具体地说，是个热爱声乐的少年。他有自信心，然而也很明智。

在我的办公室里，他对我说："今后的时代，通俗歌曲在中国必有大的发展趋势。我有一副适于演唱通俗歌曲的嗓子……"还说："我知道，仅靠先天素质是不行的。所以我希望获得专业学习和训练的机会……"

他最喜欢，也可以说最崇拜的当年的歌手关贵敏。虽然关贵敏不是通俗歌手，而是当年很优秀的民歌手。

但是他又说——他认为，通俗歌曲和民族歌曲之间，有着类乎血肺的"亲缘关系"。其演唱技法，也互有可借鉴之处。

最终——他道出了他的愿望——如能拜关贵敏为师，于他不啻是三生有幸的事。

这也是他对我的请求——据他想来，梁晓声哈尔滨人也，关贵敏哈尔滨人也。一文一艺，想必我们是认识的……

而我却不认识关贵敏。尽管当年我也十分喜欢关贵敏唱的歌。按今天的说法，当年我何尝不是"二关"的"发烧友"呢——无论是关贵敏还是关牧村，无论走在路上抑或已在伏案创作，一听到"二关"的歌唱，正走在路上我会不由自主地驻足，正在创作我会立刻放下手中的笔……

面对明明这样一位少年，除了答应他的请求，当年我又能说些别的什么呢？答应别人的请求或拒绝别人的请求，有时对我都是一件难事，有时对我，后一种难比前一种难更难……

于是明明在我家里住下，和我的老父亲一起，住在我的办公室里……

于是有一天，在我的记忆里，是初春或秋末的一个雨天，我去到了中央民族音乐学院，问清了关贵敏的住处，又从中央民族音乐学院去到了他家里……

当年关贵敏还未结婚。

关贵敏是一个好人，是一个性格内向的好人。这是那一天他给我留下的印象。这一印象极为深刻，至今我们仍能忆起他当时那种不苟言笑、不善言谈的样子。

听我讲明来意，他说："那么好吧，就让那个徐明明来找我吧。只要他在声乐方面真有培养前途，我一定以最负责任的态度指导他，若能帮助一个青年实现他的理想，对我来说，是和你一样乐于做的事。"

这件事我们几分钟内就谈完了。

接下来，我们还详细谈了明明的食宿问题。因为明明来京前并未了解清楚——那一年中央民族音乐学院因院舍修建。学生宿舍人满为患，决定当年不招新生……

我说明明仍可以和我的老父亲住在我的办公室……

他说他可以对校方讲明明是他的亲戚——这样明明便可以在民族音乐学院的食堂用餐……

几天后明明带了我的信去见关贵敏……

然而一个星期后明明还是离开了北京。原因有两方面，其一是，他自觉长久住在我处，会给我添太多麻烦，他于心不忍。其二是，我非常婉转地，将关贵敏对他"考试"后的坦诚的评价告知他——经过专业训练，他的演唱水平当然会大大提高，但要成为一名出色的歌手，显然有"先天不足"之憾……

于今，明明一直感念我对他在北京的日子里的关照。我却每每忆起当年之事，心中内疚不已。因为——在他走时，我曾以很烦躁的态度对待过他……

他向我借二百元钱——说是要为父母买些东西带回去。而我，刚刚因他受过厂保卫处的批评。按照北影厂规，是不得将外单位尤其是外地人留宿在办公室的。而且，也刚刚觉得受了一次欺骗——一名来自湖南的少年，在我家里住了数日后，我给了他一百元钱，嘱他买火车票回乡。可半月后他又出现在我面前，并没回家乡，始终流浪在北京，而我给他的一百元钱却花光了。

明明会不会也如此呢？

当时还有几位客人在场。他们都用制止的目光看着我。他们目光所含的意思，我理解得很是分明——梁晓声你如果将钱借给这个外地的小青年，那你就是天字第一号的大傻瓜了。你受过一次骗还不够吗？……

我还是将钱借给明明了。

他会还我吗？我不知道……

二百元在今天而言有些微不足道。但是于当年而言，于当年的我而言，也是一笔数目可观的钱啊。相当于我三个月的工资，相当于我发表一篇一万余字的小说的稿费……

最主要的——我怕我再受一次骗。一个人受骗的次数多了，也许心肠就会变冷了。我很怕我变成一个冷心肠的人，很怕我变成一个面对求助者无动于衷的人……

两个月后，我收到了明明寄还的钱。当时我内心的喜悦真是无法形容。明明也许至今不知，在这一点上，我是多么感激他！正如他感激我。我曾将汇款单给不少嘲笑我迂腐的人看，对他们说——这个从南昌来的少年，并非像他们所以为的那样……

后来我对明明人生路上的方方面面一直很关心，实在是包含着我对自己也曾疑心过他的那一份儿自责啊！……

我以为，当年明明在北京的日子里，我对他的一些关照，实在是微不足道的。但我以后告诉他的一些道理，即或将来，对明明却可能仍是有益的。对许许多多像明明当年一样的现在的青少年，也是可以参考的……

我曾对明明说——一个青年，当他在愿望选择方面，经受了人生的最初的几次挫折甚至打击之后，尤其是，在他的家庭没最充足的经济实力资助他专执一念继续百折不挠下去时，他便应转而考虑最现实的选择，也是对每个人来说当务之急的选择——职业。有了职业便有了工资收入；有了工资收入，便是一个自食其力的人了，便起码是一个经济方面"自给自足"的人了。而一个自食其力的人，才最有资格最有条件去追求愿望的实现，才经受得起人生更多次的更大些的挫折和坎坷。一举成名的机会只属于为数不多的天才。而即或确是天才，谁知又有多少，终因首先不能是一个自食其力的人竟被客观生存原因所毁灭？

我们大多数人不是天才。一举成名不是属于我们大多数人的机会。我们大多数人几乎每时每刻都离不开钱，而钱对我们大多数人来说，只能靠自己去挣。连一份足以养活自己的钱都挣不到的人，好比连一片可供自己生存的草地都寻找不到的牛羊，除了饿毙没有别的下场……

明明开始将他的愿望由成为一名歌唱家转向成为一名作家。他发誓在三年内写出获奖作品，在五年内成为文坛新秀。为了实现这第二个愿望他在郊区租了房子，将一篇又一篇作品寄给我……

而我每次回信总是对他谈一件事——工作、工作、工作。

两年内他一篇作品也没发表出来……

两年后他有了第一份工作，临时的……

当他在长途电话里告诉我这一点，我内心里真是为他高兴啊！

记得我在信里曾对他说——明明，现在，你尽可以利用一切业余时间去开发自己的种种潜质，去证明自己的种种才华了。你将会明白——一份足以确保自己生活不成问题的工作，和一个人实现自己的愿望选择的条件之间，不是矛盾的，而是相辅相成的。现在，只有现在，我才想告诉你——好好写！继续写下去吧！你已大有进步！你已付出了不少，离收获也便不远了……

初一晚上，明明从南昌打来了向我拜年的长途电话。他说——他又将调转工作了。而这一次调转，可以说十分贴近他的愿望了。如今的明明，不但是一个自食其力的人了，而且，大约还是一个拥有"个体营业执照"的法人了吧？生活上没有后顾之忧，他的小说、散文、诗,都越写越好了,已接连获了几次奖呢!……

我祈祝他再为自己寻找到一位好妻子。果如我祝,明明必会有更令人可喜的成功。

忆起这些,屈指算来——十余年矣。对于我们大多数并非天才的人,尤其是青年,从依赖父母供养而至自食其力而至在人生旅途中达到顺境,大抵确乎需要十年的时间。这是一条普遍的规律。我们大多数人的命运,脱离不了这一规律。至于少数并非什么天才而又一帆风顺的人的经历,其实没有任何普遍性。从中也总结不出任何有普遍意义的人生经验。那除了是"幸运",不是别的。把人生押在"幸运"二字上,对大多数人和大多数青年,是再糟糕不过的……

由明明我忆起另一位青年诗人。他流浪在北京,希望靠写诗养活自己并且成名。除了写诗,任何职业都是他所不屑的。他偏执得令我吃惊。"流浪诗人"这听起来多么浪漫!但当他又有一天一文不名地"流浪"到我家时,我已经认识到我的帮助对他毫无意义了。我没能力供养一位只写诗,其他任何事都懒得做的诗人……

他已三十多岁了,我又可怜他又无能为力。他父亲七十多岁了,生着病,领着民政局的抚恤金。而他,仍靠他父亲用抚恤金养着。

说实在的,我甚至已不同情他不可怜他了,开始觉得他不是个东西了。断定他也成不了什么大诗人……

青年朋友们,请记住我的话——当你从父母的卵翼之下走向社会,首要的,第一位的,便是使自己成为一个自食其力的人。其次再遑论人生的别的什么……

我的小朋友徐明明对此最有体会了。

初 恋 杂 感

我的初恋发生在北大荒。

许多读者总以为我小说中的某个女性，是我恋人的影子，那就大错特错了。她们仅是一些文学加工了的知青形象而已，是很理想化了的女性。她们的存在，只证明作为一个男人，我喜爱温柔的、善良的、性格内向的、情感纯真的女性。

有位青年评论家曾著文，专门研究和探讨一批男性知青作家笔下的女性形象，发现他们（当然包括我）倾注感情着力刻画的年轻女性，尽管千差万别，但大抵如是。我认为这是表现在一代人的情爱史上惨淡的文化现象和倾向。开朗活泼的性格，对于年轻的女性，当年太容易成为指责与批评的目标。在和时代的对抗中，最终妥协的大抵是她们自己。

文章又进一步论证，纵观大多数男性作家笔下缱绻呼出的女性，似乎足以得出结论——在情爱方面，一代知青是失落了的。

我认为这个结论是大致正确的。

我那个连队，有一排宿舍——破仓库改建的，东倒西歪。中间是过廊，将它一分为二。左面住男知青，右面住女知青。除了开会，互不往来。

幸而知青少，不得不混编排。劳动还往往在一块儿。既一块儿劳动，便少不了说说笑笑，却极有分寸，任谁也不敢超越。男女知青打打闹闹，是违反行为规范和道德准则的，是要受批评的。

但毕竟都是少男少女，情萌心动，在所难免，却都抑制着。对于当年的我们，政治荣誉是第一位的，情爱不知排在第几位。

星期日，倘到别人的连队去看同学，男知青可以与男知青结伴而行，不可与女知青结伴而行。为防止半路汇合，偷偷结伴，实行了"批条制"——离开连队，由连长或指导员批条，到了某一连队，由某一连队的连长或指导员签字。路上时间过长，便遭讯问——哪里去了？刚刚批准了男知青，那么随后请求批条的女知青必定在两小时后才能获准。堵住一切"可乘之机"。

如上所述，我的初恋于我实在是种"幸运"，也实在是偶然降临的。

那时我是位尽职尽责的小学教师，二十三岁，已当过班长、排长，获得过"五好战士"证书，参加过"学习毛主席著作积极分子代表大会"。但没爱过。

我探家回到连队，正是九月，大宿舍修火炕，我那二尺宽的炕面被扒了，还没抹泥。我正愁无处睡，卫生所的戴医生来找我——她是黑河医校毕业的，二十七岁，在我眼中是老大姐。我的成人意识确立得很晚。

她说她回黑河结婚。她说她走之后，卫生所只剩卫生员小董一人，守着四间屋子，她有点不放心。卫生所后面就是麦场，麦场后面就是山了。她说小董自己觉得挺害怕的。最后她问我愿不愿在卫生所暂住一段日子，住到她回来。

我犹豫，顾虑重重。她说："第一，你是男的，比女的更能给小董壮壮胆。第二，你是教师，我信任。第三，这件事已跟连里请求过，连里同意。"我便打消了重重顾虑，表示愿意。那时我还没跟小董说过话。卫生所一个房间是药房（兼作戴医生和小董的卧室），一个房间是门诊室，一个房间是临时看护室（只有两个床位），第四个房间是注射消毒蒸馏室。四个房间都不大。我住临时看护室，每晚与小董之间隔着门诊室。

除了第一天和小董之间说过几句话，在头一个星期内，我们几乎就没交谈过。甚至没打过几次照面。因为她起得比我早，我去上课时，她已坐在药房兼她的卧室里看医药书籍了。她很爱她的工作，很有上进心，巴望着轮到她参加团卫生员集训班，毕业后由卫生员转为医生。下午，我大部分时间仍回大宿舍备课——除了病号，知青都出工去了，大宿舍里很安静。往往是晚上十点以后回卫生所睡觉。

"梁老师，回来没有？"

小董照例在她的房间里大声问。

"回来了！"

我照例在我的房间里如此回答。

"还出去吗？"

"不出去了。"

"那我插门啦？"

"插门吧。"

于是门一插上，卫生所自成一统。她不到我的房间里来，我也不到她的房间里去。

"梁老师！"

"什么事？"

"我的手表停了。现在几点了？"

"差五分十一点。你还没睡？"

"没睡。"

"干什么呐？"

"织毛衣呢！"

我清清楚楚地记得，只有那一次，我们隔着一个房间，在晚上差五分十一点的时候，大声交谈了一次。

我们似乎谁也不会主动接近谁。我的存在，不过是为她壮胆，好比一条警觉的野狗——仅仅是为她壮胆。仿佛有谁暗中监视着我们的一举一动，使我们不得接近。亦不敢贸然接近。但正是这种主要由我们双方拘谨心理营造成的并不自然的情况，反倒使我们彼此暗暗产生了最初的好感。因为那种拘谨心理，最是特定年代中一代人的特定心理。一种荒谬的道德原则规范了的行为。如果我对她表现得过于主动亲近，她则大有可能猜疑我"居心不良"。如果她对我表现得过于主动亲近，我则大有可能视她为一个轻浮的姑娘。其实我们都想接近，想交谈，想彼此了解。

小董是牡丹江市知青，在她眼里，我也属于大城市知青，在我眼里，她并不美丽，也谈不上漂亮，我并不被她的外貌吸引。

每天我起来时，炉上总是有一盆她为我热的洗脸水。接连几天，我便很过意不去。于是有天我也早早起身，想照样为她热盆洗脸水。结果我们同时走出各自的住室。她让我先洗，我让她先洗，我们都有点不好意思。

那一天中午我回到住室，见早晨没来得及叠的被子叠得整整齐齐，房间打扫过了，枕巾有人替我洗了，晾在衣绳上。窗上，还有人替我做了半截纱布窗帘。放了一瓶野花。桌上，多了一只暖瓶，两只带盖的瓷杯，都是带大红喜字的那一种。我们连队供销社只有两种暖瓶和瓷杯可卖。一种是带"语录"的，一种是带大红喜字的。

我顿觉那临时栖身的看护室，有了某种温馨的家庭气氛，甚至由于三个耀眼的大红喜字，有了某种新房的气氛。

我在地上发现了一截姑娘们用来扎短辫的曲卷着的红色塑料绳，那无疑是小董的。至今我仍不知道，那是不是她故意丢在地上的。我从没问过她。

我捡起那截塑料绳，萌生起一股年轻人的柔情。受一种莫名其妙的心理支配，我走到她的房间，当面还给她那截塑料绳。那是我第一次走入她的房间。我腼腆之极地说："是你丢的吧？"她说："是。"我又说："谢谢你替我叠了被子，还替我洗了枕巾……"她低下头说："那有什么可谢的……"我发现她穿了一身草绿色的女军装——当年在知青中，那是很时髦的。还发现她穿的是一双半新的有跟的黑色皮鞋。我心如鹿撞，感到正受着一种诱惑。她轻声说："你坐会儿吧。"我说："不……"立刻转身逃走。

回到自己的房间，心仍直跳，久久难以平复。晚上，卫生所关了门以后，我借口胃疼，向她讨药。趁机留下纸条，写的是——我希望和你谈一谈，在门诊室。我都没有勇气写"在我的房间"。一会儿，她悄悄地出现在我面前。我们也不敢开着灯谈，怕突然有人来找她看病，从外面一眼发现我们深更半夜地还待在一个房间里……

黑暗中，她坐在桌子这一端，我坐在桌子那一端，东一句，西一句，不着边际地谈。从那一天起，我算多少了解了她一些：她自幼失去父母，是哥哥抚养大的。我告诉她我也是在穷困的生活环境中长大的。她说她看得出来，因为我很少穿新衣服。她说她脚上那双皮鞋，是下乡前她嫂子给她的，平时舍不得穿……

我给她背我平时写的一首首小诗，给她背我记在日记中的某些思想和情感片段——那本日记是从不敢被任何人发现的……

她是我的第一个"读者"。

从那一天起，我们都觉得我们之间建立了一种亲密的关系。

她到别的连队去出夜诊，我暗暗送她，暗暗接她。如果在白天，我接到她，我们就双双爬上一座山，在山坡上坐一会儿，算是"幽会"。却不能太久，还得分路回连队。

我们相爱了。拥抱过亲吻过，海誓山盟过。都稚气地认为，各自的心灵从此有了可靠的依托。我们都是那样的被自己所感动，亦被对方所感动。觉得在这个大千世界之中，能够爱一个人并被一个人所爱，是多么幸福多么美好！但我们都没有想到过没有谈起过结婚以及做妻子做丈夫那么遥远的事。那仿佛的确是太遥远的未来的事。连爱都是"大逆不道"的，那种原本合情合理的想法，却好像是童话……

爱是遮掩不住的。

后来就有了流言蜚语，我想提前搬回大宿舍。但那等于"此地无银三百两"。继续住在卫生所，我们便都得继续承受种种投射到我们身上的幸灾乐祸的目光。舆论往往更沉重地落在女性一方。

后来领导找我谈话，我矢口否认——我无论如何不能承认我爱她，更不能声明她爱我。不久她被调到了另一个连队，我因有着我们小学校长的庇护，除了那次含蓄的谈话，并未受到怎样的伤害。你连替你所爱的人承受伤害的能力都没有，这真是令人难堪的事！后来，我乞求一个朋友帮忙，在两个连队间的一片树林里，又见到了她一面。

那一天淅淅沥沥地下着雨，我们的衣服都湿透了。我们拥抱在一起流泪不止……后来我调到了团宣传股，离她的连队一百多里，再见一面更难了……我曾托人给她捎过信，却没有收到过她的回信。我以为她是想要忘掉我……一年后我被推荐上了大学。据说我离开团里的那一天，她赶到了团里，想见我一面，因为拖拉机半路出了故障，没见着我……一九八三年，《这是一片神奇的土地》获奖，在读者来信中，有一封竟是她写给我的！

算起来，我们相爱已是十年前的事了。

我当即给她写了封很长的信，装信封时，却发现她的信封上，根本没写地址。我奇怪了，反复看那封信。信中只写着她如今在一座矿山当医生，丈夫病故了，给她留下了两个孩子……最后发现，信纸背面还有一行字，写的是——想来你已经结婚了，所以请原谅我不给你留下通信地址。一切已经过去，保留在记忆中吧！接受我的衷心的祝福！

信已写就，不寄心不甘。细辨邮戳，有"桦川县"字样。便将信寄往黑龙江桦川县卫生局。请代查卫生局可有这个人。然而空谷无音。

初恋所以令人难忘，盖因纯情耳！纯情原本与青春为伴。青春已逝，纯情也就不复存在了。如今人们都说我成熟了，自己也常这么觉得。近读青年评论家吴亮的《冥想与独白》，有一段话使我震慑——

"大概我们已痛感成熟的衰老和污秽……事实上纯真早已不可复得，唯一可以自慰的是我们还未泯灭向往纯真的天性。我们丢失的何止纯真一项？我们大大地亵渎了纯真，还感慨纯真的丧失，怕的是遭受天谴——我们想得如此周到，足见我们将永远地离远纯真了。号啕大哭吧，不再纯真又渴望纯真的人！"

他正是写的我这类人。

一 个 陌 生 女 孩 的 来 信

笔耕不辍，久栖文坛，很是收到过一些陌生人写来的信。当弃则弃，应留则留，竟渐渐地由欣然而淡然而漠然。有时，那一种无动于衷，连自己都深觉太愧对认认真真给自己写信的人们了。但是近日收到一个陌生女孩儿的来信，却使我不由得细读数遍，心生出几许说不清道不明的感动。那是一封几经周转的信。信封上的字迹和信纸上的字迹不同，一看就知非是一人所写，然都是很稚拙的笔触。下面便是那一封信的内容：

尊敬的作家先生：

我是一个女孩子，普通得不能再普通、平凡得不能再平凡的女孩子。除了年龄的资本，我再没有任何先天的或者后天的资本。既（当为"即"，她写的是白字，我将一一替她改正）使我的花季，那也不过是很不显眼的花季。好比我的家乡的山上和乡路两旁一年四季常开常谢的小野花，开着没人赏，谢时没人惜的。现在，我是深圳的一个打工妹。深圳满街都是我这种年龄的小打工妹。我们外省的打工妹特别感激深圳。这一座和我们年龄差不多的城市，对我们很包容。它给我们打工妹的机会，似乎也比别的城市多一些。这是我们的认为。它不允许比我们强的人歧视我们。

这是我们最感激它的方面。我们小小年龄，背井离乡，哪一座城市不歧视我们，我们自然就觉得它比别的城市好。

对不起，我扯得太远了。我给您写信，不是要谈深圳的，我也不是要在这一封信中谈我自己的。关于我自己我前边已经写得很明白了，实在没什么好谈的。而且呢，我也不是你们作家亲（青）睐的什么文学女青年。我向您老老实实地承认，我没读过您的任何一本书，连一篇小说或者一篇文章也没读过。有一个星期六我和我的三个表姐一个表哥又在我们的小六姨家相聚，一边嗑瓜子一边闲聊。瓜子下边铺着一张旧报纸，那上边有个介绍您的报道，还有您的照片。我们的表哥看了一会儿，指着您的照片说："哎，咱们就给他写信怎么样？"我们早就想给一位作家写信了。我把那篇报道大声读了一遍，我的二表姐和三表姐就都说："行！"只有我的大表姐表态表得不那么痛快。她嫌您太老了，而且呢，也看不出一点儿好风度。您真的是照片上那样子吗？还是为您照相的记者成心把您照得那么难看？依我的大表姐，她希望能有一位好风度的作家读到我们的信，还得是男作家。我们就都为您争取她同意。我二表姐说："已经是男的了，将就点就是他吧！"我三表姐说："有人不上相，也许本人没那么怪模怪样的。"我的表哥说："我主张将就。"结果，就由我给您写这一封信了。相对来说，我比表姐表哥们多读了一二年书，字也比他们写得强点儿。我是学酒店服务的中专毕业生。

梁作家，如果您正在看这一封信，那么现在您应该了解了，这是一封代表五个人写给您的信。我们的关系是表姐妹、兄妹、姐弟的关系。我们的母亲们那当然就是亲姐妹了。她们有一个妹妹，就是我们的小六姨。我们正是为我们的小六姨给您写这一封信的。她已经三十六岁了，还没结婚。不过您千万别误会，我们可不是在替我们的小六姨向您征婚。我们的小六姨是个美人儿，除了肤色不怎么白，哪哪儿都够美人儿的标准。请您注意，是不怎么白，不是黑，那可是有大区别的。再者说了，在外国，美人儿不怎么白才更美。这一点您肯定知道的吧？强调一遍，您千万千万别误会，您和我们的小六姨，哪一点儿都不合适。直说了吧，不般配。您对于事实可别生气啊！何况那报道中说您已经有老婆了。

但您还是没明白我们为什么给您写这一封信是吧？作家不是整天不是写就是看吗？如果您已经在看着了，那就有点儿耐心，接着往下看吧。越看，自然就越明白。连我写的人都不怕白白浪费了时间，您看的人，还不得沉住气，对了，还没说我们的姥爷和姥姥呢。不说说，您是难以明白的。

我们的姥爷和姥姥，一个七十八了，一个七十五了。七十八的姥爷身体仍很棒。七十五的姥姥，这几年开始常闹病了。他们是农民，我们的家乡在四川山区。姥爷和姥姥看来在计划生育方面是反面典型了，他们居然生了六个女儿。是不是太能生了？我大表姐的妈妈，也就是我的大姨妈，今年都四十七了。我们的爸爸、妈妈，至今也都是农民。从我们开始，姥爷和姥姥的后代，才是有初等文化的人了。这要感激我们的小六姨。我们都能上得起学，完全是她一个人供的。

我们的小六姨，她生下来不久就送给别人家了。自己家孩子太多了，又都是闺女，干不了重活，姥爷、姥姥感到是负担了。也幸亏小六姨被送给别人家了，那使她初中毕业以后，以全县第一的成绩考上了省卫校。从省卫校毕业后，她分配在省城一所大医院当护士。没几年又当上了一个病区的护士长，是最年轻的一个护士长。那一年她回老家探家，她的养父母就告诉了她一般人都尽量隐瞒着的真相。冲这一点，她的养父母也该算是很好的人，是吧？她就去到我们那个村子，探望了我们的姥爷和姥姥，也就是她的亲生父母。接着，又一一去探望她的五个姐姐。我们的小六姨，她进一家门哭一次。我们的姥爷、姥姥和我们的母亲，心里就都特别的内疚，净说些女儿、妹妹对不起的话。小六姨却哭着说："爸爸、妈妈、姐姐们啊，我不是怨你们呀！我是怎么也没想到你们的日子会过得这么苦这么难！这可叫我怎么办呢？……"我们的小六姨，她离开家乡时，一脸的愁云……

　　不久，我们的母亲听说小六姨不在那一家省城的大医院当护士长了。她在卫校是学按摩的，她自己开了一家按摩诊所。对于她的做法，姥爷、姥姥和我们的母亲们都不敢写信去询问什么。

　　那一年的春节前，姥爷、姥姥和我们各家，全都收到了小六姨汇来的钱。每家不多，五百元。但是对于农村人家，那可是不少的钱啊！

　　第二年，她的养母病了，被她接去了省城。半年内姥爷、姥姥和我们各家，没再收到钱，连信也很少收到。第三年上半年，她的养父又病了，也被她接到省城去了。姥爷、姥姥和我们的母亲，全都替她着急上火，可又全都帮不上忙。那一年下半年，小六姨又回到老家了，瘦极了，衣袖上戴着黑纱。姥爷、姥姥和我们的母亲们，一见她那么瘦，全都哭了。她却安慰他们："爸爸、妈妈、姐姐们，别哭。养父母对我的恩情，我已经报答了。现在，我的责任减轻了啊！"

　　她说，按摩诊所那一种行业，虽然挺赚钱的，但几乎每天都要面对一两个心思不正的男人。她不干了。她说她要到深圳去闯闯。那一天，姥爷、姥姥和我们的母亲们，都是从她口中才第一次听说中国有座城市叫深圳，都舍不得让她去，也都不放心她去。可小六姨的决心已经下定了。她还没等自己长胖点儿，就又告别了家乡。姥爷、姥姥和我们的母亲们，一个个都流着泪，一直把她送到乡路的尽头。那一年，我的大表姐十岁；二表姐、三表姐和表哥，一个比一个小一岁；我呢，还在妈妈肚子里。小六姨双手轮流摸着表姐、表哥们的脸蛋，嘱咐我的姨妈们："姐们呀，要让孩子们读书。节可以不过，年可以不过，孩子们绝对不可以不上学！以后，有我呢！"

尊敬的梁作家，为了节省您的宝贵时间，我接下来只能写得特别简单了。总而言之，没有我们的小六姨，我们都是念不起高中和中专的。现在，也绝不会都集中在深圳这一座城市里，也就是在小六姨所在的城市里打工。我们表姐妹、姐弟、兄妹五个，平均受到了十年以上的文化教育，平均年龄二十岁多一点点；平均工资一千元出头。每个星期六、星期日，我们可以全都无拘无束地聚集在我们的小六姨家里，一个个有说有笑的。而她，却总是默默地坐在一旁，默默地瞧着我们，脸上很有成就感的样子，像一位美丽的小母亲。只有她那么欣赏正在花季的我们！该吃饭了，她就默默地起身去做饭炒菜，有时让我们中的一个打下手，有时不用，自己忙。而我们就看录像、甩扑克，或者轮番上网。那时，我们都觉得幸福极了……

十三四年里，我们的小六姨先后当过深圳市一个区的区委办公室的办事员、接待科副科长；一家区科委所属的公司的秘书、经理助理。后来因为深圳有大学以上文凭的青年越来越多了，小六姨有自知之明，觉得自己有些工作做得难以比别人好了，就主动辞职，"下海"了。小六姨开过花店、书店、时装店。知道我们的小六姨目前在做什么吗？她已经有了一家属于自己的小小的公司。她在经营各类首饰，在深圳一家大商场里有专柜，在另外两座大城市的大商场里也有专柜，效益都挺不错的。在我们心目中，我们的小六姨已经是成功人士了。

说到小六姨的家，六十几平方米，不过才一厅一室，装修得有格有调的。公摊面积大，小六姨的家其实是一个小小的家。最多时，那家里住过十个人！姥爷、姥姥睡她的床，两个姨妈一个睡沙发，一个和她和我们五个孩子睡地上，横七竖八躺一地！

十三四年里，小六姨挣的钱，一大半花在我们身上了，寄给姥爷、姥姥和我们各自的家了。因为我们有个小六姨，姥爷、姥姥生病才住得起医院了，才坐过飞机了，到过深圳这么美丽的城市了；因为我们有个小六姨，我们各家的日子才渐渐好过了，我们的父母才不终日愁眉不展的了……

但是我们的小六姨却三十六岁了，还没爱过，还没被爱过。为了我们这一代，为了我们各自的家，也是为了姥爷、姥姥，也许，还为了她心里边当年默默许下的一个承诺，她无怨无悔地将自己最好的恋爱季节耽误了。她依然美丽着，却始终孤单着……

她经常教育我们，打工妹，第一要自尊，第二要自立，第三要自爱。她说没有自尊，就难以自立。一时自立了，也还是会由于没有自尊而难以长久。她说有些人自立了之后，反而不自爱了，那是坏榜样。她说好榜样应该是，自立了，就更有前提自爱了，也更会懂得自爱是对的了。我们的小六姨，她至今一直生活得朴朴素素，节节俭俭，从不买一件太贵的衣服，从不买什么高级的化妆品，自己从没乱花过一分钱，能乘公共汽车去的地方，宁肯早早出门，而舍不得钱"打的"。她还时常一个一个地询问我们闹恋爱了没有？起初我们都不好意思跟她讲实话。她却对我们这么说过："如果有朋友了，应该带给我认识认识。只要你们感情好，小六姨不干涉，更不反对。我想告诉你们的是，万一两个人之间发生了那种冲动的事儿，尽量别使自己怀孕，一旦怀孕了，也别你怨我，我怨你的。对于恋爱着的一对年轻人，那根本就不是可耻的。但是得及时让小六姨知道，因为小六姨有责任亲自陪你们去医院……"

小六姨所说的那种"冲动的事儿"，我的大表姐已经悄悄向我们主动承认她经历多次了。说时可得意了，她一次也没怀过孕。她的经历目前对小六姨还是秘密。

小六姨自己前几天却怀孕了！当她声音小小地打电话向医院咨询时，我无意间偷听到了，还偷听到了她第二天要去哪一家医院做"人流"。第二天我请了假，跟踪她。医院挺近，小六姨走着去的。我隐蔽在马路对面，望着小六姨一个人孤零零地走入医院，又一个人孤零零地走出医院，脚步缓慢地往家走，我心里恨死了那一个使她怀孕的男人！但是转而一想，终于有一个人爱我们的三十六岁的小六姨了，我应该替她高兴才对。我气的只不过是——当时他在哪儿？！我也很怕我们的小六姨会爱上一个有妇之夫。女人一旦那样，不是常常都会爱得很苦吗？不过我至今没将小六姨的秘密透露给表哥和表姐们，更没告诉给我们的母亲和姥爷、姥姥。我经常在内心里为小六姨的爱祈祷，祈祷它有一个好结局。我做得对吗？

那一天又是星期六。吃晚饭时，小六姨开了一瓶葡萄酒，给我们每一个人的杯里都倒了一点点。她说："小六姨将咱们的家的贷款终于还清了。从下个月起，它完全属于我们自己了！"

我们一时全都高兴极了，纷纷和小六姨碰杯。各自咽下了一小口酒之后，又都想哭。因为小六姨话中那四个字——"咱们的家"。

小六姨却接着平静地说："想想吧，中国有九亿多农民，哪怕仅仅将三亿农村人口变成城市人口，那也需要建立三百个一百万人口的城市。这太不容易了。你们以后究竟都能不能成为三亿中的几个，我也难估计。但小六姨一定尽力帮你们。你们自己也得要强，不能每天一下了班就贪玩，要自学新的知识和技能……"

陌生女孩儿的来信还有两千多字，她，不，四个女孩儿一个男孩儿，希望我能将他们的小六姨当成原型，创作一部小说或电视剧剧本——这才是她给我写信的真正目的……我给这个陌生的女孩儿复了一封信。与她的信相比，我的信实在太短……而她那一封信又显然不是一次写完的。

陌生的女孩儿：

感谢你对我的信任。在我看来，你的信有一种诗性，但是我现在的颈椎病实在太严重了，写作等于自我虐待。故我也不能如你所愿，某时去深圳认识你们的小六姨并采访她。那样，只怕我会爱上她。你不是替你们的小六姨怕那样的事情发生吗？我也替自己怕的。对于美丽而又具有牺牲精神的女人，通常我意志很薄弱。依我想来，你们的小六姨，如同上帝差遣给你们的一位天使。上帝并不经常这么好心眼儿。所以被天使爱着的人，也要反过来关爱天使。小姐们，起码，你们再到小六姨家去时，要学会做饭炒菜。以后吃现成的，应该轮到你们的小六姨了！至于她的那个秘密，只要她自己不说，你须永远守口如瓶。天使也有自己的秘密的。而且天使是最善于爱的。一切爱的麻烦和爱的分寸，天使都会以天使的方式去面对，去把握。所以你尽管继续为她的爱祈祷，却一点儿也不必为她忧虑什么……

最后我征求她的意见——我们的信可不可以同时发表？我希望她同意，并告诉了我家的电话。那陌生的女孩儿，她用电话通知我——她同意……

谢 铁 骊 老 师

一

我与谢铁骊老师之间的友谊，竟是由我对他的批判开始的。批判二字不带引号，自然意味着是真正的批判。而且是咄咄逼人，火力相当猛烈的批判。

但我批判的只不过是他的一部电影——《包氏父子》；并未见诸文字，可谓"口诛"。

事实上，在那之前，我对他是心怀敬仰的。因为他所执导的《早春二月》，是我喜欢的电影之一。作为北影编导室当年最年轻的编辑，他也是认得我的。受编导室领导的指示，我还曾到他家里汇报过什么事情。当年，在电影界有"南北二谢"之说。"南谢"指谢晋。"北谢"即指谢铁骊老师。当年，他打算拍什么电影，都会成为报刊争相报道的新闻。

话说那一年（大约八十年代中期），谢铁骊老师完成《包氏父子》后，在北影小放映室专为编导室的同志们放映一场。用他的话说，是"艺术汇报"，"希望听到自家人开诚布公的评论，以求进步。"

灯亮后，掌声起。在回编导室的路上，耳边已然好评不绝。

《包氏父子》改编于张天翼的一篇同名小说：主人公为老包小包父子二人。老包是一大户人家的老司门人，小包是其不争气的儿子，龄在少年。小包的母亲死得早，老包对儿子寄予厚望，唯恐他将来如自己一样，成为人间一条没出息的"虫"。在他的逻辑中，别人家的儿子能成"龙"，自己的儿子何以不能？为了将儿子送入较好的学校，老包四处借债交学费，甚至抵押上了父子二人唯一可住的老屋……

影片的结尾是令人极为同情的——小包成为那样一所为富家子弟开办的学校的学生，非但对父亲毫不体恤，毫不感恩，反而沾染恶习，要求穿名牌，要求有充裕的零花钱，还吸烟饮酒，整天一门儿心思琢磨怎样获得暗恋的女生的青睐。终于有一天，小包因偷盗被警车载走，泪流满面的老包之绝望，语言文字难以形容……

电影是特别忠实于原著的。谢铁骊老师为什么亲自改编张天翼的那一篇小说并执导为电影呢？乃因，当年高考恢复没几年，大学成为一切望子成龙的家长们心目中唯一的"龙门"。某些家长，并非将大学视为知识的殿堂，而是视为造就"人上人"的殿堂。在他们看来，大学能如此这般，那么当然比任何殿堂更加神圣。

于是，在八十年代的中国，亦屡屡发生《包氏父子》之类的事情。谢铁骊老师不止一次从报上读到了相关报道，以电影警示现实的艺术冲动油然产生。

公平而论，那样的一部电影，即使在今天，亦具有现实意义。讨论会气氛热烈，人人发言踊跃，无论从艺术水平还是现实意义方面，充分肯定的意见都是一边倒的。

只有我没发言了。作为编导室最年轻的剧本编辑，我的发言也往往是人们期待听到的，正如今天人们对某些80后的声音所持的态度。即使听了大不以为然，毕竟也还是想听听。况且，当时的我，同时也是三次获全国中短篇小说奖的青年作家了。

"这是一部在社会认识价值方面只能给予最低分的电影！"我话

出口，语惊四座。责任编辑陈瑞琴大姐，坐我正对面。她和她的先生，电影学院著名的电影理论教授余倩先生，与我关系友好。我的话令陈瑞琴大姐极度惊愕。接着我引用鲁迅先生对张天翼小说的一种评价。鲁迅说（大约是对萧伯纳说的）：张天翼一向执着于反映中国底层人们的命运，这在当时的中国文坛是难能可贵的。但是，张氏对底层人物的描写，却每每讽刺挖苦有余，缺乏体恤与同情的温度。有时其对小人物的批判，"几近于作践"。而《包氏父子》，恰恰证明鲁迅对张天翼小说的善意的批评言之有理；而电影《包氏父子》，恰恰又形象化地放大了张氏小说的缺点……

其实今天看来，窃以为，鲁迅对张天翼小说的批评，我们借以来评价他自己的某些小说，似乎也无不当之处。而且，当年的我，并不曾核实鲁迅那话的出处，只不过从某本书中偶然读到了不带引号的一段话而已。鲁迅究竟那么说过没有，在我这儿明明是存疑的。但会议中，意在拉大旗，做虎皮，当成轰向著名导演的重磅炮弹。是耶否耶，也就不管那么多了。

接着，我又从社会公平的角度进一步批判《包氏父子》的缺乏深度——贫富悬殊导致优良的教育资源被少数富人阶级占据，而这进一步导致社会人口素质的两极分化，于是富者可持续地富，贫者代代贫。电影批判的重点，应针对社会不公平现象，而非老包那么一个可怜兮兮的底层小人物。老包的悲剧，归根结底，是社会巨大影响力之下的悲剧一种，正如苔丝的悲剧、于连的悲剧折射的社会问题……

如果我是心平气和地谈出我的看法，那么再正常也不过。但我几乎声色俱厉，还拍了几次桌子。讨论会在凝重的气氛中结束。之后我懊悔不已，因为谢铁骊老师毕竟是我所尊敬的前辈。他在"文革"中因电影《海霞》而向刚刚复出政坛的邓小平状告江青一伙文艺沙皇行径的事，使他在我心目中的地位远远高于其他著名导演。以后，我若在厂内望见谢铁骊的身影，绕道避行。心有所虑，怕迎面相遇。

某日，我又绕过他的身影，正低头走着，听到有人叫"小梁"——抬头，竟是他。不知他何时走到我跟前的。我尴尬，他和气，说："你对《包氏父子》的看法，别人转告给我了。"我暗想，那是必然的呀。嘴上却说："我年轻，乱放炮……"他微笑。那一种多少有些狡黠意味的笑，分明在暗示我——少跟我来这套！是不是你心里话，我听得出来的。我尴尬之甚，又违心地说："谢老师千万别拿我的话当真。我那天的发言太情绪化了，请您多多原谅。"不料他说："年轻人发言，没点情绪色彩，那还像年轻人？你的看法有一定道理。"我说："您真这么认为？"他说："某些人间悲剧，肯定是社会问题导致，但绝不能说全是。人自身的思想意识，往往也成为导致悲剧结果的原因。某些文学作品揭示悲剧的社会外因，固然应予肯定。而某些文学作品揭示悲剧的主观内因，也不应大加排斥是不是？这是我对《包氏父子》这一篇小说与你不同的看法。至于《包氏父子》这一部电影，我自认为不像你说的那么糟吧？起码两位演员的表演还是到位的吧？"

我说："是啊，是啊。"

他又笑，还是笑得有些狡黠。

这时又走来北影的另一位大导演，插话与他交谈起某事来，我借机溜走。刚走几步，听到他在背后大声说："小梁，以后不许躲我啊，我是愿意和你们年轻人交朋友的嘛！"

从此，我对他不再敬而远之，我们的关系渐渐友好起来。但怎么一来，竟友好到了彼此一见就都心里高兴，喜笑颜开的程度，我却完全回忆不起来了。

两年后听说，他打算将张平的小说《天网》执导为电影，并一如既往地亲自改编剧本。

《天网》当年争议颇大，似乎还牵扯到了什么名誉权之类的官司，当然那纯粹是地方上某些做了亏心事的官员的无理取闹。而谢铁骊那时身为全国人大常委会委员，于是厂里厂外，界内界外，有不少好心人劝他三思而行。他们的思想方法是——你谢导在北影享有拍摄特权，得心应手地拍题材保险的电影不是很好吗，干吗也非要蹚"雷区"呢？

我给他打了一次电话，表达热烈的支持。

电话那端，他呵呵笑出了声，欣慰地说："和年轻人交朋友，就是有益无害嘛！"

我说："那也得分什么样的年轻人吧？"

他说："那是那是，得您这样的。"

他将"您"字，说出了强调的重音。

我也不由得笑出了声……

我是那一届华表奖的评奖委员会成员。先前听说，某些人士对电影《天网》极不以为然，从政治上不喜欢。我便力挺《天网》，认为《天网》理应获得华表奖。

恰巧中央电视台记者采访评奖情况，我对着镜头振振有词："华表奖是政府奖。政府奖的宗旨应是人民电影奖。人民电影奖当具有人民性。什么是电影的人民性？歌颂现实中人民所拥护的好人好事，是谓人民性。批判现实中人民所反对的人和事，也是电影人民性的另一方面。谢铁骊导演以真诚的现实主义艺术情怀，拍了一部体现另一方面人民性的电影，难能可贵。因为体现另一方面人民性的电影太少太少……"

我不知后来中央电视台对我的采访播出了没有，但我关于华表奖的那些话，当年却在京城电影界很是流行了一阵子。我再见到谢铁骊老师时，又是在北影院内的路上，当时他身旁围着些记者。我欲绕行，他又叫住了我。我只得走过去。他说："关于电影的人民性，你对他们讲讲。"我红了脸说："采访的明明是你，我讲什么呀？""版权属于你嘛。没碰到你，另当别论。既然你在这儿了，我不能不尊重版权所属人啊，是吧？你说你说，你说的是原版。"又问记者们："你们是不是想听原版的？"我所熟悉的那一种狡黠的微笑，就又浮在他那永远给人以亲切印象的脸上。我只得说起来。

当我们离开记者，并肩走着时，他说："有人觉得你是我的死党。"我说："是吗？"他说："咱们为了避嫌，要不你以后发现我，还是绕道走？"我一时不知说什么好。他又说："如果那对你来说是件困难的事儿，我以后绕着你走也行。"我说："我又没犯什么错误！"他说："现在是没有，谁知我以后怎么样啊！中国人活得都挺不容易，犯个把次错误很容易。"我不由得驻足看他，却见他满脸灿烂的笑容，笑得孩子般的无邪，这才明白他是在一路打趣……

九十年代初，中国电影家协会组成电影代表团出访日本，成员名单上有我。我那年已调至中国儿童电影制片厂，因老父亲病故，长久难以从悲痛中自拔，决定不去。

影协方面又打电话来说："谢铁骊同志是团长，他很希望你去。"我立刻说："那我去。"

二

我是个喜欢开玩笑的人。在我看来，谢铁骊老师基本上是个不苟言笑的人，只偶尔幽默一下罢了。那次访日，完全改变了我对他的看法，原来他竟是一个连骨头里都可能积淀着幽默的人。简直可以这样说，没领略过谢氏之风趣的人，就等于根本没有真正认识他。

在机场相见后，他提醒地问："你的包呢？"他知我记性差，怕我丢了包，足见他这位团长，当起来也像当导演一样细心。我左手拎一纸袋，右手拎一纸袋，答曰："就这些。""就……这些？……"他一脸讶然，绕我三匝，站我对面，上下打量我。我穿一双旧皮鞋，鞋帮有皮补丁，却赤着脚；裤子洗过几遭，缩水了，露踝。他又说："脚脖子还挺白。"我说："男人对男人，不欣赏脚。"他说："别自作多情，我怎么那么爱欣赏你？我是以团长的身份，对你表示不满。上身西服，不扎领带，却扣着衬衣领扣！脚穿皮鞋，还不穿袜子。明明出国，竟不带包，拎两纸袋儿！你对我当团长有意见？"

我说："没有呀。"

他说："那你这么出中国电影家代表团的洋相？我们几个，知你是代表团成员；到了日本，警惕性高的日本警察，兴许觉得你是个可疑的中国人！"转身问其他成员："对不对？"

大家就都说："对！团长说得太对了！""日本刚发生地铁投毒事件，团长，他这样子跟咱们出国，有你操心的！"

他就叹曰："唉，我谢铁骊的命啊！"大家皆笑。还不到办手续的时间，周围又没地方可坐，干站着多没意思，他就指着我拎的一只纸袋儿，继续拿我寻开心："这只纸袋儿还印满了小红心，不够一百个，也有八九十个！原来装着某女士送给你的东西吧？"

我说："不是中国心，是日本心，一位日本女性来北京，到我家访问过我。这是一只日本礼品袋。"

他又转身对大家说："都听到了吧？他如果在日本出什么绯闻，那是和我这团长没什么关系的！日本礼品袋儿肯定不仅这一种带这么多小红心的，人家偏偏选择这一种袋子，意味深长嘛！"

我装无邪，成心诱他调侃，清白无辜地说："人家年龄比我大。"

他说："那更复杂了！都作证啊，我没登机就开始操心了，我可是有责任感的团长！"大家就又笑。每听北影人说——别看谢铁骊表面庄庄重重，其实性格上有极可爱的一面。闻言，一向半信半疑。那日，始信也。终于明白我们以前接触时，常浮现在他脸上的那一种狡黠的笑，不是什么"狡黠"，是骨头里的幽默分泌到脸上的结果。

大家不忍让我们可敬可爱的、六十多岁了的团长一直陪我们站着，都催他先过"绿色通道"，到贵宾室去坐等。他说："那哪有和大家在一起愉快啊！"有人推之，方从众愿。走了几步，反身回到大家跟前，俨然说："本团长要求有个拎包的，大家看谁像拎包的？"

都看看我说："他像。"

我知他是嫌闷，欣然从去。

在贵宾室，我们聊起了中国电影，谢铁骊于是判若两人，不无愠色地说："中国电影，以后面临的考验将更巨大，好比某寓言中的驴子，在意识形态的要求和市场的要求之间，肯定将熬一个疲于奔命的阶段。"

我问："您对未来的中国电影有什么看法？"

他说："那要看中国电影培养什么样的中国观众了。我们现在有些业内人士的思维逻辑是——商业片是拍给大多数人看的，文艺片是拍给很少一部分人看的。如此逻辑，将导致中国文艺片观众越来越少。其实，正常的情况应该是，电影将大多数人培养成像喜欢看商业片一样喜欢看文艺片的人。也就是培养成喜欢看电影的人而不是一味儿朝仅仅喜欢看娱乐电影的方面去吸引。一个国家有多少喜欢看电影的人和有多少仅仅喜欢看娱乐电影的人，这两种情况，对于一个国家的电影业的繁荣发展，那差别可就大了……"

说那些话时的谢铁骊，不再是从骨头里往外分泌幽默的谢铁骊，而是从骨头里往外分泌忧患意识的谢铁骊。

他看一眼手表，忽然说："才八九个人的一个团，咱俩别太特殊，还是去找大家吧。团长应该时时刻刻和大家在一起。"

见了大家，他一本正经地问秘书长："哎，请示一下，我这团长，可不可以封一个副团长呀？"

秘书长说："请示什么呀，我们都听你的啊！"

他看看我说："那我封晓声为副团长。他自由散漫，给他个副团长当当，他会对自己有点儿要求，我不也少操不少心？"

结果大家都争相说自己也有这样那样的缺点，为了对自己有点儿要求，也都讨封。

他说："都别急都别急，晓声他对内是副团长，对外我得介绍他是我拎包的。咱们这一趟，场面上说话的事，肯定都是我的事儿。我还需要个场面代言人，谁先实习实习？"大家一时又都摇头，摆手，躲一边去，唯恐被他的目光锁定……

到达日本，迎接的友人中，有在北京访问过我的那一位彼国女士，五十余岁的汉语言学家。她的目光一落在我拎的那只印着八九十个小红心的纸袋儿上，就仿佛被粘住了。谢铁骊朝我挤眼睛，其他成员忍笑。

我说："您如果看着眼熟那就对了，这正是一年半以前，您到北京访问我时，装礼物的那只纸袋。"

她说："我看出来了，看出来了！"

谢铁骊听她中国话流利，以团长的身份煞有介事地替我解释："我们中国人，在礼尚往来方面，民间有规矩。礼物留下了，包袱皮儿那是一定要还的。"

她说："你保留了一年半，就是为了有机会到日本来，当面还我？"

我能怎么说？只得顺水推舟："正是。"

她大受感动，连说："太使我意外了，太使我意外了！"

别的日本人亦皆肃然。那会儿，我想，我在他们心目中，肯定确立了一个礼数周到的中国人的形象无疑。

上车时，我和谢铁骊并坐。他悄说："记着到了住地就还给人家啊！"

我说："那我里边的东西往哪儿装？"

他说："你还想拎回国去呀？你做出点儿个人牺牲，服从大局吧！"

……

先是，在国内时，某次电影现状研讨会上，有位第五代导演，谈到谢氏电影时，称之为"小谢"，自然满堂灿笑，惟谢铁骊未笑，认真聆听，仿佛便是"小谢"了。那位仁兄姓腾，名文骥，亦谢铁骊忘年交。轮到"小谢"发言，表情、语调，谦恭如第六代导演，甚至是第七代第八代导演。他说："承蒙腾老奉承了我几句，惭愧得很，不敢当'成就'二字。腾老谦虚，说他是'看着我的电影长大的'。而我呢，是看着腾老们的电影继续长大的……"包括赵实部长在内，无不笑出声来……

到日本的第二天，我不知怎么，对谢铁骊老师也脱口叫出了"小谢"。全团笑过，都道，叫团长"小谢"，实在是太亲切的叫法了。他说："那也得经我团长同意吧？"大家说："代表团在国外，凡事尤其要讲民主，我们是多数，您一个人是绝对少数。叫您'小谢'是我们一致主张，您要少数服从多数。"他说："那，我只有——称你们某'老'或某老师啰？"异口同声曰："要得。"团内叶大鹰年龄最小，"小谢"问之："以后我称您叶老师，不会有不自在的感觉吧？"

大鹰立即回答："感觉好极了！"

自此，"谢老师"之称废除，便一律叫他"小谢"了。剑雨兄一时改不过口，每遭大家批评。而"小谢"，自然是要称我"梁老"的。

有次，在地铁站口，一位新派的日本带队小姐，手持团员名单点名，点罢，不安地问："怎么少一个人？"都说不少啊。问："你们在客车上总叫的那位'小谢'呢？"大家忍俊不禁……还有一次，与日方中日友好人士座谈，对方代表做了较长时间发言，"小谢"发言时，显然是出于礼貌，也说了十几分钟。

在回宾馆的车上，他问大家："我讲话时，感觉你们听得挺不耐烦。"异口同声："对。"又问："嫌我说的长了？"还是异口同声："是。""那，诸位老师批准我以后讲几分钟？"七嘴八舌之后，统一为五分钟以内。当晚，是联谊性质的活动，"小谢"团长发言时，从腕上捋下手表，放于桌面，情绪饱满地侃侃而谈，还引用古诗句。团员中有人交头接耳，暗暗计时。一回住地，大家齐聚他的房间，都道是"小谢"该表扬，因为他的发言仅四分半。

团员中女编剧王浙滨，一本正经地点评："多精彩的发言啊，多一字嫌多，少一字嫌少，我们严格要求您还是对的吧？水平一下子就上去了！"他也不免得意起来，说："承蒙各位老师培养，小小的进步，有你们的一半功劳，也有我自己的一半功劳嘛。"叶大鹰坏笑道："高水平都是逼出来的，咱们再将'小谢'的发言减少一两分钟怎么样？"

大家很人道，说那对团长的要求太过苛刻了，凡事不能过。但表扬也不能白表扬，团长得对表扬意思意思。结果，是"小谢"请我们去吃顿夜宵……

回国前一天，有半天逛超市购物的时间，团长要求大家都得去，不准任何人的假。他那话是冲我说的。还说，不在日本多少消费点儿，怎能对得住主人们连日来热情周到的安排？

那是一家半大不小的超市，满眼都是写有"一百元货""四十元货"的纸条。货物也自然是小东小西。但大家到那种地方去，正是都要买些新颖别致的，有纪念意义的小东小西。

那些东西对我没什么吸引力，我闪于一旁呆看而已。"小谢"却不容我置之度外，一会儿在某货架后轻轻唤我："晓声，过来，看看这儿有你喜欢的没有？"一会儿悄没声地突然冒出在我跟前，也不言语，拉着我手就往某处货架那儿领……我说，我其实根本没打算在日本买任何东西。他急了："你怎么可以这样？你怎么可以这样？这样是不对的，我坚决抗议！"我说，我也根本没带日元。他立刻说："我有，我有，足够你花的，你说你要多少吧！"

那时的"小谢"，像是那一家日本超市雇的导购员、推销员或业务总管。而且，是王牌的。一会儿帮这个拿不定主意买什么的人做出决定；一会儿怂恿那个买下他认为绝对值得买，不买就是大傻瓜的东西，不亦乐乎。有成员问他："那您呢？"他先人后己地说："我不急我不急，我是团长嘛，得先让你们都买到中意的东西！"

我在他的强烈要求下，终于由他垫付了几十日元，买了几样他替我决定的小物件。在车上，大家一个个心满意足，大有所获的样子，还唱歌。我照例与谢铁骊老师坐一起，问他："您是不是觉得很有成就感啊？"他说："当然，那当然！"我说："普遍而言，男人是不愿逛商场买东西的。"他说:"那是不愿体验生活乐趣的男人。"我说:"那是女人们的生活乐趣。"他说:"男人的一半是女人。所以女人的生活乐趣,也应该是男人的另一半生活乐趣。不经常体验体验,就不够理解女人。连对女人都缺乏理解,怎么谈得上较全面地理解生活?"我说:"那您经常逛商场买东西吗?"他说:"那可能吗?根本不可能啊!所以只要有机会,就该像女人那样逛商场。多好玩啊!"

七天转眼过去。当我们走出北京机场,望着谢铁骊老师,即将分手各奔东西时,我看出每一个人都有些与他依依不舍了。他说:"诸位老师,以后还愿意和我出国吗?"异口同声:"愿意!"叶大鹰补充了一句:"以后要不是谢老师带队,那咱们谁还出国啊?!"他笑道:"大鹰这话的意思好像是,把以后率你们出国当成任务压给我了。"王浙滨的眼立刻一亮:"再什么时候?"

几个月后,忘了因为什么事儿,我去过铁骊老师家一次。那时,他的家早已搬至木樨地了。其实也没什么非去不可的事,大约仅仅是由于想他了,找个借口见他一面吧?

他摆出了好烟,沏上了好茶,和他的夫人共同陪我聊天。他夫人也是北影人,也和他一样待人亲切,虽然和他交谈的场景不同了,我亦不觉拘束。究竟聊了些什么,却早忘了,左不过就是电影话题夹杂着生活话题罢了。

唯一给我留下深刻印象的,是沙发上的一本书——《茨威格小说集》。

我不由得问:"您还喜欢读外国小说?"

他说:"是啊。中国的文学和电影,一向是三维视角——政治的、民生的、综合成故事的。西方是四维的。"

我说:"多那一维是心理的。"

他说:"对。"

我说:"中国心理小说也将涌现了。"

他说:"不知什么时候,中国会有心理电影。"想了想,问:"心理现实主义，中国也需要那样的电影。我是肯定没机会拍那样的电影了。"

前辈脸上，显出了心有不甘，心有郁闷的表情。

一小时后，他的侄子回来了。那是个面容清秀，身材颀长的青年。前辈向我介绍，侄子是研究佛学的，而且是硕士，同时是居士，在京工作，住他家里，已编辑出版过几部介绍佛学故事的书籍。居士问我对佛教是否感兴趣？我就回答了我对佛教的认识，局限于文化层面的理解而已。于是其侄请我到他的小房间，向我介绍几类佛教知识方面的书，同时赠我几本。结果，一聊起来，竟忘了真正的主人夫妇了。

快中午时，我离开居士的小房间，见谢老师夫妇，双双坐在沙发上候着我的出现呢。我不禁脸红。谢老师说没什么，说自己难成侄儿的知音，侄儿遇到一个有些共同语言的，可以理解。他们夫妇要留我用餐，我执意告辞了。

铁骊老师送我下楼，在电梯里说："我是无神论者，侄子是虔诚的有神论者，还住在我这儿，朝夕相处，也是和谐共处，谁也不企图影响谁，不争论，不对立，彼此尊重对方的信仰，有意思吧？"

我说："不仅有意思，还耐人寻思。"

他说："文化之事，最应该讲共同存在的原则。文化观点的誓不两立，其实是不可取的立场。军事上，一个师团消灭另一个师团往往是容易的。文化上，企图用一种抵消另一种那就是文化专制主义了。文化消亡的现象，更多时候是自然而然的现象……"

我说我同意他的看法……

自那以后，我竟再也没见过谢铁骊老师。屈指算来，不通音讯十几年矣。每每想念。再屈指一算，谢铁骊老师已是年过八十的人了。谢铁骊，一位一生喜欢读书的中国电影导演；也是一位名著改编情结很深的电影导演。同时是一个从不端艺术架子，高兴与年轻人打成一片的人；一个平易近人的、幽默风趣、在人际关系中反对斗争哲学、主张和谐相处的人；一个在年轻人心目中具有魅力的，不仅可敬，而且特别可爱的人。

大约，他一生中只有一次是与人斗争过的。便是在"文革"时期，和"四人帮"们……

玻 璃 匠 和 他 的 儿 子

　　20 世纪 80 年代以前，城市里每能见到一类游走匠人——他们背着一个简陋的木架走街串巷；架子上分格装着些尺寸不等，厚薄不同的玻璃。他们一边走一边招徕生意："镶——窗户！……镶——镜框！……镶——相框！……"

　　他们被叫作"玻璃匠"。

　　有时，人们甚至直接这么叫他们："哎，镶玻璃的！"

　　他们一旦被叫住，就有点儿钱可挣了。或一角，或几角。总之，除了成本，也就是一块玻璃的原价。他们一次所挣的钱，绝不会超过几角去。一次能挣五角钱的活，那就是"大活儿"了。他们一个月遇不上几次大活儿的。一年四季，他们风里来雨里去，冒酷暑，顶严寒，为的是一家人的生活。他们大抵是些由于这样或那样的原因而被拒在"国营"体制以外的人。按今天的说法，是些当年"自谋生路"的人。有"玻璃匠"的年代，城市百姓的日子都过得很拮据，也特别仔细。不论窗玻璃裂碎了，还是相框玻璃或镜子裂碎了；那大块儿的，是舍不得扔的，专等玻璃匠来了，给切割一番，拼对一番。要知道，那是连破了一只瓷盆都舍不得扔，专等铜匠来了给铜上的穷困年代啊！……

　　玻璃匠开始切割玻璃时，每每吸引不少好奇的孩子围观。孩子们的好奇心，主要是由"玻璃匠"那一把玻璃刀引起的。玻璃刀本身当然不是玻璃的。玻璃刀看上去都是样子差不到哪儿去的刃具，像临帖的毛笔。刀头一般长方而扁，其上固定着极小极小的一粒钻石。玻璃刀之所以能切割玻璃，完全靠那一粒钻石。没有了那一粒小之又小的钻石，一把玻璃刀便一钱不值了。玻璃匠也就只得改行，除非他再买一把玻璃刀。而从前一把玻璃刀一百几十元，相当于一辆新自行车的价格，对于靠镶玻璃养家糊口的人，谈何容易！并且，也极难买到。因为在从前，在中国，钻石本身太稀缺了。所以，从前中国的玻璃匠们，用的几乎全是从前的从前也即中华人民共和国成立前的玻璃刀，大抵是外国货。中华人民共和国成立前国内还造不出玻璃刀来。将一粒小之又小的钻石固定在铜或钢的刀头上，是一种特殊的工艺。

可想而知，玻璃匠们是多么爱惜他们的玻璃刀！与侠客们对自己的兵器的爱惜程度相比，也是不算夸张的。每一位玻璃匠都一定为他们的玻璃刀做了套子，像从前的中学女生每为自己心爱的钢笔织一个笔套。有的玻璃匠，甚至为他们的玻璃刀做了双层的套子。一层保护刀头，另一层连刀身都套进去，再用一条链子系在内衣兜里，像系着一块宝贵的怀表似的。当他们从套中抽出玻璃刀，好奇的孩子们就将一双双眼睛瞪大了。玻璃刀贴着尺在玻璃上轻轻一划，随之出现一道纹，再经玻璃匠的双手有把握地一掰，玻璃就沿纹齐整地分开了。这在孩子们看来那是不可思议的……

我的一位中年朋友的父亲，便是从前年代的一名玻璃匠。他的父亲有一把德国造的玻璃刀。那把玻璃刀上的钻石，比许多玻璃刀上的钻石都大，约半个芝麻粒儿那么大。它对于他的父亲和他一家，意味着什么不必细说。

有次，我这一位朋友在我家里望着我父亲的遗像，聊起了自己曾是玻璃匠的父亲，聊起了他父亲那一把视如宝物的玻璃刀。我听他娓娓道来，心中感慨万千。

他说他父亲一向身体不好，脾气也不好。他十岁那一年，母亲去世了，从此他父亲的脾气就更不好了。而他是长子，下边有一个弟弟一个妹妹。父亲一发脾气，他就首先成了出气筒。年纪小小的他，和父亲的关系越来越紧张，也越来越冷漠。他认为他的父亲一点儿也不关爱他和弟弟妹妹。他暗想，自己因而也有理由不爱父亲。他承认，少年时的他，心里竟有点儿恨自己的父亲……

有一年夏季，父亲回老家去办理祖父的丧事。父亲临走，指着一个小木匣严厉地说："谁也不许动那里边的东西！"——他知道父亲的话主要是说给他听的，同时猜到，父亲的玻璃刀放在那个小木匣里了。但他毕竟是个孩子啊！别的孩子感兴趣的东西，他也免不了会对之产生好奇心的呀！何况那东西是自己家里的，就放在一个没有锁的，普普通通的小木匣里！

于是父亲走后的第二天，他打开了那小木匣，父亲的玻璃刀果然在内。但他只不过将玻璃刀从双层的绒布的套子里抽出来欣赏一番，比画几下而已。他以为他的好奇心会就此满足。却没有。第三天他又将玻璃刀拿在手中，好奇心更大了。找到块碎玻璃试着在上边划了一下，一掰，碎玻璃分为两半，他就觉得更好玩了。以后的几天里，他也成了一名小玻璃匠，用东捡西拾的碎玻璃，为同学们切割出了一些玻璃的直尺和三角尺，大受欢迎。

然而最后一次，那把玻璃刀没能从玻璃上划出纹来。仔细一看，刀头上的钻石不见了！他这一惊非同小可，心里毛了，手也被玻璃割破了。他怎么也没想到，使用不得法，刀头上那粒小之又小的钻石，是会被弄掉的。他完全搞不清楚是什么时候掉的，可能掉在哪儿了？就算清楚，又哪里会找得到呢？就算找到了，凭他，又如何安到刀头上去呢？

他对我说，那是他人生中所面临的第一次重大事件。甚至，是唯一的一次重大事件。以后他所面临过的某些烦恼之事的性质，都不及当年那一件事严峻。他当时可以说是吓傻了……由于恐惧，那一天夜里，他想出了一个卑劣的方法——第二天他向同学借了一把小镊子。将一小块碎玻璃在石块上仔仔细细捣得粉碎，夹起半个芝麻粒儿那么小的一个玻璃碴儿，用胶水粘在玻璃刀的刀头上了。那一年是一九七二年，他十四岁……

三十余年后，在我家里，想到他的父亲时，他一边回忆一边对我说："当年，我并不觉得我的办法卑劣。甚至，还觉得挺高明。我希望父亲发现玻璃刀上的钻石粒儿掉了时，以为是他自己使用不慎弄掉的。那么小的东西，一旦掉了，满地哪儿去找呢？即使找不到，哪怕怀疑是我搞坏的，也没有什么根据。只能是怀疑啊！……"

他的父亲回到家里后，吃饭时见他手上缠着布条，问他手指怎么了？他搪塞地回答，生火时不小心被烫了一下。父亲没再多问他什么。

翌日，父亲一早背着玻璃箱出门挣钱去，才一个多小时后就回来了。脸上阴云密布。他和他的弟弟妹妹吓得大气儿都不敢出一口。然而父亲并没问玻璃刀的事，只不过仰躺在床上，闷声不响地接连吸烟……

下午，父亲将他和弟弟妹妹叫到跟前，依然阴沉着脸但却语调平静地说："镶玻璃这种营生是越来越不好干了。哪儿哪儿都停产，连玻璃厂都不生产玻璃了。玻璃匠买不到玻璃，给别人家镶什么呢？我要把那玻璃箱连同剩下的几块玻璃都卖了。我以后不做玻璃匠了，我得另找一种活儿挣钱养活你们……"

他的父亲说完，真的背起玻璃箱出门卖去了……

以后，他的父亲就不再是一个靠手艺挣钱的男人了，而是一个靠力气挣钱养活自己儿女的男人了。他说，以后他的父亲做过临时搬运工，做过临时仓库看守员，还做过公共浴堂的临时搓澡人；居然还放弃一个中年男人的自尊，正正式式地拜师为徒，在公共浴堂里学过修脚……

而且，他父亲的暴脾气，不知为什么竟一天天变好了，不管在外边受了多大委屈和欺辱，再也没回到家里冲他和弟弟妹妹宣泄过。那当父亲的，对于自己的儿女们，也很懂得问饥问寒地关爱着了。这一点一直是他和弟弟妹妹们心中的一个谜，虽然都不免奇怪，却并没有哪一个当面问过他们的父亲。

到了我的朋友三十四岁那一年，也就是九十年代初，他的父亲因积劳成疾，才六十多岁就患了绝症。在医院里，在曾做过玻璃匠的父亲的生命之烛快燃尽的日子里，我的朋友对他的父亲孝敬倍增。那时，他们父子的关系已变得非常深厚了。一天，趁父亲精神还可以，儿子终于向父亲承认，二十几年前，父亲那一把宝贵的玻璃刀是自己弄坏的，也坦白了自己当时那一种卑劣的想法……

不料他父亲说："当年我就断定是你小子弄坏的！"

儿子惊讶了："为什么父亲？难道你从地上找到了……那么小那么小的东西啊，怎么可能呢？"

他的老父亲微微一笑，语调幽默地说："你以为你那种法子高明啊？你以为你爸就那么容易受骗呀？你又哪里会知道，我每次给人家割玻璃时，总是习惯用大拇指抹抹刀头。那天，我一抹，你粘在刀头上的玻璃碴子，扎进我大拇指肚里去了。我只得把揣进自己兜里的五角钱又掏出来退给人家了。我当时那种难堪的样子就别提了，好些个大人孩子围着我看呢！儿子你就不想想。你那么做，不是等于要成心当众出你爸爸的洋相吗？……"

儿子愣了愣，低声又问："那你，当年怎么没暴打我一顿？"

他那老父亲注视着他，目光一时变得极为温柔，语调缓慢地说："当年，我是那么想来着。恨不得几步就走回家里，见着你，掀翻就打。可走着走着，似乎有谁在我耳边对我说，你这个当爸的男人啊，你怪谁呢？你的儿子弄坏了你的东西不敢对你说，还不是因为你平日对他太凶吗？你如果平日使他感到你对于他是最可亲爱的一个人，他至于那么做吗？一个十四岁的孩子，那么做成是容易的吗？换成大人也不容易啊！不信你回家试试，看你自己把玻璃捣得那么碎，再把那么小那么小的玻璃碴粘在金属上容易不容易？你儿子的做法，是怕你怕的呀！……我走着走着，就流泪了。那一天，是我当父亲以来，第一次知道心疼孩子。以前呢，我的心都被穷日子累糙了，顾不上关怀自己的孩子们了……"

"那，爸你也不是因为镶玻璃的活儿不好干了才……"

"唉，儿子你这话问的！这还用问吗？……"

我的朋友，一个三十五六岁的儿子，伏在他老父亲身上，无声地哭了。

几天后，那父亲在他的两个儿子一个女儿的守护之下，安详而逝……

我的朋友对我讲述完了，我和他不约而同地吸起烟来，长久无话。那时，夕照洒进屋里，洒了一地，洒了一墙。我老父亲的遗像，沐浴着夕照，他在对我微笑。他也曾是一位脾气很大的父亲，也曾使我们当儿女的都很惧怕。可是从某一年开始，他忽然似的判若两人，变成了一位性情温良的父亲。

我望着父亲的遗像，陷入默默地回忆——在我们几个儿女和我们的老父亲之间，想必也曾发生过类似的事吧？那究竟是一件什么事呢？——可我却没有我的朋友那么幸运，至今也不知道。而且，也不可能知道了，将永远是一个谜了……

画 之 廊

　　那是一座文化底蕴深厚的南方古城，雅致而美丽，近代以来产生过几位绘画界人物，皆有开风创派之作，令它引以为荣。二十世纪九十年代后，本市各届官员对于文化和文艺界人士，予以特别重视。文化局、作家协会、美术家协会、摄影家协会、地方剧团等一个省该有的文化单位，都集中在古城的一条街上，此街于是更名为"文化街"。每个单位曾各有各的小楼，皆从前富人家的别墅。

　　时下，旧城翻新，摩登建筑林立，文艺人士们的"协会"，搬入文化局新建的机关大楼里去了。名分还在，却各有一两间小小办公室而已，没了独门独栋的往日风光。腾出的小别墅，不是卖给了新贵或新富，成为标榜地位的私宅，便是租作酒楼、歌舞厅、洗浴中心什么的了。街名也由"文化街"而改为"文化商业街"了，估计是中国街名最长的一条街。

　　只有美术家协会——诸别墅中最大的一幢，仍归在该协会名下，由五十余岁的副主席承包，改造成画廊了。这位副主席姓谭，于水粉画方面很有点儿名气。谭副主席头脑灵光，交友甚广，在美术市场中左右逢源，如鱼得水，使古城的书画市场大沾其光，相当活跃，潜力十足。谭副主席留髯，每穿唐装、布鞋，风度颇雅，人称"谭先生"，透着敬。

某日，画廊茶聚，些个丹青妙手文人墨客到场，品茗、赏画、鉴字，一如既往凑趣清谈。一隅，有白公翁抚琴，仙风道骨，其调袅宛。翁乃道观主持，与谭先生挚交，非谭先生亲自礼接，绝不肯与俗流之辈混迹一堂的。

座间一人说："几次经过遗址，但见门庭若市，可见生意大好。"

谭先生浅浅一笑，矜持答道："承蒙诸兄抬爱，不少人才慕名前来。"

斯时琴音幽婉绵长，回荡室间。

谭先生神情忽悒，轻叹一声，欲言又止。

于是有人问："谭先生莫不是又想起那穆小小了？"

谭先生这才又说："琴音虽美，操琴人却不是轻易就能请得动一次的。而且现在，一切按经济规律办事，老主持的出场费，一般人那也是付不起的。随便用个乐手来弄出点儿乐声，又怕损了我画廊的面子。哪儿那么容易再聘到一位穆小小，人也安分，箫也吹得好，佣金嘛，现在看来更是便宜极了，教我如何不想她？"言罢，再叹，且摇其头。众人一时默然……

那日上午，我应邀在古城进行了一堂文化讲座，被朋友勉强，亦跻身座中。我是小说家，对有些事本能的敏感。朋友送我回宾馆后，我忍不住问起穆小小来。

以下诸事，乃朋友相告：

先是画廊创办之初，谭先生曾登广告，公开招聘善箫者。依他想来，每次画廊，箫声连绵，定能烘托气氛。音乐多多，播放一张碟片本也是可以的，为什么非得现场演奏呢？要的就是那一种格调啊！凡事必讲格调，谭先生才是谭先生嘛！

广告吸引了近百名应聘者，形色百态，以起哄者居多。现而今，洋乐器才能使人名利双收，还有几多学箫之人啊。虽也不乏能马马虎虎吹几段曲子的，但马马虎虎的水平，焉能令谭先生满意？

他还收到了一封信——信上说，我是哑巴，只哑不聋，后天失语的那一类哑巴，您也能给我个应试的机会吗？那信写得言简意赅，不卑不亢。谭先生并没有认真地对待，权当取闹。失望情况下，他忽而想到了那封信，命秘书按信中留下的手机号码发了一条短信——给予应聘资格，过时不候。

感谢手机时代，即日下午，一名面容清秀的小青年出现在谭先生面前。谭先生给他一支笔、两页纸，心怀几分好奇亲自与之"笔谈"。

"你姓甚名谁？家住何方？"

青年写下了自己的名字——"穆小小"，接着写出"保密"二字。其字娟小，笔画拘敛，然工整。

"师从何人？"

笔答："父亲。"

"令尊艺从何来？"

他怅怅然悱悱然似有所讳。

谭先生认真起来，睇视以待。青年只得又在纸上写出"自学"二字。

半页纸未写满，这谭先生已无心多问，命他发挥所学，吹奏一曲。青年便从墨色绸套中缓缓抽出一管青褐色长箫，以帕稍拭吹孔，唇触之际，箫音顿起。吹的是苏轼词《水龙吟》"似花还似非花"之曲，但觉五声妙曼，缠绵低回，似怨似愁，如泣如诉，诉而有韵，怨而不悲。有道是"一曲听初彻，几年愁暂开"。谭先生本是善赏古乐之人，听出那箫音不凡，遂大喜，不鄙其哑，欣录之。

他拍拍青年的肩道："穆小小这个名字太女气，你一个青年叫这么个名字实在不妥，若你愿意，我愿为你改个更合适的名字。"

青年点头。

谭先生思忖片刻，试探而问："穆清风这个名字，你觉得怎么样呢？"

那青年稍一沉吟，又点头。

谭先生创业伊始，投资颇多，急欲收回钱钞，不免处处精打细算。对于穆清风之薪水，也不例外，仅月酬七百，且要求不论早晚，随传随到，还无公休日。如若紧急传唤，另补些许小费。但是就连为他定做一身行头的支出，也要从月薪里照单扣去。

哑巴青年穆清风一一点头认可。

而自从画廊聘了他，渐显特点，遂成沙龙。

谭先生为穆清风定做的是白绸衫裤，领口和襟摆，黑绸翻边。穿在那穆清风身上，人配衣裳，衣裳衬人，端的好看。那穆清风吹起箫来，神情专注，修长十指在一管青褐色长箫上信然起落，姿态优美。画家与画商们，凡见过的听过的，没有不称赞谭先生有眼光的。穆清风也似乎很知足，似乎以能获得画家们、画商们的赏识为荣。

几日后，不知打何处来了个修鞋的老头儿，在画廊门旁摆开了摊位。谭先生心底生厌，命人撵之。老头儿作揖打躬，可怜兮兮地说："请老板发慈悲，赐给穷苦人一小块儿挣钱糊口的地方吧！"

手下人不忍恶色相向，谭先生只得亲自出马。老头儿照样苦苦哀求，搞得谭先生赶也不是，不赶也不是，左右为难。在这当儿，穆清风应召而至，老头儿转向哑青年说："这位少先生，您也是身在文艺行当的人，面子大，替我求个情吧！"

穆清风自是没有开口，只是凝视着谭先生，眼光中流露着不知名的忧伤，谭先生经不住那样的凝视，愈发不忍，说道："好吧好吧，老人家的话也真是让人难受，大千世界，的确该让每个人都有一口饭吃。这么着吧，我允许你在这儿摆摊修鞋，但是你得免费为我和到这儿来的人擦鞋。如果你愿意，我还可以赠你一柄遮阳避雨的大伞。"老头儿诺诺连声，千恩万谢……

于是画廊门前多了一道奇特的"风景"。修鞋摊与画廊自是很不和谐的，但不论是谁，只要走进画廊，就可免费擦鞋。人们在享受这项便利的同时，也不知不觉地习惯了修鞋摊的存在。这个修鞋摊似乎更加提升了画廊的人气——某些人为了免费擦一次皮鞋，都高兴走入画廊看看，谭先生也乐于见到这么一个良好的发展。

只是那老头儿有点怪。穆清风不在的时候，不见他人影。穆清风一来，他也会出现。穆清风每每晚上才来，老头儿也会不知从哪儿颠颠地肩着修鞋的破箱子赶至。穆清风去得迟了，老头儿也离开得晚。通常是穆清风换下衣服，骑上自行车消失在夜幕中后，老头儿也随之不见。

有一天傍晚，谭先生发现画廊外老头儿用自己的破箱子垫着脚，将脸贴在玻璃窗上专注地往画廊里看。

谭先生斥道："哎，你这老人家，何苦的呢？该回哪儿回哪儿吧！别在这儿惹人注意了。"

老头儿从破箱子上下来，嘿嘿地笑着说："好听。"又怕谭先生来气，赶紧自我解嘲："我们到处流浪的苦命人，租住的地方也就只能算是个窝，大伏天的，回去早了也热得睡不着，还不如在这儿听听箫。"

谭先生虽觉老头儿的话奇怪，却没再说什么……

此时的穆清风在这附近已经小有名气了。一些个豆蔻年华的少女慕名前来睹其风采，却又都因他的清俊冷淡而不敢贸然上前搭讪。转眼到了冬季。有天晚上，这南方古城居然飘起了大雪，格外稀罕也格外寒冷。画廊里有着与屋外相迥的温暖，画家与诗人们在画廊里相聚，以雪为题，大呈赋诗作画、笔走龙蛇之风雅能事。穆清风自然到场，为一室文人们助兴，唇不离箫，一曲方罢又接一曲。雪落无声，箫音悠远，给人以无尽畅想。

门口那修鞋的老头儿袖着双手，缩着颈子，蹲在两道门之间狭窄的地方，冻得直打哆嗦，还自说自话："雪正下着呢，我可不走，我可不走……"谭先生虽瞥见了，也只有睁一只眼闭一只眼地视而不见。这时穆清风悄悄塞给他一张纸条，上面写着一行字："老板，我可以给那大爷一杯热茶吗？"谭先生愣了愣，动了恻隐之心，将穆清风扯到一旁，附耳道："再给他几块点心，怪可怜的。也许神经有什么毛病……"那刻，穆清风眼里饱含温情。不知是因了谭先生的话，还是因了自己的善良……

元旦前某日，有画商陪一位韩国的中年富孀来到画廊预定了一批画。富孀临辞，提出要带走穆清风，想单独听他吹箫。谭先生示意穆清风跟去，而穆清风不愿。富孀带来的两个保镖，一左一右地将穆清风架到了外边，哑巴青年奋力挣扎，难敌两个彪悍保镖的蛮力。那修鞋老头儿见状，从旁大声道："人家孩子不愿意，何必勉强人家！"其中一个保镖听了即恼，走过去踹了老头儿一脚："老家伙，别多管闲事！"另一个保镖拉开车门就想把穆清风朝里推……

谭先生终于看不下去了，上前正色制止，说不让穆清风去了。

那韩国富孀通过画商告诉他，如果连她那么一点儿心愿都不能顺遂于她，那么双方的订单就白签了。

那会儿穆清风已是泪流满面，而那修鞋的老头儿，捂着被踹的腹部，蹲缩在旁呻吟不止……

谭先生胸中倏然生起一股正义之感，火了，骂道："他妈的当你们在哪儿啊！这是在中国！当我姓谭的是什么人了？我也是中国人啊！我还是一位中国艺术家啊！"

他怒冲冲大步进入画廊，将订单拿在手，出来撕得粉碎，扔在富孀脸上……

那订单签的是十几幅画二十来万元的一笔大买卖。那时刻谭先生真是称得上见义忘利了。

穆清风却未领情，冲入了画廊。

倒是那修鞋的老头儿，双膝一屈，就要给谭先生跪下。画商也自觉羞愧了，没容老头儿真跪在雪地，及时一扶……

画商和谭先生都顾不得寻思那修鞋的老头儿为什么有那么一种举

动，也双双进了画廊，但见穆清风手握一杆毛笔，正往一整张宣纸上写字。他唰唰写出的六个大字是："结账，我不干了！"

谭先生自觉无地自容，只有掏出烟来，一口接一口猛吸。

他的画商朋友替他劝穆清风别不干，穆清风转身跑出去了……

一笔板上钉钉的大买卖居然几分钟后即如泡影破灭，完全是由于自己所雇的小哑巴一时犯倔，而且他还百分之百占尽了道理似的，说不干就不干了——冷静下来的谭先生未免又有些后悔。自己这是何苦的呢？当着那韩国富孀的面将穆清风解雇不更是一种好办法吗？那么一来，自己和富孀都不失面子，最重要的是，订单保住了。至于那吹箫的小哑巴，在尊严和饭碗之间，他若选择前者，那也纯粹是他自己的决定嘛！

谭先生越想越窝火，迁怒于画商朋友。他的画商朋友亦觉窝火，二人互相指责，差点儿翻脸……

出乎谭先生意料的是，过了元旦，穆清风竟又来到了画廊，见了谭先生，深鞠一躬，不待谭先生有所表示，径自走向自己吹箫的座位，坐下之后，无须吩咐，一如既往那般，神情专注地吹起箫来……谭先生本欲训斥他的，一想到几日后将有一位从这座古城走出去的美籍华人画家在自己的画廊举办画展，忍了忍，没有发作。因为对方亲自选定了几首古代箫曲，要求穆清风在画展开幕日发挥技能，认真吹奏……

是日，剪过彩，箫音悄起，古调悠悠，气氛妙曼。人人轻移脚步，自觉低声细语，有那么点儿"不敢高声语，恐惊天上人"的意境，画家甚是满意，在休息室里不停地称赞，说这才像画展。

突然马路上传来刺耳的急刹车声和一片惊呼。谁都听得分明——有人喊："修鞋的老头被轧了！"

箫声顿止，穆清风的脸色霎时苍白如纸，他张开口，尖叫了一声："爹！"不顾一切地冲出了画廊。人们一时呆若木鸡，继而也纷纷跑出门外。穆清风已站在马路中央，冲一辆疾驰而去的车继续哭喊："爹！

爹呀！"那嗓音分明是个少女。

这时，墙根儿有一个苍老的声音也喊："闺女！那不是我呀！我在这儿呢，好好的。小心你自己别被车撞了呀！"众人眼睁睁地看着穆清风又不顾一切地跑回画廊前，一下子扑在了修鞋的老头儿怀里，抱紧了他痛哭，手中，仍握着箫……

几分钟后，父女二人在众人百样目光的注视下，一个背着修鞋的破箱子，一个抹着眼泪，相携而去……

谭先生愤怒极了，觉得自己丢尽了脸面，遗落笑柄，口中恨恨说出两个字是——"骗子！"

两日后，谭先生收到了穆清风的一封信。她在信中承认自己不姓穆，也根本不叫"小小"；更承认剪短发束了胸伪装性别是一种欺骗，因为以女孩儿容貌漂泊卖艺的日子里，数次险遭邪狞男人强暴；说吹箫是拜民间艺人所学，而不是父亲；说她母亲去世了；说她处在农村的家里还有一个姐姐，不幸患了肾癌，她和父亲背井离乡四处闯荡，就是希望能够挣到一笔替姐姐换肾的钱；说她已经意识到，以他们的方式要想挣到那么一大笔钱简直是做梦……最后请求原谅。

谭先生不相信那内容的真实性，撕了。

仅隔一夜，却又信了。再隔一夜，自我谴责起来，后悔有时月入数万元的自己，怎么就对一个如此可敬的女孩儿那等小气！他经常拨穆清风的手机，发了几十条短信，却再也联系不上了……

画廊日复一日地开着，仍然会有音乐伴随着人们观赏。古筝、古琴、琵琶，甚至萨克斯，却再也听不到箫音了。因为无论谁来吹箫，谭先生都觉得不如穆清风吹得好。尽管有几位画家和画商朋友都曾肯定地做出结论——试用者中，有人的水平比穆清风高多了……

还有他的朋友这么劝他：塞翁失马，安知非福？说不定那父女俩果真是骗子——这年月，什么样的骗子什么样的骗术没有哇？他们所以一直没下手，那是由于对他们而言，机会还未成熟。一旦机会成熟，谭先生的损失那就惨重了……

对于这样的劝说，谭先生时而也有点儿信，时而又根本不信。

谭先生背后竟也生出闲话来，还有人猜疑他是因为"穆清风"暴露了女儿身，自己患了单相思，陷入了"中年性幻境"，就如同《红楼梦》里的贾瑞对凤姐所患的那一种心理的病。

对于闲话，谭先生也有些知晓，一笑置之而已……

我的朋友讲罢，黠笑着问我："你有何高见？"

我反问："指什么？"

朋友说："关于谭先生的那些闲话。"

我想了想，回答："不好说。我对心理学缺少研究。"

朋友鼓励道："那也说说嘛，聊着玩嘛。"

我又想了想，还是回答："不好说。"

朋友又问："那，你对那父女俩怎么看？你认为他们是暴露了真实关系的骗子，亦或不是？"

我沉默了足有一分钟，只能仍以"不好说"作答。朋友不满意了："你怎么翻过来调过去就那么三个字啊？有什么不好说的嘛！"我也被问急了，来了这么一句："不好说就是不好说嘛！"于是他我二人互瞪着发愣。

大千世界，假或作真，真或作假，假作真时真是假，真为假时假即真——有许多事，确实令人不好说了呀……

第二章

自有真情在

爱 与 机 缘

　　三十六岁的女人，是妻子已经十一年了。婚后第二年生了个女儿。但丈夫希望她生的却是儿子。于是这女人仿佛有了罪，在丈夫面前逆来顺受，几乎由妻子的身份降低为婢女了。

　　女儿还未满周岁，丈夫进城打工去了。她所在的村并非一个穷村，人们只要勤劳，每家的小日子都能丰衣足食地过着。丈夫是因为嫌弃她和他们的女儿才离乡的。这一点女人心里十分清楚。女儿一岁半那一年的春节，丈夫回家过一次；女儿四岁那一年，丈夫第二次探家；女儿七岁那一年，丈夫在家里住的日子最短，才十几天。至今丈夫再没回过家。起初还寄信回家，还寄钱回家；后来信写得短了，钱数少了；再后来只能收到钱，收不到信……终于，连钱也收不到了。这样的事，在人世间是不少的呀。农村有，城市也有；中国有，外国也有。所以朋友讲给我听时，我并不特别往心里去。女人和朋友沾点儿亲，他对她的生活现状挺关注。他接着讲到的事，竟使我也成了关心那女人的一个人。她是一个省吃俭用的女人，一分也不乱花丈夫寄给她的钱。不仅小有积蓄，还盖了两架塑料棚，种时令菜蔬，每年收入也可以。她雇了一名外省的帮工，曾做过他三年半的女东家。

　　丈夫第三次探家以后她雇的那帮工，他是一个流浪的打工者。有时也从城市流浪到农村，替别的农民种粮种菜。她是在县里的"劳力市场"上见到他的。询问了他一番，觉得他怪憨厚老实的。她又是个有心的女人，向劳力资格登记处的人方方面面地详细了解他。人家对她说只管放心地雇他。说他已经由这个"劳力市场"中介，被雇过数次了。没有雇主对他不满意的。登记表上，写着那小伙子二十七岁，未婚。"二十七岁了怎么还没成家呢？""这话问的，穷地方的人啊！就是为了挣点儿钱娶媳妇才离开家乡的嘛！"于是她将他带回村里，带回了自己家，腾空院子里的仓房让他住。小伙子是个尽职的人，责任心很强，将她家的两架大棚当成自己家的一样精心侍弄。她每年靠那两架大棚所获的收入自然更值得欣慰了。她也和气地对待他，不当他是外人。当年春节前，小伙子要回家乡去了。她大方地多给了他二百元工钱，还买了些东西送给他。他临走问她："东家，今年还雇我不？"她说："当然雇呀。不过你可以和老父母多团圆些日子。只要你五月底前能回来，我保证不雇别人。"

他走后，她想——这种关系，雇工哪有讲什么信用的？不可信他一过完春节就回来的话啊。他那么问我，无非因为我多给了他二百元工钱和一些东西，他表示满意罢了。

她决定一开春就到"劳力市场"去再雇个人。不料他初八就回到了她家里。她问他为什么回来得这么急？他说有点儿信不过她的保证，怕她雇下别人。他说得老实。她听得笑了。那一年菜蔬过剩，很不好卖。卖不是小伙子分内的事。她雇他时双方当面讲明确的，他只负责大棚里的菜蔬生长的好坏。但小伙子连他分外的事也主动承担起来了。幸亏有他尽心尽力，那一年她的大棚没亏损……

她更不当他是外人了。遇到什么拿不定主意的事便愿与他商议，听听他的看法。他也简直将她的家当成自己的家了，眼里总是有活儿。从早到晚干这干那，使她看着过意不去……

她每每问他为什么不知道累呀？

他憨厚地笑笑说，从小就喜欢干活儿。

连她的女儿，也觉得他是除了妈妈外第二可亲的人了。当年十一月份，她一想到往年过春节母女二人的寂寞，不免忧上心头，怨挂眉梢。有一天她终于忍不住，试探地问他留下来陪她们母女过春节行不行？他犹豫片刻，坦率地说，那得允许他先回家乡一次，将老父老母送到至亲家去。他说否则他会觉得愧对父母，怕父母在春节喜庆的日子里倍感冷落。她从他的话里听出，他是一个有孝心的儿子。也认为他的要求合情合理。于是提前与他结了工钱，放他走了。春节是一天天地近着了。每过去一天，她就不免这么想——一个有孝心的儿子，怎么会已经回到了家乡，却不与老父老母团团圆圆地过春节，反而千里迢迢地赶回别省异地陪东家母女过春节呢？东家就是东家，雇工就是雇工，双方之间是有利益得失互相算计的呀。关系处得再好那也不过是表面的现象呀。然而他二十八那一天竟回到了她家，还带回了些他家乡的土特产。多了一个男人，那一年春节，她的家里多了往年春节缺少的、除非男人才能带给一户人家的生气。那一年春节女儿过得很开心。她自己脸上也每浮现着少有的愉快微笑了。她不是一个感觉粗糙的女人。渐渐地，从小伙子在她面前常常无缘无故地脸红这一点，她看出他是爱上她这位女东家了。而她自己呢，夜里扪心自问，也不得不承认，她也是多么喜欢他了啊！

但一想到她名分上是有丈夫的女人，一想到她大他三四岁，一想到两年来他一直是她的雇工，他们之间的关系一直清清白白；一想到他们之间如果有什么不该发生的事发生，即使无人知晓，自己在他面前还能维护住女东家的庄重形象吗？而倘若被外人觉察，口舌四播，自己还能在村里抬起头来吗？

于是她又故意在他面前处处不苟言笑，严肃得十分可以了……而那小伙子，他的身份是雇工，他对女东家的感情——不，让我们照直了说就是对女东家的爱吧，是没资格主动流露的呀。对于一名雇工，那将是多么不明智的事啊！她对他好，那是抬举他；而她某天上午说辞退他，他是不可以滞留到下午的啊！正因为他爱上她了，他希望自己别被辞退。正因为他怕被辞退，他比刚到她家时话更少了，更循规蹈矩了。

他像一只蚌，将对女主人的爱，严严密密地夹在心壳里。在她那方面，亦如此。她是妇道观念特别强的女人。他是特别本分的小伙子，在乎自己的品行端否，像传统的少女在乎贞操的存失。爱这件事，在这样的两个人之间，注定是不自然的、极为尴尬的。它明明发生着了，却又被两个人处心积虑地、竭力地掩盖着。尽管他们的心灵与肉体都是那么渴望彼此亲近，彼此占有。哪怕是偷偷摸摸地，以类似通奸的方式……爱对于那一个男人和那一个女人，成了自己折磨自己也相互折磨之事。然而他们的关系一直清清白白的。他们从来也没想过那一种清清白白对他们各自的意义究竟何在？因为，相对于人性，相对于爱，甚至，仅仅相对于本能的情欲和性的渴望，一对暗暗爱着的男女之间那一种清清白白的意义，是根本不可深思的。一旦深思，便极可疑。一旦质疑，便会如窗上的霜花遭到了蒸蒸热气的喷射，化作微不足道的水滴，并显现它的晶莹所包含的尘粒……

又一年过去了。身为东家的女人，首先经受不住那一种爱的非凡的折磨了。对一个有丈夫而又等于常年守寡的三十余岁的女人，可以想象那是一种怎样的煎熬啊！倘若没有一个自己喜欢的男人还罢了。明明有的呀，明明就同她生活在一个院子里，想要看见一抬头就能近在咫尺地看见的呀！又明明清楚他是爱她的呀！

人有时和自己人性作对的那一种莫名其妙的坚决，大约是连上帝也会大惑不解和吃惊不已的吧？

有一天她对他推心置腹地说："我非常感激你对我这东家的忠诚呀。我想我再也雇不到比你更好更值得信赖的雇工了。现在呢，我请求你一件事——我希望你到城市里去把我的丈夫找回来。你会明白这件事对我有多么重要。我除了求你，还能求谁呢？……"她说完，给了他一处她丈夫早年的通信地址和两千元钱。而他却只说了一个字："行。"说得毫不犹豫。

在那女人，将丈夫找回来，确乎是她多年以来的夙愿。但她偏偏请求于他，还有另外的原因——她想打发他走。打发他走了，她觉得自己被爱所折磨的心就会渐渐平静了。倘他竟能替她将丈夫寻找回来不是很好吗？她自信她已经懂得如何拴住她的丈夫，不使他离自己而去了。倘这个目的没达到，她对她的雇工的信赖，不也是打发他走的最温良的方式吗？这个主意是她想了几个夜晚才想出来的。她不愿伤害他。她觉得她替自己替他都考虑得够全面的了……

至于那小伙子当时做何想法，我们就不得而知了。总之他第二天一早就离开了她的家……半年内她没有他的任何音讯。他仿佛泥牛入海，无影无踪于城市里了……

女人的心确乎地渐渐平静了。然而这绝不等于她能够彻底地忘掉他。事实上她不能，事实上她经常想他。尤其在夜里，在女人的心最容易因孤独而苦闷的那种时候，她想他想得厉害，想得不知拿自己怎么办才好……

那种时候她就对自己说她应该嫌恶他，理由是他辜负了她对他的信赖。她进而认为，他是为了占那两千元的便宜才毫无音讯的。我多傻呀，我怎么可以信赖一名外省的雇工呢？难道女东家是可以信赖雇工的吗？那么还有哪种人是绝不能信赖的呢？所幸自己和他的关系是清清白白的。这么一想，她就又觉得，损失两千元而从此确保了清白，是极其值得的了。然而半年后的某一天，他竟回到了她的家里，并带回了她的丈夫。那年轻人头发很长，脸上长出了胡子，衣衫不整，还蒙尘吸土的。他避开她的丈夫，抱歉地对她说，按照她给他的地址没找到她的丈夫。他不死心，钱花光了，一边打工一边继续找，找了几个省才终于找到她的丈夫。她的丈夫不肯跟他回来，他打了她丈夫两次，把他打怕了，他才不得不跟回来的……

她听了，一时竟不知对他说什么好。他当天晚上就又离开了她的家。没告别，没留言，悄悄走的。

　　然而他替她找回来的是什么样的丈夫啊！丈夫起先在城市里学会了修理摩托，之后又学会了简单的汽车检修，挣了点钱；与人合伙开了个车辆修理铺。生意渐佳，钱包鼓了，就吃喝嫖赌起来。于是又把钱挥霍光了，把生意也断送了。乞讨过，骗过，抢过，被劳教过，却恶习难改。他本是没脸回家乡面对村人面对妻子女儿的，既然回来了，就收了劣心安居乐业吧？可他已经变成另类人了，不可救药，某夜偷了家中所有现钞，又溜了……

　　几天后，那做妻的女人将女儿安排在一所学校里寄读，也离开村子到城市里去了。她的目的极为明确——寻找男人。不过，不是寻找是她丈夫的那个男人。寻找一个四处漂泊的打工者不是一件容易之事。她却发誓一定要找到。

　　她找到了。

　　两年后，在他的家乡。他已是丈夫了，而且刚刚做了父亲。她撒谎说不是去找他的，而是出远门路过他的家乡，一时心血来潮，想见他一面。他知道她撒谎。因为他父母告诉过他，在他漂泊在外的日子，曾是他女东家的那个女人来找过他……但他当时已将后来是他妻子的姑娘带回了家乡……他留她住几天。她自然不会住下的，连杯茶水也没喝完就走了……寻找他的两年里她变老了三四岁。回到村里后又变老了三四岁，而且变得性情乖张，难以相处了……

　　"才三十六岁，看去像四十六岁似的。而且变成个手不离烟的女人了！还经常喝酒，每喝必醉……"朋友这么结束了叙述。

　　而我，连续几天里，每每思索不止。

　　最终，我悟到了这么一点——每个人的一生，难免会犯许多种错误。而有些错误，无论对于自己的人生还是他人的人生，往往是无法纠正的。此类错误似乎具有显明的宿命的特征。因而常被索性用"注定"两个字加以解释。其实不然，正是此类似乎无法纠正的错误，最多的包含着理性的误区。

　　理性强的人并不都是"好人"。俗言的"好人"，却通常都是自设理性樊篱较多的人。"好人"大抵奉行维名立品的人生原则。但是，当"好人"的理性和"好人"的人性相冲突时，"好人"们又是多么可能犯难以纠正的错误啊！

暧昧的情人节

据我想来，无论在外国还是在中国，"情人节"永远不会是一个值得被认真对待的日子。这是一个暧昧的灰色的日子，这世界上没多少人会真正喜欢这个日子。

春节前，《北京青年报》下属之《青年月刊》的一位记者到家中采访我。预先虽通过了几次电话，时日也虽一拖再拖，但心里还是并不十分清楚她究竟要采访些什么。某些记者，尤其女记者，是很积累了些采访经验的。她们估计到被采访之人，可能对她们的采访内容不感兴趣，所以那预先单方面"内定"了的话题，是有意经过语言"包装"了的，使被采访之人听了不至于干脆地拒绝。

她和我面对面坐定，翻开记录本儿，持笔在手，做出洗耳恭听之状，从容老练地说："过几天便是'情人节'了，请您就'情人节'谈点儿感想。"

"情人节？"我不禁皱起了眉头，以一种质疑的口吻问，"我们在电话里确定的是这个话题吗？"她肯定地回答——是。

"我同意这个话题了吗？"

"对。"

我一时有些怔愣。

我想，在春节前那么忙乱的日子里，我怎么竟同意就"情人节"

这么青春嗲嗲的话题接受采访呢？

那时刻，上午明媚的阳光，正透过我为了迎接春节刚刚擦过的亮堂堂的窗子照耀进来。那是我最愿独自在家的时刻，也是我在家里最感到美好的时刻。

"情人节"……它究竟在哪一天？

她告诉了我，接着反问——您真的不知道有这么一个节？

我说我当然知道，知道它是一个"洋节"，知道现在有些中国人心里也有它的位置了。我说据我想来，既曰"情人节"，似乎应是些个情窦初开的少男少女，或是一些身为情人们的男女才格外惦记着的日子吧？而我已四十八岁，做丈夫十六年了，做父亲十五年了，我意识里根本没有这个"情人节"的存在。对国庆节、建军节、儿童节、劳动节、青年节、妇女节、新年、春节、十五、端午等等这些节，我还能多多少少谈出一点儿感想，唯独对这个"情人节"，我简直没什么感想可谈……

她说——那，您就围绕"情人节"，谈谈你对爱情二字的感想也行。

我说——干吗非围绕着"情人节"谈呢？爱情二字当然和"情人节"有点儿联系。但我看联系不是那么大。这就有点儿像"抬杠"，不像在愉快地接受采访了。

那……您愿意怎么谈就怎么谈吧！

这……真对不起，我心里也不常琢磨爱情两个字。就这两个字，你有什么好问的吗？

我采访过的几位男人和女人，他们和她们都认为——爱情几乎不存在了……

存在啊。几乎普遍地存在着呀！

真的？您真的这么认为？

真的。我真的这么认为。

您指的是婚姻吧？

我指的是那类极普遍的、寻常的、很实际的爱情。正是这类爱情，组成寻常的、很实际的家庭。

您说爱情是寻常的？

对。还说爱情是很实际的？

一点儿不错。照您的话说来，那种男女间四目一对，心灵立刻像通了电一样，从此念念不忘的……事儿，又该算是什么事儿呢？

哈，哈！那种事儿，满世界几乎每时每刻都在发生着，也配叫爱情吗？……

关于爱

爱这个字，在语言中，有时处于谓语的位置，有时处于主语的位置。前面加"做"、加"求"、加"示"、加"乞"，"爱"就处在谓语的位置，"做爱""求爱""示爱""乞爱"，皆行为动词也。

"做爱"乃天伦之乐，乃上帝赐予一切男女的最普遍的权利，是男人和女人最赤裸裸的行为。那一时刻，尊卑贵贱，无有区分。行为本质，无有差别。很难说权大无限的国王，与他倾国倾城的王后，或总统与总统夫人的那一时刻，一定比一个年轻的强壮的农民，与他的年轻的健康的爱妻在他们的破屋土炕上发生的那一时刻更快活些。也许是一样的，也许恰恰反过来。

"求爱"乃是一种手段，其目的为婚姻，有时为了一次或几次"做爱"的许可。传统上是为了婚姻。在反传统的男女们那儿，往往是为了做爱的许可。当然，那许可证，一般是由男人所求，是由女人"签发"的。无论为了婚姻之目的，还是为了一次或几次"做爱"之目的，这个过程都是必不可少的。省略了，婚姻就是另外性质的事了，比如可能被法律判定为抢婚。"做爱"也可能是另外性质的事了，比如可能被法律判定为强奸。

"求爱"既曰手段，古今中外，自然都是讲究方式方法的。因而也最能显出尊卑贵贱的区分，以及贫富俗雅的差别。这些，乃是由人的社会地位、经济基础、文化背景、门第高低、心性追求的不同造成的。

在我看来，"尊"者"贵"者"求爱"的方式方法未见得就"雅"，未见得就值得称道。"卑"者"贱"者"求爱"的方式方法未见得就"俗"，未见得就理应轻蔑。比如某些"大款"，一掷万金十万金几十万金，俨然是当今之世的"贵"者似的了。他们"求爱"的方式方法，横竖不过便是赠女子以洋房、别墅、名车、金钻珠宝。古今中外，老一套，基本上不曾改变过的，乃是俗得很的方式方法。而民间百姓的一些传统的"求爱"的方式方法，尤其一些少数民族的"求爱"的方式方法，比如对山歌以定情，在我看来，倒是美好得很。

献一枝玫瑰以"求爱"是雅的方式方法。而动用飞机，朝女人的家宅自空中播下几亩地的玫瑰，在我看来就不但俗不可耐，而且简直就是做作到家的"求爱"的表演了。

我至今认为，以书信的方式方法"求爱"，虽然古老，却仍不失为最好的方式方法之一。倘我还是未婚青年，一定仍以此法向我所钟情的姑娘"求爱"。不消声明，我的目的当然是和她结婚，而非像流行歌曲唱的——"只求此一刻互相拥有"。

至于以情诗的方式方法"求爱"，那就不但古老，而且非常之古典了。毋庸讳言，我是给我所初恋的姑娘写过情诗的。我们最终没有成为夫妻。不是我当年不想，而实在是因为不能。以情诗的方式方法"求爱"，是我最为欣赏的方式方法。现代社会"求爱"的方式方法五花八门，古典意味儿却几乎丁点全无了。这是现代社会的遗憾，也是现代人的悲哀。在我看来，这使爱情从一开始就不怎么值得以后回忆了！现代人极善于将自己的家或某些大饭店小餐馆装修得很古典，也极善于穿戴得很古典。我们越是煞有介事地外在地体现得很古典，越证明我们心灵里太缺少它了。心灵里缺少的，爱情中便也注定了缺少。爱情中缺少了古典的因素，好比乐章中缺少柔情浪漫的音部……

"示爱"是"求爱"的序曲，也是千差万别的。古今中外，"求爱"总是难免多少有点儿程式化的，"示爱"却往往是极其个性化的，有的含蓄，有的热烈，有的当面殷勤，有的暗中呵护。但有一点是肯定的——就大多数而言，少女们对意中人的"示爱"，在我看来是最为美好动人的。因为她们对意中人的"示爱"，往往流露于自然。哪怕性情最热烈的她们，那时刻也是会表现出几分本能的羞涩的。羞涩使她们那一种热烈很纯洁，使她们那一时刻显得尤其妩媚。丧失了羞涩本能的少女是可怕的。她们的"示爱"无异于娼妓的卖俏，会被吸引的则往往是类似嫖客的男人。或者，是理性太差，一点儿也经不起诱惑的男人。丧失了羞涩本能的少女，其实是丧失了作为少女最美的年龄本色，她们不但可怕，也很可怜。

对于成年男女，"示爱"已带有经验性，已无多少美感可言，只不过是相互的试探罢了。以含蓄为得体，以不失分寸为原则。含蓄也体现着一种自重，只有极少数的男人会对不自重的女人抱有好感。不失分寸才不使对方讨厌。反过来，男人对女人也一样。不管不顾，不达目的不罢休，一味儿地大献殷勤，其实等于是一种纠缠，一种滋扰，一种侵犯。不要误以为对方的冷淡反应是不明白，或是一种故作的姿态。这两种情况当然也是有的，但为数实在极少。与其推测对方不明白，莫如分析自己为什么装糊涂。与其怀疑对方故作姿态，莫如问问自己是否太一厢情愿强求缘分。

在所有一切"爱"这个字处于谓语位置的行为中，依我看来——"乞爱"是最劣等的行为。于男人是下贱，于女人是卑贱。倘人真的有十次命的轮回，我再活九次，也绝不"乞爱"一次。我想，必要之时，我对于一切我非常想要获得的东西，都是肯于放弃斯文不妨一乞的。比如在饥寒情况下乞食乞衣，在流落街头无家可归的情况下乞宿乞钱，在遭受欺辱的情况下乞怜乞助……但绝不"乞爱"。

我认为——如前所言，"爱"是可能会乞到一两次的，但爱情是乞不到的。一时如愿以偿，最终也必竹篮打水一场空……

现在，我们谈到"爱情"了……

因为爱情

在爱这个字的后面，加上"情"、加上"心"、加上"意"，爱就处在主语的位置了。"爱意"是所有世间情意中最温馨的一种，使人感觉到，那乃是对方在某一时某一地某一种情况下，所能给予自己的临界极限的情意。再多给予一点点，就超越了极限。超越了极限，便是另外一回事了。正因为在极限上，所以具有相当特殊的令我们深为感动的意味和意义。

在我曾是知青的当年，在我接连遭受种种挫折心灰意冷的日子，曾有姑娘以她充满"爱意"的目光抚慰过我。那绝不仅仅是同情的目光，绝不仅仅是怜悯的目光。那一种目光中，的的确确包含有类似亲情，但比亲情还亲，临界在亲爱的极限上的内容。在那一种目光的注视之下，你明白，她对你的抚慰没法儿再温柔了。她将她能给予你的抚慰压缩了，通过她的凝眸注视，全部的都一总儿给予你了！我们正是因此而被深深感动。

只有丝毫也不自重的人，那一时刻居然还想获得更多的什么。

充满"爱意"的目光，乃是从女人的极其善良的爱心中自然流露的。它具有母性的成分。误将此当作和"爱"或和"爱情"有关的表达去理解，不是女人们的错，是男人们的错。据此进一步产生非分之想的男人，则就错上加错，大错特错了！

"爱心"是高尚又伟大的心境。"爱心"在人类的心灵里常驻不衰，人类才不至于退化回动物世界。

"爱心"产生于博爱之心。

绝大多数的人心难以常达此境。我们只能在某一时某一地某一种情况下某一件具体的事上，半麻木不麻木的"爱心"才被唤醒一次。一旦我们能以"爱心"对人对事，我们又将会对自己多么倍感欣慰啊！

　　我最尊崇的人，正是一个充满博爱之心的人。在这样的人面前，我会羞惭得什么话都不敢说了。我遇到过这样的人，非是在文人和知识者中，而是在普通百姓中。我常不禁想象，这样的人，乃是"隐于市"的大隐者，或幻化了形貌的菩萨。

　　有一个时期，我因医牙，每日傍晚，从北影后门行至前门，上跨街桥，到对面教育印刷厂的牙科诊所去。在那立交桥上，我几乎每次都看见一个残了双腿的瞎老头儿，卧在那儿伸手乞钱。而又有三次，看见一个老太婆，在给那瞎老头儿钱，照例是十元钱和一塑料袋儿包子。过街桥上上下下的人很多，不少的人便驻足望着那一情形，但是没人也掏出自己的钱包。有一天风大，将老太婆刚掏出的十元钱刮到了一个小伙子脚旁。他捡起，明知是谁的钱，却若无其事地往自己兜里一揣，扬长下了跨街桥。所有在场的人，都从桥上盯着他的背影看。我想他一定能意识到这一点，所以没勇气回头也朝桥上的人们望。

　　瞎老头问老太婆："好人，你想给我的钱，被风刮跑了吧？那也算给我了！我心受了！"

　　老太婆说："是被风刮跑了，可已经有人替我捡回来了！给！"

　　我认识那老太婆。她从早到晚在离桥不远的地方卖茶蛋。

　　我想她一天挣不了几个十元钱的。于是，几乎每个驻足看着的人，都默默掏出了自己的钱包。

　　那一天我没去牙科诊所，因为我也把钱给了那个瞎老头。

　　后来那瞎老头不知去向了，而那老太婆仍在原地卖茶蛋。

　　有天我经过她跟前，不由自主地停下脚步买她的茶蛋。我不迷信，可我似觉她脑后有光环闪耀。

我问她："您认识那老头？"

她摇摇头，反问我："可怜的老头儿，他哪儿去了？"

我也只有以摇头作为回答。

她长长地叹了口气。我从中顿时感到一种真真实实的善良，仿佛从这卖茶蛋的老太婆心里作用到了我自己的心里。

善良是"爱心"的基础。

"爱心"是具有自然而然的影响力的。除非人拒绝它的影响，排斥它的影响，抵触它的影响。

是的，我真的认为，"爱心"这个词，乃是"爱"这个字处在主语位置时，所能组成的最应该引起我们由衷敬意的词。这个词，被我们文人和知识者说道得最多，书写得最多，应用得最多，却不见得在我们心灵里也同样的多。

我们只要愿意，就不难发现，并且不得不承认，往往是从最普通的某些人身上，亦即寻常百姓中的某些人身上，一再地闪耀出"爱心"的动人的光晕。在寻常百姓的阶层里，充满"爱心"的故事，产生得比其他一切阶层多得多。形成这一事实的原因也许是这样的——其他一切社会阶层，足以直接或间接地，靠权力的垄断，财富的垄断，文化的、艺术的垄断，使自己们活得更滋润更优越起来。而寻常百姓，却几乎只有本能地祈求"爱心"的普遍，才似乎更可能使自己们的生活增添温馨的色彩。因而其他阶层说道得多，实际付出得少。寻常百姓说道得少，实际需要得多。他们这一种实际需要，其实较难从别的阶层获得，所以他们在自己的阶层里互相给予。在这一点上，他们比其他一切阶层都更加懂得要想获得必首先付出的道理。当然，另一个事实是——中国寻常百姓阶层的"爱心"互予的传统，历来受到其他社会阶层的污染。这一污染在当今空前严重。"爱心"之于百姓阶层，原本是用不着官僚阶层煞有介事地号召，文人虚头巴脑假模假式引经据典地论说，知识者高高在上的所谓启蒙的。究竟应该谁启蒙谁，是很值得商榷的。倒是官僚们的腐败，文人们为了名利攀附权贵的心理，知识者们为了明哲保身放弃社会正义感早已习惯于说假话的行径，对中国百姓阶层原本形成传统的"爱心"互予的生活形态的破坏，是很值得忧虑的呢！

除了"爱心"这个词，在"爱"这个字处于主语位置的一切词中，"爱情"这个词就是最令人怦然心动的美好的词了。

"爱情"也如"爱心"一样，普遍地存在于寻常百姓阶层之中。某些文人和知识者最不能容忍我这一种观点。他们必认为我指的根本不是"爱情"，只不过是"婚姻"。

而我固执地认为，"爱情"若不走向"婚姻"，必不是完美的"爱情"。

天下有情人当然不可能全都终成眷属。

但从一开始就排斥"婚姻"目的之"爱情"，成分是可疑的，起码是暧昧的。甚至，可能从一开始本质上便是虚假的。

美国现代舞蹈大师与俄国戏剧理论大师斯坦尼斯拉夫斯基之间发生过这样一件事：

在她和他将要做爱之际，他忽然问："我们的孩子将来怎么办呢？"

她一怔，继而哈哈大笑，继而索然，匆匆穿衣离去。

她要的是爱。正如流行歌曲唱的——"只求此时此刻互相拥有"。

而他考虑到了将来对子女的责任问题。他是将她对他的"爱"，误当成"爱情"来接受的。

没有任何责任感为前提的男女性关系，不是"爱情"，充其量是"爱"，甚至可能仅仅是"性"。

渥伦斯基第一次见到安娜时，正如时下许多男士女士们所言的那样——心中像被电击中了似的，当时安娜心中有同样的感觉。这是异性相吸现象，在生活中频频发生，这是"爱"的现象。

当安娜坠入爱河后，她毅然提出与自己的丈夫卡若林离婚。她不顾上流社会的谴责，毅然决定与渥伦斯基结婚。这时，"爱"在安娜心里，上升为"爱情"了。她期待着他为他们的"爱情"负起"婚姻"的责任。她自己能做的，她已做到了。但是渥伦斯基并不打算真的负起什么责任。他要的只不过就是"爱"，而且获得了。责任使他厌烦透顶，因而他们发生激烈的争吵，因而绝望的安娜只有卧轨自杀……

渥伦斯基"爱"安娜是真的。

安娜对他的"爱情"也是真的。

悲剧是由二人所要求的东西在本质上的不同造成的——安娜要有责任感的"爱情"，它必然与"婚姻"连在一起，成为完整的要求。渥伦斯基仅要不附加任何责任前提的"爱"，他认为有爱已足够了。连安娜为他们的"爱"而毅然离婚，在他看来都是愚蠢的，不明智的。

"零零七"系列电影中，英国大侦探詹姆斯邦，每片必与国籍不同肤色不同的女配角床上云雨枕畔温柔，但那都是"爱"，过后拉倒的事儿。

而《简·爱》中那个其貌不扬的小女子，之所以跨世纪地感动着我们，正由于她所专执一念追求的，不仅仅是"爱"，更是"爱情"。如果仅仅是"爱"，她早就能在那庄园中获得了。当然，后人也就没了《简·爱》这一部传世之著可读。

当今世界，"爱"在泛滥着，使"爱情"更需谨慎，更面临危机，也更值得以男人和女人共同的责任感加以维护了。

一个现象是——某些大谈"爱情"至上的男士们，其实本意要的仅仅是"爱"。"爱"当然也是美好的，其美好仅次于"爱情"。男人宁多多益善地要没有责任前提的"爱"，并且故意将"爱"与"爱情"混为一谈向女人们娓娓动听地尽说其说，证明着男人们在起码的责任感方面毫无信心。这是一个男人们为女人们预设的圈套。他们的种种"至上"的论调，说穿了，其实是他们贪婪而又不愿付出的需求"至上"。女人们若不甘做"零零七"系列片中那些詹姆斯邦的女配角，不愿落到安娜那一种下场的话，就不应该钻入他们的圈套。

但另一个现象是——渐多起来的女人们，也开始为男人们预设圈套了。她们以自己为饵，钓男人的钱财。她们一谈起居家过日子的平凡生活，委屈而牢骚满腹。仿佛平凡的家庭生活，将她们理想中的"爱情"王国整个儿捣毁了。但是她们为了钱财、权力去引诱男人们的时候，又是那么心安理得天经地义。她们要的其实连"爱"都不是，直接要的便是钱财和权力。这样的女人，尽管不足取，但对绝大多数男人其实没有什么危险性。因为他们并未进入她们猎获的视野。但是钱财并不雄厚，权力也没大到定能满足她们虚荣心的不自量的男人，若一厢情愿地将她们当成了理想伴侣苦苦追求，那也是愚不可及。

牛郎织女式的夫妻，在寻常百姓中一对儿一对儿的依然很多很多。他们的生活离不开生儿育女，离不开萝卜白菜；离不开吵架拌嘴，但也离不开责任感。责任感是他们组成家庭之前的最神圣的相互承诺。谁主内，谁主外，大的开销究竟谁说了算，小的花费谁有自主权，诸如此类一切某些男士和女士嗤之以鼻的内容，在他们都是必须加以考虑的。但是据我看来，这些俗内容，一点儿也不影响他们一对儿一对儿的夫妻恩爱着。

恋爱结婚——这是寻常百姓的定式。这定式给他们安全感，所以他们世世代代遵循着，其实并不以为是什么枷锁。

恋爱而不结婚——这是某些特殊的男人和女人的定式。他们在这种状态中获得的幸福，其实未见得比牛郎织女式的百姓夫妻多一点儿，也许恰恰少得多。

在没有婚姻为载体的"爱情"中，到头来，遍体鳞伤的几乎注定了是女人。她们获得过的某些欢乐、某些幸福，往往被最终的悲伤抵消得一干二净。

在没有婚礼为载体的"爱情"中，女人扮演的只能是"情妇"的角色。

而古今中外，这一角色，乃女人最不甘的角色，也是最不符合男女之间自然关系的角色。即或那些专以猎名流傍权贵傍"大款"为能事的女人，一旦觉得巩固了"情妇"的地位，也还是要产生颠覆"情夫"既有家庭取代对方妻子的野心的。这时的男人用他们"爱至上"那一套哄她们是根本没用的。所谓哄得了一时，哄不了一辈子。结果男人大抵只有三个选择——要么离婚，承认自己"爱至上"那一套论调的破产，面对既又"爱"了，就还是免不了结婚"至上"的现实。要么给她们以多多的钱财，多到她们终于满足了不打算"造反有理"为止。要么，被逼得走投无路，狗急跳墙，杀了她们，或反过来被她们所杀。这世界上各个国家各个地方的各所监狱里，几乎每天都被关进因此而犯死罪的男人女人。

　　所以，据我想来，无论在外国还是在中国，"情人节"永远不会是一个值得被认真对待的日子。这是一个暧昧的灰色的日子，这世界上没多少人会真正喜欢这个日子。真的处在正常的热恋关系中的男女，每一个日子都可以是他们的"情人节"。他们在那一天的拥抱和亲吻，不见得比在别的日子更温存更热烈。而既是"情妇"或"情夫"，又是丈夫或妻子的男女，肯定的，恰恰是很避讳那一天的。即使瞒天过海凑在一起了，各自心里的感受和感想也会很苦涩。所以，我最后想说的是——"情人节"，让这个日子拉倒去吧！一个节不被足够数量的人承认，其实便不是一个节。以上，是为答记者问，追记成文。"爱"与"爱情"等等诸词，本是无须加引号的。加之，格外强调而已……

爱，不是对上帝微笑

古今中外，作家、诗人、哲学家、社会学家，这个家那个家，这个人物那个人物，各说了一套套关于爱情、关于婚姻、关于家庭的名言。而我认为那都没意义。我的唠叨就更没意义。倘非说有意义，只能证明人类爱听诸如此类的唠叨而已。

记者曾问一位修女："您对爱情的学问有何见教？"后者曾获什么人权奖。

答："对你爱的人经常保持微笑。"

又问："你爱过吗？"

答："是的。我只爱上帝，可我发现对上帝经常保持微笑并不容易。"

对上帝并不容易，对凡男俗女则更不容易了。况且，医学家认为微笑可益于心灵明朗，美容家却认为将会导致面肌老化。仁者见仁，智者见智。

牧羊犬天天和羊在一起，对羊相当忠诚。倘若狼来了，它又最肯于奋勇向前，自我牺牲。但雄牧羊犬求欢于羊，母羊调头默默离去，寻找公羊。并不计较和谁在一起更有"共同语言"，也不认为应对牧羊犬的破碎了的心负什么道义的责任。

爱情首先源于爱说，其次才产生所谓"爱情"的"情"。中国人一向颠倒过来，以为其更合乎逻辑。然而在爱的情绪之中，逻辑学是最不起作用的。

没有学问，没有技巧，没有现成的经验，没有规定程序，没有纪律，没有至高原则——便是爱之本质。

故一千个人有一千种爱法，个中是非卑俗、高低美丑，全凭各人领悟的道理。故爱德华王子为一个女人而抛弃王冠，引起英国人的普遍沮丧。但人类情爱史上却多了一位最有性格的现代男人。

我原是理想主义色彩极浓的男人。对女性，对爱，常抱过分圣洁过分浪漫过分理想的观念。这很肤浅。亚当和夏娃之爱固然不受任何习俗所指使，那乃是因为他们赤身裸体，不知除了爱还需要什么，也不忌讳丢掉什么荣誉、权力、地位和财产。更重要的是，伊甸园里只有他们一男一女。后来上帝将他们逐出伊甸园，他们便都哭泣起来，显然因为付出了代价——这一点后来成了制约人类的理性力量。亚当和夏娃当时各自心中怎样？圣经上没讲，我们也就无以考证。谁知他们是否都有点后悔呢？

如今，亚当夏娃式的爱情是没有的。倘若女人问男人："先告诉我，你工资多少？我再考虑和不和你结婚。"这在以前，我是认为俗不可耐的。而今天，我认为这是"现实主义"的。不考虑的人，倒有点儿过分浪漫了。日本社会学家著书立说，论证"爱在当代不可能"。我以为不可能的只是一种过了时的"情爱观"。如同上个世纪的电话簿子，除了对侦探或收藏家还有些用处，对普通的人则是无用的。而一种新的情爱观，可能不那么美妙，却是时代大钢琴上奏出的音响——你听不惯也得听。归根结底，爱对任何男人和女人，首先应是愉悦的，否则莫如去对上帝微笑……

爱缘何不再动人

少年的我，对爱情之向往，最初由《牛郎织女》一则故事而萌发。当年哥哥高一的"文学"课本上便有，而且配着美丽的插图。

此前母亲曾对我们讲过，但因并未形容过织女怎么好看，所以听了以后，也就并未有过弗洛伊德的心思产生，倒是很被牛郎那一头老牛所感动。那是一头多无私的老牛啊！活着默默地干活，死了还要嘱咐牛郎将自己的皮剥下，为能帮助牛郎和他的一儿一女乘着升天，去追赶被王母娘娘召回天庭的织女……

曾因那老牛的无私和善良落过少年泪，又由于自己也是属牛的，更似乎引起一种同类的相怜。缘此对牛的敬意倍增，并巴望自己快快长大，以后也弄一头牛养着，不定哪天它也开口和自己说起话来。

常在梦里梦到自己拥有了那么一头牛……

及至偷看过哥哥的课本，插图中织女的形象就深深印在头脑中了。于是梦里梦到的不再是一头牛，善良的不如好看的。人一向记住的是善良的事，好看的人，而不是反过来。

以后更加巴望自己快快长大，长大后也能幸运地与天上下凡的织女做夫妻。不一定非得是织女姊妹中的"老七"。"老七"既已和牛郎做了夫妻，我也就不考虑她了，另外是她的姐姐和妹妹都成的。她很好看，她的姊妹们的模样想必也都错不了。那么一来，不就和牛郎也沾亲了吗？少年的我，极愿和牛郎沾亲。

再以后，凡是在我眼里好看的女孩儿，或同学，或邻家的或住一条街的丫头，少年的我，就想象她们是自己未来的"织女"。

于是常做这样的梦——在一处山环水绕四季如春的美丽地方，有两间草房，一间是牛郎家，一间是我家；有两个好看的女子，一个是牛郎的媳妇，一个是我媳妇，不消说我媳妇当然也是天上下凡的；有两头老牛，牛郎家的会说话，我家那头也会说话；有四个孩子，牛郎家一儿一女，我家一儿一女。他们长大了正好可以互相婚配……

我所向往的美好爱情生活的背景，时至今日，几乎总在农村。我并非一个城市文明的彻底的否定主义者。因而在相当长的一段时期，连自己也解释不清自己。

有一天下午，我在社区的小公园里独自散步，终于为自己找到了答案之一：公园里早晨和傍晚"人满为患"，所以我去那里散步，每每于下午三点钟左右。图的是眼净。那一天下着微微的细雨，我想整个公园也许该独属于我了。不期然在林中走着走着，猛地发现几步远处的地上撑开着一柄伞。如果不是一低头发现得早，不是驻步及时，非一脚踩到伞上不可！那伞下铺着一块塑料布，伸出四条纠缠在一起的腿。情形令我联想到一只触爪不完整的大墨斗鱼。莺声牛喘两相入耳，我紧急转身悄悄遁去……没走几步，又见类似镜头。从公园这一端走到那一端，凡见六七组矣。有的情形尚雅，但多数情形一见之下，心里不禁地骂自己一句："你可真讨厌！怎么偏偏这时候出来散步？"

回到家里遂想到——爱情是多么需要空间的一件事啊！城市太拥挤了，爱情没了躲人视野的去处。近年城市兴起了咖啡屋，光顾的大抵是钟情男女。咖啡屋替这些男女尽量营造有情调的气氛。大天白日要低垂着窗幔，晚上不开灯而燃蜡烛。又有些电影院设了双人座，虽然不公开叫"情侣座"，但实际上是。我在上海读大学时的七十年代，外滩堪称大上海的"爱情码头"。一米余长的石凳上，晚间每每坐两对儿。乡下的孩子们便拿了些草编的坐垫出租。还有租"隔音板"的。其实是普通的一方合成板块，比现如今的地板块儿大不了多少。两对中的两个男人通常居中并坐，各举一块"隔音板"，免得说话和举动相互干扰。那久了也是会累的。当年使我联想到《红旗谱》的下部《播火记》中的一个情节——反动派活捉了朱老忠们的一个革命的农民兄弟，迫他双手高举一根苞谷秸。只要他手一落下，便拉出去枪毙。其举关乎性命，他也不过就举了两个多小时……

上海当年还曾有过"露天新房"——在夏季，在公园里，在夜晚，在树丛间，在自制的"帐篷"里，便有着男女合欢。戴红袖标的治安管理员常常"光顾"之前隔帐盘问，于是一条男人的手臂会从中伸出，晃一晃结婚证。没结婚证可摆晃的，自然要被带到派出所去……

如今许多城市的面貌日新月异。房地产业的迅猛发展，虽然相对减缓了城市人的住房危机，但也同时占去了城市本就有限的园林绿地。就连我家对面那野趣盎然的小园林，也早有房地产商在觊觎着了。并且，前不久已在一端破土动工，几位政协委员强烈干预，才不得不停止。

爱情，或反过来说情爱，如流浪汉，寻找到一处完全属于自己的地方并不那么容易。白天只有一处传统的地方是公园，或电影院；晚上是咖啡屋，或歌舞厅。再不然干脆臂挽着臂满大街闲逛。北方人又叫"压马路"，香港叫"轧马路"。都是谈情说爱的意思。

在国外，也有将车开到郊区去，停在隐蔽处，就在车里亲爱的。好处是省了一笔去饭店开房间的房钱，不便处是车内的空间毕竟有限。

电影院里太黑，歌舞厅太闹，公园里的椅子都在明眼处，咖啡屋往往专宰情侣们。

于是情侣们最无顾忌的选择还是家。但既曰情侣，非是夫妻，那家也就不单单是自己们的。要趁其他家庭成员都不在的时间占用，于是不免有些偷偷摸摸苟苟且且……

当然，如今有钱的中国人多了。他们从西方学来的方式是在大饭店里包房间。这方式高级了许多，但据我看来，仍有些类似偷情。姑且先不论那是婚前恋还是不怎么敢光明正大的婚外恋……

城市人口的密度是越来越大了。城市的自由空间是越来越狭小了。情爱在城市里如一柄冬季的雨伞，往哪儿挂看着都不顺眼似的……

相比于城市，农村真是情爱的"广阔天地"呢！

情爱放在农村的大背景里，似乎才多少恢复了点儿美感，似乎才有了诗意和画意。生活在农村里的青年男女当然永远也不会这么感觉。而认为如果男的穿得像绅士，女的穿得很新潮，往公园的长椅上双双一坐，耳鬓厮磨；或在咖啡屋里，在幽幽的烛光下眼睛凝视着眼睛，手握着手，那才有谈情说爱的滋味儿啊！

但一个事实却是——摄影、绘画、诗、文学、影视，其美化情爱的艺术功能，历来在农村，在有山有水，有桥有林间小路，有田野的自然的背景中和环境里，才能得以充分地发挥魅力。

艺术若表现城市里的情爱，可充分玩赏其高贵，其奢华，其绅男淑女的风度气质以及优雅举止；也可以尽量地煽情，尽量地缠绵，尽量地难舍难分，但就是不能传达出情爱那份儿可以说是天然的美感来。在城市，污染情爱的非天然因素太多太多太多。情爱仿佛被"克隆"化了。

比之《牛郎织女》《天仙配》《梁山伯与祝英台》，《红楼梦》中的爱情其实是没有什么美感的。缠绵是缠绵得可以，但是美感无从说起。幸而那爱情还是发生在"园"里，若发生在一座城市的一户达官贵人的居家大楼里，贾宝玉整天价乘着电梯上上下下地周旋于薛林二位姑娘之间，也就俗不可耐了。

无论是《安娜·卡列尼娜》，还是《战争与和平》，还是几乎其他的一切西方经典小说，当它们的相爱着的男女主人公远离了城市去到乡间，或暂时隐居在他们的私人庄园里，差不多都会一改压抑着的情绪，情爱也只有在那些时候才显出了一些天然的美感。

麦秸垛后的农村青年男女的初吻，在我看来，的确要比楼梯拐角暗处搂抱着的一对儿"美观"些……村子外，月光下，小河旁相依相偎的身影，在我看来，比大饭店包房里的幽会要令人向往得多……

我是知青的时候，有次从团里步行回连队，登上一座必经的山头后，蓦然俯瞰到山下的草地间有一对男女知青在相互追逐。隐约的，能听到她的笑声。他终于追上了她，于是她靠在他怀里了，于是他们彼此拥抱着，亲吻着，一齐缓缓倒下在草地上……一群羊四散于周围，安闲地吃着草……

那时世界仿佛完全属于他们两个，仿佛他们就代表着最初的人类，就是夏娃和亚当。我的眼睛，是唯一的第三者的眼睛。回到连队，我在日记中写下了几句话是：

> 天上没有夏娃，
> 地上没有亚当。
> 我们就是夏娃，
> 我们就是亚当。
> 喝令三山五岳听着，
> 我们来了！
> ……

这几句所篡改的，是一首"大跃进"时代的民歌。连里的一名"老高三"，从我日记中发现了说好，就谱了曲。于是不久在男知青中传唱开了。有女知青听到了，并且晓得亚当和夏娃的"人物关系"，汇报到连里。于是连里召开了批判会。那女知青在批判中说："你们男知青都想充亚当，可我们女知青并不愿做夏娃！"又有女知青在批判中说："还'喝令三山五岳听着，我们来了！'来了又怎么样？想干什么呀……"

一名男知青没忍住笑出了声，于是所有的男知青都哈哈大笑。

会后指导员单独问我——你那么篡改究竟是什么意思嘛?

我说——唉，我想，在这么广阔的天地里不允许知青恋爱，是对大自然的一种白白浪费。

……

爱情或曰情爱乃是人类最古老的表现。我觉得它是那种一旦框在现代的框子里就会变得不伦不类似是而非的"东西"。城市越来越是使它变得不伦不类似是而非的"框子"。它在越接近着大自然的地方才越与人性天然吻合。酒盛在金樽里起码仍是酒，衣服印上商标起码仍是衣服。而情爱一旦经过包装和标价，它天然古朴的美感就被污染了。城市杂乱的背景上终日流动着种种强烈的欲望，情爱有时需要能突出它为唯一意义的时空，需要十分单纯又恬静的背景。需要两个人像树，像鸟儿，像河流，像云霞一样完全回归自然又享受自然之美的机会。对情爱城市不提供这样的时空、背景和机会。城市为情爱提供的唯一不被滋扰的地方叫作"室内"。而我们都知道"室内"的门刚一关上，情爱往往迫不及待地进展为什么。

电影《拿破仑传》为此做了最精彩的说明：征战前的拿破仑忙里偷闲遁入密室，他的情人——一位宫廷贵妇正一团情浓地期待着他。

拿破仑一边从腰间摘下宝剑抛在地上一边催促："快点儿！快点儿！你怎么居然还穿着衣服？要知道我只有半个小时的时间……"

是的，情爱在城市里几乎成了一桩必须忙里偷闲的事情，一件仓促得粗鄙的事情。

我常想，农村里相爱着的青年男女们，有理由抱怨贫穷，有理由感慨生活的艰辛。羡慕城里人所享有的物质条件的心情，也当然是最应该予以体恤的。但是却应该在这样一点上明白自己们其实是优于城里人的，那就是——当城里人为情爱四处寻找叫作"室内"的那一种地方时，农村里相爱着的青年男女们却正可以双双迈出家门。那时天和地几乎都完全属于他们的好心情，风为情爱而吹拂，鸟儿为情爱而唱歌，大树为情爱而遮阴，野花为情爱而芳香……

那时他们不妨想象自己们是亚当和夏娃，这世界除了相爱的他们还没第三者诞生呢。我认识一个小伙子，他和一个姑娘相爱已三年了。由于没住处，婚期一推再推。他曾对我抱怨："每次和她幽会，我都有种上医院的感觉。"我困惑地问他为什么会产生那么一种奇怪的感觉？

他说："你想啊，总得找个供我俩单独待在一起的地方吧？"

我说："去看电影。"

他说："都爱了三年了！如今还在电影院的黑暗里……那像干什么？不是初恋那会儿了，连我们自己都感到下作了……"

我说："那就去逛公园。秋天里的公园正美着。"

他说："还逛公园？三年里都逛了一百多次了！北京的大小公园都逛遍了……"

我说："要不就去饭店吃一顿。"

他说："去饭店吃一顿不是我们最想的事！"

我说："那你们想怎样？"

他说："这话问的！我们也是正常男女啊！每次我都为找个供我俩单独待的地方发愁。一旦找到，不管多远，找辆'的'就去。去了就直奔主题！你别笑！实事求是，那就是我俩心中所想嘛！一完事儿就彼此瞪着发呆。那还不像上医院吗？起个大早去挂号，排一上午，终于挨到叫号了，五分钟后就被门诊大夫给打发了……"

我同情地看了他片刻，将家里的钥匙交给他说："后天下午我有活动，一点后六点前我家归你们。怎么样？时间够充分的吧？"不料他说："我们已经吹了，彼此腻歪，都觉得没劲透了……"

在城市里，对于许多相爱的青年男女而言，"室内"的价格，无论租或买，都是极其昂贵的。求"室内"而不可得，求"室外"而必远足，于是情爱颇似城市里的"盲流"。人类的情爱不再动人了，还是由于情爱被"后工业"的现代性彻底地与劳动"离间"了。

情爱在劳动中的美感最为各种艺术形式所欣赏。

如今除了农业劳动，在其他一切脑体力劳动中，情爱都是被严格禁止的。而且只能被严格禁止。流水线需要每个劳动者全神贯注。男女混杂的劳动情形越来越成为历史。

但是农业劳动还例外着。农业劳动依然可以伴着歌声和笑声。在田野中，在晒麦场上，在磨坊里，在菜畦间，歌声和笑声非但不影响劳动的质量和效率，而且使劳动变得相对愉快。

农业劳动最繁忙的一项乃收获。如果是丰年，收获的繁忙注入着巨大的喜悦。这时的农人们是很累的。他们顾不上唱歌也顾不上说笑了。他们的腰被收割累得快直不起来了，他们的手臂在捆麦时被划出了一条条血道儿；他们的衣被汗水湿透了，他们的头被烈日晒晕了……

瞧，一个小伙子割到了地头，也不歇口气儿，转身便去帮另一垄的那姑娘……

他们终于会合了。他们相望一眼，双双坐在麦铺子上了。他掏出手绢儿替她擦汗。倘他真有手绢儿，那也肯定是一团皱巴巴的脏手绢儿。但姑娘并不嫌那手绢儿有他的汗味儿，她报以甜甜的一笑……

几乎只有在农业劳动中，男人女人之间还传达出这种动人的爱意。这爱意的确是美的。又寻常又美。

我在城市里一直企图发现男人女人之间那种又寻常又美的爱意的流露，却至今没发现过。

有次我在公园里见到了这样的情形——两拨小伙子为两拨姑娘们争买矿泉水。他们都想自己买到的多些，于是不但争，而且相互推挤，相互谩骂，最后大打出手，直到公园的巡警将他们喝止住。而双方已都有鼻子嘴流血的人了。我坐在一张长椅上望到了那一幕，奇怪，他们一人能喝得了几瓶冰镇的矿泉水吗？后来望见他们带着那些冰镇的矿泉水回到了各自的姑娘跟前。原来由于天热，附近没有水龙头，姑娘们要解热，所以他们争买矿泉水为姑娘们服务……

他们倒拿矿泉水瓶，姑娘们则双手捧接冰镇矿泉水洗脸。有的姑娘费用了一瓶，并不过瘾，接着费用第二瓶。有的小伙子，似觉仅拿一瓶，并不足以显出自己对自己所倾心的姑娘比同伴对同伴的姑娘爱护有加，于是两手各一瓶，左右而倾……

他们携带的录音机里，那时刻正播放出流行歌曲，唱的是：

> 我对你的爱并不简单，
> 这所有的人都已看见。
> 我对你的爱并不容易，
> 为你做的每件事你可牢记？
> ……

公园里许多人远远地驻足围观着那一幕，情爱的表达在城市，在我们的下一代身上，往往体现得如此简单，如此容易。

我望着不禁想到，当年我在北大荒，连队里有一名送水的男知青，他每次挑着水到麦地里，总是趁别人围着桶喝水时，将背在自己身上的一只装了水的军用水壶递给一名身材纤弱的上海女知青。因为她患过肝炎，大家并不认为他对她特殊，仅仅觉得他考虑得周到。她也那么想。麦收的一个多月里，她一直用他的军用水壶喝水。忽然有一天她从别人的话里起了疑点，于是请我陪着，约那名男知青到一个地方当面问他："我喝的水为什么是甜的？"

"我在壶里放了白糖。"

"每人每月才半斤糖，一个多月里你哪儿来那么多白糖往壶里放？"

"我用咱们知青发的大衣又向老职工们换了些糖。"

"可是……可是为什么……"

"因为……因为你肝不好……你的身体比别人更需要糖……"

她却凝视着他喃喃地说:"我不明白……我还是不明白……"

而他红了脸背转过身去。

此前他们不曾单独在一起说过一句话。

我将她扯到一旁,悄悄对她说:"傻丫头,你有什么不明白的?他是爱上你了呀!"她听了我这位知青老大哥的话,似乎不懂,似乎更糊涂了。呆呆地瞪着我。我又低声说:"现在的问题是,你得决定怎么对待他。"

"他为什么要偏偏爱上我呢……他为什么要偏偏爱上我呢……"她有些茫然不知所措地重复着,随即双手捂住脸,哭了。哭得像个在检票口前才发现自己丢了火车票的乡下少女。

我对那名男知青说:"哎,你别愣在那儿。哄她该是你的事儿,不是我的。"

我离开他们,走了一段路后,想想,又返回去了。因为我虽比较有把握地预料到了结果,但未亲眼所见,心里毕竟还是有些不怎么踏实。

我悄悄走到原地,发现他们已坐在两堆木材之间的隐蔽处了——她上身斜躺在他怀里,两条手臂揽着他的脖子。他的双手则扣抱于她腰际,头俯下去,一边脸贴着她的一边脸。他们像是那样子睡了,又像是那样子固化了……

同样是水,同样与情爱有关,同样表达得简单、容易,但似乎有着质量的区别。

在中国,在当代,爱情或曰情爱之所以不动人了,也还是因为我们常说的那种"缘",也就是那种似乎在冥冥中引导两颗心彼此找寻的宿命般的因果消弭了。于是爱情不但变得简单、容易,而且变成了内容最浅薄、最无意味可言的事情。有时浅薄得连"轻佻"的评价都够不上了。"轻佻"纵然不足取,毕竟还多少有点儿意味啊!

一个靓妹被招聘在大宾馆里做服务员，于是每天都在想：我之前有不少姐妹被洋人被有钱人相中带走了，但愿这一种好运气也早一天向我招手……

而某洋人或富人，住进那里，心中亦常动念：听说从中国带走一位漂亮姑娘，比带出境一只猫或一只狗还容易，但愿我也有些艳福……

于是双方一拍即合，相见恨晚，各自遂心如愿。

这是否也算是一种"缘"呢？

似乎不能偏说不算是。

是否也属于情爱之"缘"呢？

似乎不能偏说不配。

本质上相类同的"缘"，在中国比比皆是地涌现着。比随地乱扔的糖纸冰棒签子和四处乱弹的烟头多得多。可谓之曰"缘"的"泡沫"现象。

而我所言情爱之"缘"，乃是那么一种男人和女人的命数的"规定"——一旦圆合了，不但从此了却男女于情于爱两个字的种种惆怅和怨叹，而且意识到似乎有天意在成全着，于是满足得肃然，幸福得感激；即或未成眷属，也终生终世回忆着，永难忘怀。于是其情其爱刻骨铭心，上升为直至地老天荒的情愫的拥有，几十年如一日深深感动着你自己。美得哀婉。

这一种"缘"，不仅在中国，在全世界的当代，是差不多绝灭了。唐开元年间，玄宗命宫女赶制一批军衣，颁赐边塞士卒。一名士兵发现在短袍中夹有一首诗：

沙场征戍客，寒苦若为眠。

战袍经手作，知落阿谁边？

蓄意多添线，含情更著绵。

今生已过也，重结后身缘。

这位战士，便将此诗告之主帅。主帅吟过，铁血之心大恸，将诗上呈玄宗。玄宗阅后，亦生同情，遍示六宫，且传下圣旨："自招而朕不怪。"

于是有一宫女承认了诗是自己写的，且乞赐离宫，远嫁给边塞的那名士兵，玄宗不但同情，而且感动了。于是厚嫁了那宫女。二人相见，宫女噙泪道："诗为媒亦天为媒，我与汝结今身缘。"边塞三军将士，无不肃泣者。试想，若主帅见诗不以为然，此"缘"不可圆；若皇上龙颜大怒，兴许将那宫女杀了，此"缘"亦成悲声。然诗中那一缕情，那一腔怜，又谁能漠视之轻蔑之呢？尤其"蓄意多添线，含情更著绵"二句，读来令人愀然，虽铁血将军而不能不动儿女情肠促成之，虽天子而不能不大发慈悲依顺其愿……

此种"缘"不但动人、感人、哀美，而且似乎具有某种神圣性。

宋仁宗有次赐宴翰林学士们，一侍宴宫女见翰林中的宋子京眉清目秀，斯文儒雅，顿生爱慕之心。然圣宴之间，岂敢视顾？其后单恋独思而已。

两年后，宋子京偶过繁台街，忽然迎面来了几辆皇家车子，正避让，但闻车内娇声一呼"小宋"，懵怔之际，埃尘滚滚，宫车已远。回到住处，从此厌茶厌饭，锁眉不悦，后作《鹧鸪天》云：

　　画毂雕鞍狭路逢，一声肠断绣帘中。身无彩凤双飞翼，心有灵犀一点通。金作屋，玉为栊，车如流水马如龙。刘郎已恨蓬山远，更隔蓬山几万重。

此词很快传到宫中，仁宗嗅出端倪，传旨查问。那宫女承认道："自从一见翰林面，此心早嫁宋子京。虽死，而不悔。"仁宗虽不悦，但还是大度地召见了宋子京，告以"蓬山不远"。问可愿娶那宫女？宋子京回答："蓬山因情而远，故当因缘而近。"于是他们终成眷属。

诗人顾况与一宫女的"缘"就没以上那么圆满了。有次他在洛阳乘门泛舟于花园中，随手捞起一片硕大的梧桐叶子，见叶上题诗曰：

　　　　一入深宫里，年年不见春。
　　　　聊题一片叶，寄予有情人。

　　第二天他也在梧桐叶上题了一首诗：

　　　　花落深宫莺亦悲，上阳宫女断肠时。
　　　　君思不禁东流水，叶上题诗寄予谁？

　　带往上游，放于波中。十几日后，有人于苑中寻春，又自水中得一叶上诗，显然是答顾况的：

　　　　一叶题诗出禁城，谁人酬和独含情？
　　　　自嗟不及波中叶，荡漾乘春取次行。

　　顾况得知，忧思良久，仰天叹曰："此缘难圆，天意也。虽得二叶，亦当视如多情红颜。"据说他一直保存那两片叶子至死。情爱之于宫女，实乃精神的奢侈。故她们对情爱的珍惜与向往，每每感人至深。
　　情爱之于现代人，越来越变得接近生意。而生意是这世界上每天每时每刻每处都在忙忙碌碌地做着的。更像股票，像期货，像债券，像地摊儿交易，像拍卖行的拍卖，投机性、买卖性、速成性越来越公开，越来越普遍，越来越司空见惯。而且，似乎也越来越等于情爱本身了。于是情爱中那一种动人的、感人的、美的、仿佛天意般的"缘"，也越来越被不少男人的心女人的心理解为和捡钱包、中头彩、一镢挖到了金脉同一种造化的事情了。

我在中学时代，曾读过一篇《聊斋》中的故事，题目虽然忘了，但内容几十年来依然记得——有一位落魄异乡的读书人，皇试之期将至，然却身无分文，于是怀着满腹才学，沿路乞讨向京城而去。一日黄昏，至一镇外，饥渴难耐，想到路途遥遥，不禁独自哭泣。有一辆华丽的马车从他面前经过而又退回，驾车的绿衣丫鬟问他哭什么？如实相告。于是车中伸出一只纤手，手中拿着一枚金钗，绿衣丫鬟接了递给他说："我家小姐很同情你，此钗值千金，可卖了速去赶考。"

　　第二年，还是那个丫鬟驾着那辆车，又见着那读书人，仍是个衣衫褴褛的乞丐，很是奇怪，便下车问他是不是去年落榜了？

　　他说不是的。以我的才学，断不至于榜上无名。

　　又问：那你为什么还是这般地步呢？

　　答曰：路遇而已，承蒙怜悯，始信世上有善良。便留着金钗作纪念，怎么舍得就卖了去求功名啊。

　　丫鬟将话传达给车内的小姐，小姐便隔帘与丫鬟耳语了几句。于是那车飞驰而去，俄顷丫鬟独自归来，对他说：我家小姐亦感动于你的痴心，再赠纹银百两，望此次莫错过赴考的机会……

　　而他果然中了举人，做了巡抚。于是府中设了牌位，每日必拜自己的女恩人。

　　一年后，某天那丫鬟突然来到府中，说小姐有事相求——小姐丫鬟，皆属狐类。那一族狐，适逢天劫，要他那一身官袍焚烧了，才可避过灭族大劫。没了官袍，官自然也就做不成。更不要说还焚烧了，那将犯下杀头之罪。

　　狐仙跪泣曰：小小一钗区区百银，当初助君，实在并没有图报答的想法。今竟来请求你弃官抛位，而且冒杀头之罪救我们的命，真是说不出口哇。但一想到家族中老小百余口的生死，也只能厚着脸面来相求了。你拒绝，我也是完全理解的。而我求你，只不过是尽一种对家族的义务而已。何况，也想再见你一面，你千万不必为难。死前能再见到你，也是你我的一种缘分啊……

那巡抚听罢，当即脱下官袍，挂了官印，与她们一起逃走了……

使人不禁就想起金人元好问《迈陂塘》中的词句："问世间，情是何物？直教生死相许。"

"直教"二字，后人们一向白话为"竟使"。然而我总固执地认为，古文中某些词句的语意之深之浓之贴切恰当，实非白话所能道清道透道详道尽。某些古文之语意语感，有时真比"外译中"尤难三分。"直教生死相许"中的"直教"二字，又岂是"竟使"二字可以了得的呢？好一个"直教生死相许"，此处"直教"得沉甸甸不可替代啊！

现代人的爱情或曰情爱中，早已缺了这分量，故早已端的是"爱情不能承受之轻"了。或反过来说"爱情不能承受之重"。其爱其情掺入了太多太多的即兑功利，当然也沉甸甸起来了。"情难禁，爱郎不用金"——连这一种起码的人性的洒脱，现代人都做不太到了。钓金龟婿诱摇钱女的世相，其经验其技巧其智谋其逻辑，"直教"小说家戏剧家自叹虚构的本事弗如，创作高于生活的追求，"难于上青天"也。

进而想到，若将以上一篇《聊斋》故事放在现实的背景中，情节会怎么发展呢？收受了金钗的男子，哪里会留作纪念不忍卖而竟误了高考呢？那不是太傻帽儿了吗？卖了而不去赴考，直接投作经商的本钱注册个小公司自任小老板也是说不定的。就算也去赴考了，毕业后分到了国家机关，后来当上了处长局长，难道会为了报答当初的情与恩而自断前程吗？

如此要求现代人，不是简直有点儿太过分了吗？

依顺了现代的现实性，爱情或曰情爱的"缘"的美和"义"的美，也就只有在古典中安慰现代人叶公好龙的憧憬了。

故自人类进入二十世纪以来，从全世界的范围看，除了为爱而弃王冠的温莎公爵一例，无论戏剧中影视文学中，关于爱情的真正感人至深的作品凤毛麟角。

《查泰莱夫人的情人》算一部。但是性的描写远远多于情的表现，也就真得失美了。《廊桥遗梦》也算一部。美国电影《人鬼情未了》是当年上座率最高的影片之一。这后两个故事，其实都在中国的古典爱情故事中可以找到痕迹。我们当然不能认为它们是"移植"，但却足以得出这样的结论——现代戏剧影视文学中关于爱与情的美质，倘还具有，那么与其说来自于现实，毋宁说是来自对古典作品的营养的吸收。

这就是为什么《简·爱》《红字》《梁山伯与祝英台》《白蛇传》以及《牛郎织女》那样的纯朴的民间爱情故事等仍能成为文学的遗产的原因。

电影《钢琴课》和《英国病人》属于另一种爱情故事，那种现代得病态的爱情故事。在类乎心理医生对现代人的心灵所能达到的深处，呈现出一种令现代人自己怜悯自己的失落与失贞，无奈与无助。它们简直也可以说并非什么爱情故事，而是现当代人在与爱字相关的诸方面的人性病症的典型研究报告。

在当代影视戏剧小说中，爱可以自成喜剧、自成闹剧、自成讽刺剧、自成肥皂剧连续剧，爱可以伴随着商业情节、政治情节、冒险情节一波三折峰回路转……

但，的的确确，爱就是不感人了，不动人了，不美了。

有时，真想听人给我讲一个感人的、动人的、美的爱情故事呢！不论那是现实中的真人真事，抑或纯粹的虚构，都想听呢……

《廊桥遗梦》：中国性爱启示录

现在，我读完了它。读得很认真。有些段落读两遍。有些句子或划了红线。我如此认真地读这一本美国人写的，译成中文只八万字的变形三十二开的畅销书，由于受到两方面影响——媒介的宣传和读过这一本书的人们的推荐。

通常，我是一个不容易受媒介宣传影响的人。我知道，这一种宣传，背后往往是一次精心的纯粹商业营销性质的策划。它出版前，曾在某报连载。我读了几章，既没被故事所吸引，也没觉文字闪烁特殊的魅力，便未再读下去。

相对而言，我较容易受读过某一本书的人们的口头推荐之影响。道理是那么的简单——一个人如果阅读旨趣不俗，读一本书，之后推荐给朋友，一定有些值得推荐的方面。在出版业，我还未闻有"连锁直销"的手段被运用。那么一个人推荐某一本书给朋友读，除了希望共同分享阅读的愉悦，和自己的金钱利益是不发生丝毫关系的。何况每每不是怂恿你去买，而是主动将自己买了的书借给你，只希望你无偿地读。和媒介的宣传相比，当然是无私可言的。

于是我手中竟有了三本，都是外国文学出版社出的。其中一位朋友告诉我："我妻子一边看一边哭！"我说："是吗？"——不禁地有些"友邦惊诧"。并问："你呢？"他耸耸肩："我又不是女人，没她那么容易受感动。"——随即补充，"是她催促我快给你送这本书来。不是我对你有这份儿热忱。"另一位朋友送书来时说："你认真看看，看看美国女人的性观念！"送第三本书来的朋友年长我不少，五十多岁了。他说："唉，当儿女的，都像这本书里的儿女们那么理解父母多好！"——欲走不走的，似乎还有满肚子话要往外倾诉。见我正写作，最后留下一句话是——"读了这本书，更他妈使人感到压抑了！"

我知道他在闹离婚。离婚后想和一个比自己小十七八岁的女人再婚。而他的儿女们威胁他："老东西如果胆敢颠覆我们这个好端端的家庭，非打残废你不可！"

他的处境好比幻想黄连变甘蔗，却两头儿都苦。

当晚，见中央电视台某节目的某位女主持人，深情地说："我把活的生命给了我的家庭，我把剩下的遗体给罗伯特·金凯——《廊桥遗梦》女主人公的这一句话，将使我们长久地感慨万千……"

于是电视屏幕上出现了那一句话的字幕。

背景是池水，两只鸭结伴而游。我看得很清楚，的确是两只鸭，非是两只天鹅，也非是一对鸳鸯。但似乎是野鸭，不是家鸭。因为它们将身体完全潜在清澈的水波下游。家鸭一般没这能耐……

那节目片段做得不错，很浪漫，很柔情，很有意境和意味儿。尽管象征男女主人公的是两只野鸭，而非是两只天鹅，或一对鸳鸯。我却觉得是两只野鸭似乎更好，更对头。若是两只天鹅，未免格调太高贵。一个流浪汉和一个农妇的婚外恋，象征高贵了反而就显得矫情了不是？一对鸳鸯呢，象征又未免太中国化也太甜腻了……

我就是从那一天晚上，开始细读《廊桥遗梦》……

一个老故事，一本畅销书

爱是文学艺术中老得不能再老的主题，却永远的老而不死。真真是一个"老不死的东西"。我想这大概由于读者们总是一代一代老得很快，总是一代一代相继死去的原因吧？好比服装，对于这一代人过时了，对于下一代也许恰恰又流行，又时髦。这一代人悄悄退出服装消费者群体，下一代人又成长起来了。丢弃了童装，集结为新的一批成人服装消费群体。所以除了饮食业，服装业最为经久不衰。各个国家都是这样。如果一个服装设计者，不经款式的改造，一厢情愿地便将十八、十七世纪，甚至更老世纪的服装向当代人兜售，那么大多数当代人一定不太买他的账。酒是"跨世纪"的最好，服装往往是刚上市的最畅销。"名牌"而老，实际上买了穿着已不再是内心里的喜欢，仅仅是某种可以示人的骄傲。对于当代人，服装的魅力是传统中有当代性，没有就会使当代人敬而远之。对于当代人，小说的魅力也许恰恰反过来，恰恰需要在当代性中有传统。没有当代人也是会敬而远之的。大多数当代人既不愿执拗地生活在传统观念中，其实也不愿非常激进地生活在种种时代的"先锋"观念中，往往习惯于生活在传统与"先锋"之间的"过渡带"。所以"当代"一词之于当代人，细细想来，必然是一个含糊的、暧昧的、定义不甚明确的词。

《少年维特之烦恼》不能不算是一个好的爱情故事。《罗密欧与朱丽叶》尤其是经典。与《廊桥遗梦》相比起码毫不逊色。还有中国的《红楼梦》《白蛇传》《梁山伯与祝英台》。但是大多数当代人绝对地再不打算为它们唏嘘落泪了。尽管爱是一个"老不死"的主题，但是关于爱的小说、戏剧、诗和歌，也像它的读者、观众和听众一样，一批又一批地老了、旧了、死了。没死的，也不过象征性地"活"在文学史中、戏剧史中、老唱片店里。当代人不但要读关于爱的故事，更要读当代人创作的，尤其要读当代人反映当代人的。在这一点上，不管人们承认不承认，前世纪的文学大师们，永远竞争不过后来的当代的小说家们。如果后者们水准并不太低的话，哪怕他们永远成不了大师。

这便是《廊桥遗梦》在美国畅销的前提吧？也是在中国畅销的前提吧？何况，《廊桥遗梦》讲了一个够水准的爱情故事，一对儿当代美国男女的爱情故事，一个既迎合当代人的当代性爱观念又兼顾当代人对传统家庭观念依依不舍之心理的爱情故事。

老故事和畅销书之间的关系，其实正意味着当代人和爱、和性、和家庭观念之间的尴尬——不求全新，亦不甘守旧。全新太耗精力，守旧太委屈自己。

罗伯特·詹姆斯·沃勒相当谨慎又相当自信地把握了当代美国人的这一种心理分寸。这乃是《廊桥遗梦》在美国畅销的第二个前提。我认为他的社会心理分析和判断方面的能力，显然高出他写小说方面的才华。而他的分析和判断在美国首先应验了，其次在中国也应验了。

为中年男女讲的爱情故事

中国的爱情故事，十之八九是为青年男女们讲的，也十之八九讲的是青年男女的爱情。《红楼梦》中的男女主人公们，甚至可以说是些少男少女。曾经在大陆很畅销了一阵子的台湾女作家琼瑶的系列小说的男女主人公，几乎皆属青春偶像型。所以搬上银幕或拍成电视连续剧，男主角个个是"白马王子"，女主角个个是"靓女俏妹"。中国文学、戏剧和电影、电视剧中，为中国中年男女讲的爱情故事实在太少了。这和中国的国情似乎有极大的关系。像五十二岁的罗伯特那把年纪，在中国在五六十年代差不多开始做爷爷了。而五十年代的中国男人，到了五十二岁，由于物质生活水平的普遍低劣，大多数也都老得没精气神儿了。四十五岁的中国女人，一般当然要比同年纪的男人还要老些，该被尊称为"大婶"了。由"大婶"而"大娘"，其间最长也只不过有十年，最短才五六年的"过渡阶段"。一旦被叫"大娘"，女人也就不大好进入文学、戏剧或电影、电视剧中充当爱情的有魅力的主角了。中国的小说家戏剧家电影们又是很"势利眼"的，即或在结构爱情结束时仁慈地考虑到了她们的存在，也不过只将她们搅进去做"陪衬人物"。的确，又老，又穷，精神上根本浪漫不起来，婚外恋的可能性究竟会有多少呢？反映了，又会有多少浪漫色彩呢？既难浪漫，小说家戏剧家电影家们也就不自设难题自找麻烦了。不识好歹地"迎着困难"上，也将被视为"反映老年婚姻问题"一类，搞得自己不尴不尬的。更不要说很容易被指斥曰"颠覆传统道德"、"有伤风化"、"有损老年人形象"云云了……

近年，情形似乎有了很大变化。物质生活水准提高了，五十多岁的男人不再个个都像小老头儿了。四十多岁的女人也普遍都非常在意地减肥、健美，想方设法使自己年轻化了。事实上，她们也真比五六十年代的女人们年轻得多。人既年轻，心也就俏少。半老不老的女人们的内心里，其实是和少女们一样喜欢读爱情小说的。只不过不喜欢读爱情一方主角是少女的小说罢了。少女们从爱情小说中间接品咂爱情滋味儿。供她们读，以她们为主角，或者以几年以前的她们为主角的爱情小说多得是，一批一批地在印刷厂赶印着。她们每天读都读不过来。她们对浪漫爱情的幻想后边连着对美好婚姻的幻想。但是半老不老的女人们和半老不老的男人们内心里所幻想的，直接的就是婚外恋。因为她们和他们，大抵都是已婚者。尤其她们，恰似《廊桥遗梦》的女主角弗朗西斯卡是做了妻子的女人一样。这样的女人们的内心里，要么不再幻想爱情，要么幻想婚外恋。一旦幻想产生，除了是婚外恋，还能是别种样的什么爱情呢？即使结果是离婚再婚，那"第一章"，也必从婚外恋开始。正如《廊桥遗梦》这篇小说从婚外恋开始。

如果在三十五岁至四十五岁的中国女人们之间进行一次最广泛的社会调查，如果她们发誓一定说真话绝不说假话，那么答案可能是这样——起码半数以上的她们，内心里曾产生过婚外恋幻想。有的经常产生，有的偶尔产生，有的受到外界诱因才产生……诸如读《廊桥遗梦》这样的缠绵悱恻的爱情小说，或看过类似的电影电视剧之后。有的不必受到什么外界诱因也会产生，比如独自陷于孤独和寂寞的时候。

在她们中，尤以四十至四十五岁的女人们幻想的时候经常些。因为三十多岁的女人们，是不甘仅仅耽于幻想的。几次的幻想之后，便会积累为主动的行为了。而四十至四十五岁的女人们，由于家庭、子女、年龄和机会的难望难求等等的原因，则不甚容易采取主动行为。即使婚外恋真的发生，她们也每每是被动的角色。她们中又尤以有文化的女人为主，却不以文化的高低为限。对于婚外浪漫恋情的幻想，一个只有小学三四年级文化程度的女人绝不比一个受过大学高等教育的女人或女硕士女博士什么的稍逊，甚至有过之而无不及。初级教育给人幻想的能力，高等教育教给人思想的能力。而思想是幻想的"天敌"，正如瓢虫是蚜虫的天敌。婚外恋幻想是中产阶层妇女传统的意识游戏之一。中国在七十年代以前至一九四九年，不但消灭了资产阶级而且改造了中产阶级。所以几乎没有严格意义的中产阶层妇女可言。只有劳动妇女、家庭妇女、知识妇女，统称为"革命妇女"。"革命妇女"的意思便是头脑之中仅只产生"革命幻想"和"革命思想"的女人。情爱幻想和情爱思想是不允许在头脑中有一席之地的。它实际上被逼迫到了生理本能的"牢房"中去。偶或的被女人们自己暗自优待，溜到心理空间"放放风"。倘若一个女人的头脑中经常产生情爱幻想，并且由此产生与"革命幻想"、"革命思想"相悖的情爱思想，尤其是既不但自己头脑中产生了，竟还暴露于人宣布于人传播于人，那么便是个"意识不良"的女人了。倘若有已婚的女人胆敢言自己头脑中存在过婚外恋幻想，那么她肯定将被公认为是一个坏女人无疑了。

我在知青的年代里，我那个连队，有一名女知青午休时静躺不眠，身旁的亲密女友问她为什么睡不着？是不是想家了？她说不是。经再三的关心的诘问，才以实相告。曰想男人，曰这时候，身旁若躺的是一个男人，可以偎在男人怀里，不管是丈夫不是丈夫，多惬意多幸福多美妙多美好哇！女友将她这种"丑恶"思想向连里汇报了。于是召开全连批判会，批判了三天。男女知青，人人踊跃发言。可谓慷慨激昂，口诛笔伐。团"政治思想工作组"，向各连发了"政治思想工作简报"。"简报"上措辞严厉地提出警诫——"思想政治工作不狠抓了得吗？一旦放松能行吗？"

当年我也是一个口诛笔伐者。当年我真觉得那名女知青的思想意识"丑恶"极了。这件事当年还上了《兵团战士报》，"专栏批判文章"中，还评出了那一年度的"优秀批判文章"一二三等奖……

当年的"革命样板戏"《海港》和《龙江颂》也最能从文艺的被扭曲了的性质方面说明问题。《龙江颂》中的第一号"女英雄人物"江水英没丈夫、没儿女，当然更不可能有什么"情人"。但她家门上，毕竟还挂一块匾，上写"光荣军属"四个大字。到了《海港》中的方海珍那儿，不但无丈夫、无儿女，连"光荣军属"的一块匾也没有了。舞台上的电影中的方海珍，年龄看去应在四十余岁，比《廊桥遗梦》中的弗朗西斯卡的年龄只小不大。方海珍也罢、江水英也罢，头脑之中仅有"阶级斗争"这根"弦"，没有丝毫的女人意识。生活内容中只有工作，只有教导他人的责任，没有丝毫的情爱内容。如果说她们身上也重笔彩墨地体现着爱和情，那也仅仅是爱国之爱，爱职责之爱、同志之情、阶级之情。一言以蔽之，她们仿佛都是被完全抽掉了男女情爱性爱本能的中性人，而非实实在在的女人。

另一"革命样板戏"《杜鹃山》，乃六十年代初全国现代戏剧会演中的获奖剧目。原剧中的女党代表柯湘，与反抗地主阶级剥削压迫的农民武装首领乌豆之间，本是有着建立在"共同革命目标基础"上的爱情关系的。然而连建立在这一"革命基础"上的"革命的爱情"关系，在"革命文艺"中，也是被禁止的。因而后来改编成的"样板戏"中，爱情关系被理所当然地一斧砍掉了。我作为知青时，曾被抽调到黑龙江省出版社培训，与当年的文编室主任肖沉老师去黑龙江省边陲小镇虎林县城组稿，在林场的职工食堂里，发现了原剧的作者。对方当年戴着"现行反革命"的帽子在林场接受劳动改造。最主要的也是最"不可饶恕"的罪名，乃因在该剧被改编为"革命样板戏"的过程中，他书生气十足地坚持原作的"创作权益"，反对将男女主人公的爱情关系一斧砍掉。当然也就是反对将他创作的剧目进行"革命性"的改编。也当然就是反对"杰出的文艺旗手"江青同志。我当时见了他，真仿佛见了崇拜已久的文艺前辈。尽管他当年和我现在的年龄差不多，不过四十多岁。我在他面前诚惶诚恐，口口声声尊称他为"老师"，还傻兮兮地问他电影字幕上为什么没有他的名字？惊得他面色顿变，连连说："我写的是毒草！是大毒草！你千万别把大毒草和'革命样板戏'往一块儿扯。别人听到了你将吃不消，我更吃不消！"饭没吃完，捧着饭碗逃之夭夭。

肖沉老师当即生气地批评我："你这年轻人！月球上来的呀？哪壶不开提哪壶！"

他跟对方是好朋友。以后数日，他到处寻找对方，想和对方私下聊聊，问对方需要一些他力所能及的帮助不，对方竟然失踪了，找不到。离开虎林的前一天，终于知道对方在哪儿了，匆匆带我赶去，对方却不肯见他。

我有些生气，说不过就写了一部戏，落到这种人下人的地步，干吗还那么大的架子？比孔明还难见！

肖沉老师长叹道："你懂什么！他是怕连累我啊！"

我说："有那么严重吗？"

他说："一位省级出版社的文艺编辑室的主任，组稿到了一个地方，苦苦地非要见一名因反对'文艺旗手'而被打成现行反革命的人，这样的事想定成什么政治性质就可以定成什么政治性质。我如果不是相信你这个年轻人的为人，才不向你介绍他呢！他不肯见我，也是由于你！我了解你，相信你。他丝毫不了解，怎么能不对你存有戒心。"

到了"文革"结束后的最初几年，情爱主题在文学艺术中依然是一个"禁区"。张洁的《爱，是不能忘记的》，大概是第一篇反映婚外恋主题的小说。它的问世在全国引起沸沸扬扬的反响，酿成过一场不大不小的风波，以至于全国妇联当年也参与进了这场是是非非的纷争之中。

而今天，经历了只不过仅仅十年的演进，中国文学艺术之中的爱、情欲和性，却已经几乎到了无孔不入的程度，却已经只不过成了一种"佐料"。因而便有了这样一句带有总结意味儿的话语："戏不够，爱来凑。"这样一句总结性的话语，其实包含着显明的批评成分。批评来自于读者，来自于观众，来自于小说评论家和影视批评家。连小说家和编剧家们自己，也相互以此话语自嘲和打趣起来。似乎无奈，又似乎心安理得，又似乎天经地义。爱、情欲和性，尤其在小说和电影中，越来越趋向于低俗、猥亵、丑陋、自然主义（下流的自然主义）。越来越不圣洁了，甚至谈不上起码的庄重了。仿佛原先由于某种锦缎价格昂贵虽心向往之却根本不敢问津，甚至经过布店都绕道而行，忽一日暴发了，闯入大小布店成匹地买。既不但买了做衣服，还做裤衩做背心，做鞋垫做袜子，做床单做台布。而新鲜了几天就索性做抹布做拖布了。几乎凡叫小说的书里都有爱都有情欲都有性，就是缺少了关于爱的思想关于情欲的诗意关于性的美感。而且，一个现象是，在许许多多的书中，男欢女爱的主角们，年龄分明的越来越小。由三十多岁而二十多岁而少男少女。后者的爱情故事，在西方是被归于"青春小说"或"青春电影"的。而在中国却似乎成了"主流"爱情故事，既轻佻又浅薄。恰恰是在我们的某些"青春小说"和"青春电影"里，爱被表现得随意、随便，朝三暮四如同游戏。这也许非常符合现实，但失落了文学艺术对现实的"意见"。而这一种"意见"，原本是文学艺术的本质之一。

爱的主题并不一定只能或只许开出美的花朵，在现实中往往也能滋生出极丑和极恶。这样的文学名著是不少的。比如巴尔扎克的《贝姨》《搅水女人》，左拉的《娜娜》。但是这些名著中的批判意识显而易见。正如左拉在着手创作《娜娜》之前宣言的——坚定不移地揭示生活中的丑恶和溃疡。《娜娜》这部书中谈不上有爱，充斥其间的只不过是一幕幕变态的情欲和动物般的性冲动。它是我看过的西方古典小说中最"肮脏"的一部，但是却从来也没动摇过我对左拉在法国文学史上文学地位的特殊存在。而中国的当代作家中，有相当一批人，巴不得一部接一部写出的全是《金瓶梅》，似乎觉得《红楼梦》那种写法早已过时了。《金瓶梅》当然也有了不起的价值，如果将其中的情欲和性的部分删除，它也就不是《金瓶梅》了。我当然读过《金瓶梅》，它在每段赤裸裸的情欲和性的描写之后，总是"有诗为证"。而那些"诗"，几乎全部的拙劣到了极点。后来就干脆不厌其烦地重复出现。同样的字、词、句，一而再，再而三地使用。好比今天看电视连续剧，不时插入同一条广告。我们的现当代评论家，不知是出于什么样的原因基于什么样的心理，一代接一代地也几乎全部都在重复同样的论调，强说它是一部"谴责小说""暴露小说""批评现实主义小说"。仿佛中国小说的批判现实主义的精神，正是从兰陵笑笑生那儿继承来的。从《金瓶梅》中男女们的结局看，似乎的确一个都没有什么好下场。有的下场极惨。但这并不意味着就是"谴责"、就是"暴露"、就是"批判"。最多只能说是对追求声色犬马生活的世人们的"告诫"罢了。往最高了评价也不过就是一部带有点儿"劝世"色彩的小说。那"谴责"那"暴露"那"批判"，实在是我们自己读出来的，实在是我们自己强加给笑笑生的。倒是他对西门庆一夫多妻的性生活的羡慕心理，以及对他和女人们做爱时那种五花八门的，每每依靠药物依靠器具的八级工匠似的操作方式的欣赏，愉娱，在字里行间简直就掩饰不住。据我看来，笑笑生毫无疑问是一个有间接淫癖的男人。他从他的写作中也获得着间接的性心理和性生理的快感。可以想象，那一种快感，于笑笑生显然的形同手淫。后人将"批判"和"谴责"的桂冠戴在他的头上，实在意味着一种暧昧。倒是在日本和在西方对它的评价更坦率些。

日本认为它是中国的第一部"性官能小说"。日本当代某些专写"性官能小说"的人面对《金瓶梅》往往惭愧不已。他们中许多人都丝毫也不害羞地承认，他们对性进行官能刺激的描写和发挥和满足读者官能快感的想象，从中国的《金瓶梅》中获益匪浅。而据我所知，在西方，《金瓶梅》是被当作中国的第一部"最伟大的""极端自然主义的""空前绝后"的"性小说"的。这才评论到了点子上。《金瓶梅》和《娜娜》是有本质区别的。笑笑生和左拉也是有本质区别的。性爱在中国当代小说中，几乎只剩下了官能的壳。这壳里已几乎毫无人欲的灵魂。

正是在这一文化背景下，美国人的《廊桥遗梦》漂洋过海，用中国的方块字印成书出现在中国。它在中国的畅销顺理成章。

"在一个日益麻木不仁的世界上，我们的知觉都已生了硬痂，我们都生活在自己的茧壳中。伟大的激情和肉麻的温情之间的分界线究竟在哪里，我无法确定。但是我们往往倾向于对前者的可能性嗤之以鼻，给真挚的深情贴上故作多情的标签……"

"在当今这个千金之诺随意打破，爱情只不过是逢场作戏的世界上……这个不寻常的故事还是值得讲出来的。我当时就相信这一点。现在更加坚信不疑……"

以上两段话，是沃勒在"开篇"中说的。也就是他在开始讲他的一个关于当代男女的爱情故事之前，对爱所发表的极具当代性的"意见"。他的"意见"包含有明显的沮丧和批判。

我对"肉麻的温情"五个字相当困惑。反复咀嚼，几经思考之后，困惑依然存在，丝毫未减。由我想来，温情乃是爱的相当重要的"元素"。是的。似乎只有用"元素"这个词，才能接近我对温情之于爱情的重要性的表达。没有温情的爱情是根本不可能的。正如没有氧的空气根本不是空气一样。"肉麻的温情"也是温情。我根本无法想象，在性爱中，温情既是一种重要的不可或缺的"元素"——什么样的温情是"肉麻"的？什么样的温情才不是？正如沃勒自己"无法确定"——"伟大的激情和肉麻的温情之间的分界线究竟在哪里"，如果我用我的困惑向他鞠躬请教，他一定更加"无法确定"——"肉麻的温情"和"不肉麻的温情"之间的分界线究竟在哪里？即使在他的爱情故事里，温情既不但存在，用他自己轻蔑又不屑的话来说——也相当"肉麻"。且不论那个"颇有才气的女导演"——"毫无例外地，每次他们做过爱，躺在一起时，她总对他说：'你是最好的，罗伯特，没人比得上你，连相近的也没有。'"沃勒极其欣赏的女主人公弗朗西斯卡在和罗伯特做爱后，也说："我现在并不是在草地上坐在你身旁，而是在你的身体内，属于你，心甘情愿当一个囚徒。"

我们谁能分清弗朗西斯卡和那个"颇有才气的女导演"，谁当时的温情"肉麻"，谁当时的温情不"肉麻"呢？沃勒就能清清楚楚地分得开来并且明明白白地告诉我们吗？

爱着的男女之间的温情都是有几分"肉麻"的。只不过"肉麻"的程度不同罢了。这一点一切爱过的男女——痴爱也罢，逢场作戏也罢，都是心中有数的，而且都有切身体会的。是否沃勒过分偏执地崇尚性爱的原始冲动又过分偏执地贬斥性爱的温情"元素"呢？

他的《廊桥遗梦》给我的印象，似乎证明着他是一个相当理性的，相当谨慎的，力求不使读者感到偏执，力求不使自己和自己的作品因偏执而遭到读者排斥引起读者逆反的作家。那么，我不禁猜想，问题也许出在了翻译方面。在"肉麻的温情"这五个字中，要么是"肉麻"两个字不甚准确，要么是"温情"两个字稍欠适当吧？

其实我更想指出的是——沃勒这个美国佬以上两段话，当然是对当代美国人说的。他落笔之前，肯定没想到中国人会做何想法。肯定不会像我们的某些小说家或影视编剧家，预先揣摩西方人尤其是美国人的接受心理。

然而他对爱情的极具当代性的"意见"，却既不但在美国获得了普遍的认同，也在中国获得了普遍的知音。

我们从他的"开篇"的字里行间，既看得出他对所讲的爱情故事的价值满怀信心，也同样看得出他是多么的并不自信。他"当时就相信这一点，现在更加坚信不疑"的同时，又有点儿近乎"推销"地说："不过，如果你在读下去的时候能如诗人柯尔律治所说，暂时收起你的不信，那么我敢肯定你会感受到与我同样的体验。"

《廊桥遗梦》是罗伯特·詹姆斯·沃勒在自信与不自信兼而有之的创作心态下的产物。

我们理解他的自信，因为他在对性爱的观念作极具当代性的呼唤美好的"发言"。

我们理解他的不自信，因为他所面对的，乃是一个"千金之诺随意打破，爱情只不过是逢场作戏"，"日益麻木不仁"往往"给真挚的深情贴上故作多情的标签"的令人沮丧的世界。

世界分明比沃勒先生认为的要稍好一些。否则他的这一本讲述爱情故事的小册子，不会仅仅在美国就发行到一千余万册。尽管我对这个数字颇持怀疑态度。一千余万，相当于在美国的十个大城市各发行到百万以上。但是《廊桥遗梦》在美国十分畅销，则是毫无疑问的了。

沃勒先生现在肯定已经知道，他的这一本讲述爱情故事的小册子，在中国也引起广泛的兴趣了。这一份儿喜悦和收获显然是他不曾预期的。

这位美国佬值得为自己干一大杯！

专讲给女人听的爱情故事

读过许多关于爱情的小说之后，我已经变得不大容易被爱情故事所感动了。《廊桥遗梦》这个故事本身也没太感动我。它使我联想到我们中国的《白蛇传》和《梁山伯与祝英台》。后者在张扬爱的浪漫和咏叹爱的执着方面，实在不是《廊桥遗梦》所能媲美的。谈到"伟大"，无论故事本身想象魅力的伟大，还是男女主人公身上所具有的感天地泣鬼神的爱力（用沃勒的话叫作"激情"）的伟大，都远远地超过《廊桥遗梦》，简直不能同日而语。相爱男女的灵魂化为彩蝶这一种浪漫想象，从小就使我折服之极。而《白蛇传》中的白娘子这一女性形象，我认为在人类艺术创造史上，更是前无古人，后无来者。蛇是多么可怕的东西！蛇而为精，一向意味着邪恶与凶残。希腊神话和罗马神话中，蛇精蛇怪一再伴着毒辣之神出现。只有在我们中国的《白蛇传》中，成为爱、美、善、刚勇、柔情忠贞、视死如归的化身。白娘子那种为对爱宁人负我，我绝不负人，那种为爱不惜赴汤蹈火，不惜以千年修炼之身相殉，那种虽被镇在塔下却爱心不悔的痴，真真是人间天上爱的绝唱！真真令世世代代的男人们永远地自愧弗如啊！只不过《白蛇传》也罢，《梁山伯与祝英台》也罢，都因其神话性和传奇性，冲淡了当代性，不再能令我们当代人感动了。

是的，最感动当代人的爱情故事，必是发生在当代的爱情故事。

"看三国掉眼泪替古人担忧"这句话早已被证明过时。

当代人看"三国"既不会掉眼泪也一点儿不替古人担忧。

当代人看《秦香莲》也不再会一把鼻涕一把泪大动感情了。

可是哪怕极平庸的当代爱情故事，也会至少吸引当代人中的一部分。

这种感动就像嫉妒一样。当代人不会嫉妒古人，不会嫉妒神话中的人和传说中的人，但一定会要深深地嫉妒他或她周围的人。

我在上大学时，曾听说过这样一件事——上海市的郊区，一对男女青年自幼暗暗相爱，因其中一方的家庭出身是富农，而另一方的父亲是村党支部书记，他们的爱情当然不被现实所允许。于是他们双双留下遗嘱，服毒死于野外，当夜大雪。南方很少下那么大的雪。当年我的上海同学们，都言那是近三十年内不曾有过的南方冬景。大雪将那一对男女青年的尸体整整覆盖了九天。而据说，按照当地的习俗，一对新人婚后的九天内是不应受到任何贺客滋扰的。这当然是巧合。但有一点人人都说千真万确——他们身上共盖着一张旧年画。年画上是梁山伯与祝英台。那是女青年从小喜欢的一张年画，"破四旧"时期私藏着保存了下来……

大约在九月份，朱时茂派他的下属将我接到他的公司，让我看一则报上剪下来的通讯报道。不是什么连载小说之类。而是实事——"文革"前一年，一个农村少女，暗恋上了县剧团的一名男演员。一次看他演出，在他卸妆后偷走了他的戏靴，当然地引起了非议，也使他大为恼火。她父母问她为什么要那样做？她说她爱上他了，今后非他不嫁，而她才十六岁。以后县剧团再到附近演戏，她父亲便捆了她的手脚，将她锁在仓房，她磨断绳子，撬断窗棂，又光着脚板跑出十几里去看他演戏。她感动了她的一位婶婶。后者有次领着她去见他，央求他给她一张照片。他没有照片给她，给了她一张毛笔画的拙劣的海报，签上了他的名字，海报上是似他非他的一个戏装男人。他二十六七岁，是县剧团的"台柱子"。在他眼里，她不过是一个情感有点儿偏执的小女孩儿。后来就"文革"了。他被游斗了。一次游斗到她那个村，她发了疯似的要救他，冲入人群，与游斗者们撕打，咬伤了他们许多人的手。她没救成他，反而加重了他的罪，使他从此被关进了牛棚。一天夜里，她偷偷跑到县里去看他，没见着。看守的一个"造反派"头头当然不许他们见。但是调戏她说，如果她肯把她的身子给他一次，他将想办法早点儿"解放"她所爱的人。她当夜给了。不久她又去县里探望她爱的人，又没见着。为所爱之人，又将自己的身子给了"造反派"一次。而这一切，她爱之人一无所知。东窗事发，"丑闻"四播。她的父母比她更没脸见人了，于是将她跨省远嫁到安徽某农村。丈夫是个白痴。十余年转眼过去。"文革"后，她所爱的人成了县剧团团长。一次又率团到那个村去演出，村中有人将她的遭遇告诉了他。他闻言震惊，追问她的下落，然而她父母已死，婶婶也死了。村中人只知她远嫁安徽，嫁给一个白痴。他当时正要结婚，于是解除婚约，剧团团长也不当了，十余次下安徽，足迹遍布安徽全省农村，终于在同情者们的帮助下，寻访到了她的下落。他亲自开着一辆吉普车前去找她，要带走她，要给她后半生幸福。而她得到妇联方面的预先通知，从家中躲出去了，不肯见他。他只见着了她的傻丈夫，一个又老又傻的男人，和一对傻儿子，双胞胎。三个傻子靠她一个女人养活，家里穷得可以想象。他还看见一样东西——他当年签了名送她的那张海报，用塑料薄膜罩在自制的粗陋的相框里，挂在倾斜的土墙上。她一定希望有一个她认为配得上那海报的相框，却分明是买不起。他怅然地离开了她的家。半路上他的车陷在一个水坑里，正巧有一农妇背着柴从山上下来，他请她帮忙。那憔悴又黑瘦的农妇，便默默用自己的柴垫他的车轮。那农妇便是当年爱他的少女，他当然是万万想不到也认不出她来的，而她却知道眼前正是自己永爱不泯的男人。但是她一句话都没说。她当时又能说什么呢？看着他的车轮碾着她的柴转出水坑，她只不过重新收集起弄得又是泥又是水的柴，重新背起罢了。他是那么过意不去，给了她一百元钱作为酬谢。那一百元钱当然是她的生活所非常需要的，但是她竟没接，她默默对他鞠了一躬，背着柴捆，压得腰弯下去，一步一蹒跚地走了……

他们之间这一段相见的情形，是记者分头采访了他们双方才使世人知道的。

当地妇联有意成全他们，表示要代为她办理一切离婚事宜。

她说："那我的两个儿子怎么办？他们虽然傻，但是还没傻到不认我这个娘的地步。我抛弃了他们，他们一定会终生悲伤的。"

他给她写信，表示愿意为她的两个儿子承担起一个父亲的责任和义务。

她没给他回信。通过当地妇联转告他——他才五十来岁，重新组

110

建一个幸福家庭还来得及。娶一个像她这样的女人，对于他已不可能有爱可享。再被两个并非他的血脉的傻儿子拖累，他的后半生也将苦不堪言，这对他太不公平。他不忘她，她已知足了……

他便无奈了。

不久他因悲郁而患了癌症，希望自己死后埋在她家对面的山坡上，希望单位能破例保留他的抚恤金并转在她名下……

朱时茂请我去打算将此事改编为电影剧本，当时我和他都极为那一篇报道所感动。但是后来电影局有关同志转告了一个意见——太悲伤了，涉及"文革"，不要搞了。

于是我们作罢。

我早已变得听话了。

我若不听话将会受到的只不过是对我的"印象损失"。

朱时茂不听话将会受到经济方面的严重损失。

而经济损失有时是比"印象损失"大得多的更不可掉以轻心的损失。

我们当时居然还考虑到拍成影片后的国际市场发行问题。理念得像地道的专门做买卖赚钱的商人。

美国人却从来不会在写小说和拍电影的时候想到中国人。但是他们的电影把我们的电影业冲得稀里哗啦。我丝毫也不怀疑，将要拍成或已经拍成的电影《廊桥遗梦》，一旦在国内上映，将使我们的观众趋之若鹜。而翻译小说一旦印上"美国最畅销"一行字，在中国若不畅销便为咄咄怪事了。这一国与国的文学沟通现象，真是深含耐人寻味之处。

爱情小说既读得多了，我渐渐形成了一种看法，那便是一切的爱情小说，包括神话中的爱情故事和民间的爱情故事，都是有"性别"的。有的可归为"男性"类。有的可归为"女性"类。有的可归为"中性类"。比如《梁山伯与祝英台》，比如《罗密欧与朱丽叶》，就是"中性"类的爱情故事。而《白蛇传》，则是"男性"类的爱情故事。这故事通过许仙这男人，去感受千年蛇精白娘子。这故事明显不是为女子们讲述的，而是为男人们讲述的。尽管它赚取了女人们的眼泪，但是真正深入的是男人们的心。哪一个男人不曾幻想和一条白娘子那样的大蛇精发生一段恋情呢？可是许仙却不会进入多少女人们的梦里。白娘子世世代代满足着一切中国男人们的爱情幻想，以至于叫白淑贞的女人，如果容貌姣好，常常比姓别的姓叫别的名字的漂亮女人被更多的男人追求。我有一位"知青战友"的妻子就叫白淑贞，秀外慧中。他曾对我说："如果我老婆是蛇精变的就好了，那我就更觉得自己是现世许仙了。"我说："这也是没准儿的事，你可记着千万别陪她喝黄酒，万一她真是蛇精变的，现了原形，把你吓死过去，我们这些朋友可没能耐替你去盗仙草。"他说："把我吓死过去？得了吧您那！那我更爱她了！夏天夜里搂着睡觉，凉快着呐！保证不长热痱子！"

《简·爱》则可归为"女性"爱情小说，这不仅因为作者是女人，不仅因为主人公"简"是女人，更因为夏洛蒂小姐通过"简"，将罗切斯特这样一个男人，"引荐"给女人们认识。她们可能并不爱他，但是却可以经由他望到许多男人内心里关于爱的意识宇宙。十之八九的女人读《简·爱》时虽然肯定会被"简"对爱的执着所感动，但是大多都并不愿意碰到另一个罗切斯特也学"简"。《简·爱》成为名著，在于主人公"简"爱上了一个后来几乎一无所有的男人。自己做不到根本不打算效仿的事，有一个女人做了，而且义无反顾，这会使许多女人感到难以理解。难以理解是女人们在那个世纪风靡一时地读那一本书的"热点"。我曾听到一位知识女性当着我的面教导她的女儿："你给我明白点啊！别学'简'，傻兮兮地看上一个又瞎又老又穷的男人！"她的大学四年级即将毕业的女儿说："妈妈你别把我当白痴！夏洛蒂自己就算不上漂亮，所以她才让同样不漂亮的'简'最终和又瞎又老又满脸烧伤又穷的男人结合！除了终身不嫁，这是'简'唯一的选择。

一个相貌平平的女人能找到个丈夫就不错了！我心理没毛病，干吗学她？我看《简·爱》，只不过为了要交毕业论文！"

《廊桥遗梦》也是一本"女性"化的爱情小说。与《简·爱》同"性"而有别处在于，经由一个叫弗朗西斯卡的，美国的，已婚的，有丈夫有一儿一女的中年女人，将一个叫罗伯特的，五十二岁了仍精力旺盛的，相貌堂堂的，流浪汉型的，牛仔气质的单身男人"引荐"给一切美国的中年女人。而沃勒先生是照着她们准都会喜爱他的诸多特点去刻画他的。好比当代动画师们，摸清了当代孩子们喜爱的人物特点设计动画英雄一样。

婚外恋是一切中产阶级中年女人们最经常的幻想游戏。这几乎是她们世袭的意识特权。这一特权绝对地不属于处在社会物质生活底层的中年女人们。

说到中产阶级中年女人们普遍的婚外恋幻想，对于一个男人是有点儿难以启齿的话题。比中产阶级中年女人们自己往往会更难以启齿。我此时所面临的尴尬正是这样。我绝对地没有对于中产阶级中年女人们的敌意和挖苦。恰恰相反，我经常怀着一个男人的温厚的心意，像关注我周围一切的新生事物一样关注她们的滋生和存在。是的，在我的视野范围内，在近十年里，很滋生起了一批"中国特色"的中产阶层妇女。由此可以进一步断定，中产阶层正在中国悄悄形成着。这无疑是"改革开放"的一大成绩，证明着中国"脱贫"的人多了起来。而且，不必谦虚，我也是这个正在悄悄形成着的阶层中的一员。只不过我的情感的尾巴梢还搭在我所出身的那个阶层中。只不过我很不心甘情愿很不乐意被这个阶层的某些特征所熏陶所同化。只不过我不是这个阶层的一名妇女。只不过，我对它的某些阶层特征，一向地总有那么点儿克服不了的厌恶。真的，我有时讨厌一个中产阶层特征显明的女人，甚于讨厌柳絮。在春季里，在柳树生长出嫩绿的新叶之前，柳絮飘飞漫舞，落在人的身上和头发上，是很不快的事。尤其落满人家的纱窗，那纱窗若不彻底刷洗，就透气不畅，起不到纱窗的作用了。中产阶层的显明的特征，再加上显明的"中国特色"，你如果稍有社会学常识，那么你想象一下吧，会使女人变得多么酸呢？柳絮落满纱窗的情形，常使我联想到人的大脑沟纹里积满灰尘的情形。我再强调一遍，我对中产阶层的妇女们绝无敌意。只不过有时候有点儿厌恶。但那是完全可以忍受的一种厌恶。正如我从来也不曾对柳絮咬牙切齿。说到底，我厌恶她们的主要一点恐怕仅仅是——她们成了中产阶层女人以后的沾沾自喜和成不了资产阶层女人的那种嘟嘟哝哝，以及对于劳动者妇女背负的沉重装出视而不见的模样。她们往往还暧昧地说几句有违社会良心社会公道的话。她们往往以为又生产出了一种新的系列化妆品社会便又美好多了……

现在，她们的中产阶层的异国同"性"姐妹，风姿绰约的美国女人弗朗西斯卡，向她们"引荐"了自己的一位婚外老情人罗伯特，于是他几乎便也成了她们婚外恋幻想中的性偶像。如果她们是诚实的，她们则就不得不承认——她们的被感动的眼泪中，包含有失意和自怨自艾的成分：

美国女人那么美妙的经历，中国女人为什么没有机会？

弗朗西斯卡那么美妙的经历，我为什么没有机会？

中国的罗伯特你在哪儿？你究竟在哪儿？你正在从哪一条大路上向我走来吗？在某一个早晨或某一个傍晚，你会像美国的罗伯特奇迹般地出现在弗朗西斯卡面前一样，也奇迹般地，既风尘仆仆又精神抖擞地出现在我面前吗？……

于是她们首先被自己的幻想、企望和期待感动得哭了……

而我，正是在这一点上，多少有点儿同情并理解她们。

因为，她们乃是中国许许多多的，最乏幸福可言的家庭中的主妇。她们中的大多数，当年嫁给她们的丈夫，比弗朗西斯卡当年为了容易被当地人所接受，为了得到一张教师执照而嫁给理查德要更"现实主义"得多。甚至，相比而言，弗朗西斯卡要比她们幸运得多。因为用她自己的话说，她嫁的毕竟不是一个"次一等"的男人。而中国的没有婚外情人的弗朗西斯卡们，当年可能仅仅因为不得不结婚必须结婚了，就几乎没有选择余地的，仓促无奈而嫁给了某一个男人。那个男人可能恰恰在某些重要的方面是"次一等"的男人，包括在性能力方面。即使他们后来"抓住机遇"先富起来，成了经济学概念中的中产阶层男人甚至"大款"，并"提携"他们成了中产阶层的女人甚至"大款"的老婆，他们也依然无可救药地还是在某些重要的方面是"次一等"的男人。中国的中产阶层虽然正在悄悄形成，但一个事实是，其质量也不像我们所预期的那么高。她们中许多人和她们的男人的婚姻关系，比弗朗西斯卡和理查德更像"经营上的合伙人"。哪怕她们在许多方面曾经是优秀的，那许多方面的优秀，后来也很快被质量很差的中产阶层男人的俗劣抵消了。她们像美国女人弗朗西斯卡一样——"一部分觉得这样挺好"，"但是身上还有另外一个人在骚动"，这个人，更确切地说，她们身上的另外一个女人，每每幻想"让人（当然是男人）抱起来带走，让一种强大的力量层层剥光"，每每幻想"和一个一半是人，一半是别的什么的生命长时间地做爱"。

美国作家沃勒先生，用一张特别的"国际通行邮票"——他的《廊桥遗梦》这一本薄薄的小书，为她们寄来了那样一个"生命"。名字叫罗伯特，和沃勒先生自己同名。

他"是一只动物，是一只优美、坚强、雄性的动物"，一只"仿佛骑着彗星的尾巴来到地球上的动物"。

他是沃勒先生按照美国中年女人对男人的口味儿"创造"的。

在目前极其崇尚"洋货"的中国，竟是那么理所当然地也大大吊起了，首先吊起了中国中产阶层中年女性的口味儿。

"他身子瘦、高、硬，行动就像草一样自如而有风度"，"他狭长脸，高颧骨，头发从前额垂下，衬出一双蓝眼睛，好像永远不停地在寻找下一幅拍照对象"。

他有艺术气质，有"最后一个"老牛仔似的外表，是摄影家，还是作家，能与女人谈文学，谈诗，自己也能不伦不类地写上那么几行。是那种"既是诗人同时又是勇猛而热情奔放的情人"的家伙。最重要的还有两点——他能和女人"连续做爱几个小时以上"，能使"多年以前已经失去了性欲亢奋"的女人，比如弗朗西斯卡，感觉到在和他做爱时，他"力气真大，简直吓人"。足以促使她完完全全地处于被"他这种奇妙的力气"的主宰之境；并且他是单身汉，没妻子没儿女没家庭，不至于使和他发生了性关系的女人受到另外任何一个女人的指责抗议。如果他识趣，某个女人和他的性关系便只不过是一种"天知地知，你知我知"的男女隐私。而他正是一个非常识趣的男人。

这样的一个男人有资格做国际式的大情人。

沃勒先生"创造"他时，真是为他的女读者们将一切可能引起不快的细枝末节都周周到到地考虑全面了。

这是典型的美国佬讲的爱情故事。

中国作家如若写出这样的小说，一定会使中国的读者们嗤之以鼻大倒胃口的。

所以，我听说我的国内同行们，也有人跃跃欲试要写一篇什么中国式的《廊桥遗梦》时，我真想好心地劝他们趁早打消此念。何必非步美国佬之后尘不可呢？中国作家当然应讲出够水准的，不负中国读者厚望的当代的爱情故事。但恐怕只能以非是《廊桥遗梦》这类未免过于甜腻的爱情故事为好。

它太他妈的"中产阶层"味十足了。

当然，我们看弗朗西斯卡是中产阶层中年妇女，而她头脑中一定并没有什么"中产阶层"意识。她只不过是美国的一户普通农家的主妇。在沃勒先生和罗伯特眼中，她只不过是一个"农妇"，一个受过大学高等教育，学过"比较文学"的农妇。这样的农妇在美国几乎遍地都是，而在全中国扳着指头也能数过来，只需扳着一只手的指头就能数过来。

中国的中产阶层女人们，头脑中的"新兴"阶层意识是相当强相当敏感的。正因为她们是"新兴"阶层的女人，她们随时随地都要刻意地显示这一点。这也是她们多少有点儿令人反感的地方。

《廊桥遗梦》这一美国式的当代爱情故事，带有似乎那么纯朴的泥土气息，好比刚从地垄拔出来的萝卜。

可是由弗朗西斯卡的中国姐妹们看来，却好比是一幅镶在金框子里的画。那无形的金框子是当代美国本身。她们是多么想纵身一跃，扑进那像框里，当一回弗朗西斯卡，过足一把婚外恋的瘾啊！但是这对于她们，是比获得一份美国绿卡还难上加难的……

在这种阅读心理下，她们的被感动其实是大打折扣的。

性的快感，爱的质量

在我所读过的爱情小说听过的爱情故事中，《廊桥遗梦》是最纯粹的。

我用"纯粹"一词，意在阐明，古今中外许许多多的爱情小说和爱情故事，非爱情因素皆对爱情的发生、进展和结局，起着"不可抗拒"的主宰作用。主人公们所面对的，往往是强大无比的家庭势力、宗教势力，乃至整个社会势力。所以那些爱情小说和爱情故事本身，反映出的往往更是社会问题。而且往往不可能不是悲剧。这也许就是为什么迄今为止的人类文学史中，不朽的大多数是爱情悲剧的原因。

莎翁的《奥赛罗》是个例外。尽管男主人公是黑人，女主人公是美貌绝伦的白人的名门小姐。但是种族的优劣，以及它所可能对爱情形成的危害，并没有被莎翁移植到故事中任其滋长。莎翁所着眼的是男人的嫉妒心理。正是这种男人的有时比女人还愚昧的嫉妒心理，导致男主人公亲手扼死了自己所心爱的无辜的妻子……

我们《聊斋》中的《马骥漂海》也是个例外。书生马骥，在海上漂至罗刹仙岛，与岛上的仙族公主结为伉俪，过着其乐无穷的幸福生活。可他家中有老父母，有贤妻，有爱儿娇女，终于某一天他开始思乡，思亲，厌茶厌饭，难寐难安。于是他又被送回到了人间俗世。

爱情在这个故事里，也不受任何外力的干扰。人所面临的仅仅是自己的心理能否平衡。书生马骥对人间俗世那个家庭的义务感、责任感，是与弗朗西斯卡完全相同的。

故事中龙女对马骥说："此势之不能两全者也！"，"人生聚散，百年犹旦暮耳，何用作儿女哀泣？此后妾为君贞，君为妾义，两地同心，即伉俪也，何必旦夕相守，乃谓之偕老乎？"

这一番肺腑之言，译为白话，与弗朗西斯卡对罗伯特说的，几乎如出一口。

一片农场，一幢农舍，丈夫和儿女都外出了，只留守着中年的、漂亮的，从形体、形象，到气质，都足以引起男人性冲动，自己却"久未体验过性欲亢奋"的弗朗西斯卡——在这种半封闭的环境里，在四天有限的，机不可失、时不再来的时日内，突然光临了一个"只见了几秒之后"，"就有某种吸引她的地方"的男人，世纪末女人们久违了的牛仔式的风度卓尔不群的男人，于是一切障碍问题及顾虑都被排除了。"事态"的进展简单得仅仅只剩下了这么一条——他能否使她感到他身上"某种吸引她的地方"更强烈？能否使"某种"展示为"多种"？以及她自己乐意到什么程度？主动到什么程度？……

于是爱在弗朗西斯卡和罗伯特之间，呈现为一种"爱你没商量"的爱。纯粹而又纯粹的爱。迅速膨胀极度膨胀却除了情欲的燃烧和性欲的冲动和快感不包含任何"杂质"的爱……

《廊桥遗梦》是我所读过的最纯粹的爱情小说，也是我所读过的最简单最肤浅的爱情小说。它在美国的畅销显然与它是最纯粹最简单最肤浅的爱情小说有关。在中国的畅销也显然是。

最纯粹最简单最肤浅的东西，往往使很全面很复杂很深刻的东西处于尴尬之境。时代正在向使一切事物皆朝纯粹简单和肤浅的方面发展。正如电脑研制得越来越精细越来越复杂，乃是为了使我们的头脑变得越来越粗陋越来越简单。如果托尔斯泰和霍桑和司汤达活在当代，我们就会很不幸地将没有《安娜·卡列尼娜》，没有《红字》，没有《红与黑》可读了。

性爱的"伟力"在《廊桥遗梦》中，是弗朗西斯卡和罗伯特之间爱的源发点。罗伯特有足够的那种"伟力"，而弗朗西斯卡盼的就是被那种"伟力"所完全地长时间地占有的快感。

在我读过的爱情小说听过的爱情故事看过的爱情影视中，十之八九都以情为爱的具有持久韧性的纽带和牢固基础。《梁山伯与祝英台》尤其如此。"梁祝"之爱在丝毫没有性内容介入的情况下，就被"不可抗力"的外界因素所摧毁了。没有性内容介入，而将爱表达得那么回肠荡气，构筑在那么浪漫的高度的极致，使我一直崇拜得五体投地，认为是人类文学成就中的一枝奇葩，一个奇迹。其实在中国古典文学中，并非是抑性而溢情的。最优秀的中国古典小说中，恰恰是既恣肆张扬情的浓馥，又淋漓大胆地表现性之快感的。虽文言，但"写实"之风蔚为传统。比如《西厢记》。董解元《西厢记》中，对性爱的"诗化"描写，一点儿也不比今人差劲儿。且看张生初占莺莺的情形——"青春年少，一对风流种，恰似娇鸾配雏凤。把腰儿抱定，拥入书斋"。"灯下偎香恣怜宠。拍惜了一顿，鸣咂了多时，抱紧着歇，孩儿不动。更有甚功夫脱衣裳，便得着个胸前，先把奶儿抚弄。"如果说这还并非"做爱"描写本身，那么再且看——"窄弓弓罗袜儿翻，红馥馥地花心，我可曾惯？百般搁擂就十分闪，忍痛处，修眉敛；意就人，娇声战；浥香汗，流粉面。红妆皱也娇娇羞，腰肢困也微微喘，郎抱莺娘送舌香……"

打住。再多抄录几近于趁机"播黄"了。难怪《红楼梦》中贾父见宝玉读《西厢记》大动肝火，喟叹"不肖之子"了！《西厢记》中的"诗化"做爱"写真"，到了《金瓶梅》里，则就更加直截了当。官能操练，几近于做爱大全手册了。明末清初的水印版本《白雪遗音》所收录的民歌野调，绝大部分不但是所谓"色情"的，而且有些简直就是赤裸裸的性交唱词。

但是，在中国人的爱情观念中，却是相当忌讳直言性美满的。仿佛只消情深，爱便有了质量保证。于是足可终生厮守，白头偕老了。故在中国人的语汇中，才有句话叫"有情人终成眷属"。以前，男女办结婚登记，主办人往往会很负责任地问一句："双方感情有基础了吗？这可是终身大事呀！"男女离婚，倘闹到法院，审理员首先要调查清楚——感情是否已经真的破裂？

在西方人的爱情观念中，性则往往是摆在第一位的。性生活美满，才是幸福夫妻关系的大前提。我们不知道安娜·卡列尼娜决心要与她的丈夫离婚而不惜做花花公子渥伦斯基的情妇，除了对方风流倜傥的外表，是否也有着她的丈夫性疲软的因素。托翁在他的这一部名著中，一笔也没涉及这一点。《安娜·卡列尼娜》这部法苏合拍的电视连续剧，十年前在中国的电视中播放时，竟使普遍的中国女性从家庭妇女到不少知识女性，观后议论纷纷，大摇其头。不解那么有身份，有地位，受人尊重又好脾气，对妻子忍让到极点的"模范丈夫"，安娜为什么还非要变心？不是"太烧包"了吗？于是不得不在报上辟专栏，请几位评论家正确"引导"广大观众，特别是女性观众，向她们分析为什么应该同情安娜·卡列尼娜而不应同情她的丈夫。

但是我们有足够充分的根据，明白弗朗西斯卡爱上罗伯特，重要的原因之一，便是她的丈夫理查德在婚后一直对夫妻性生活持忽略态度。他非是性无能者。这一点他与《查泰莱夫人的情人》那位残疾了的、完全丧失性能力的贵族丈夫是不同的。弗朗西斯卡与康斯丹司婚后的性压抑程度，也是不能同日而语的。前者只不过缺少性快感，后者却是伴着一具行尸走肉，完全没有性生活可言。

在《廊桥遗梦》中，"理查德对性生活的兴趣不太经常，大约两个月有一次，不过很快就结束了，是最简单的，不动感情。"然而，这就足够了。弗朗西斯卡投入罗伯特的怀抱，完全不需要比这一条理由更充分的理由了。事实上也是这样。弗朗西斯卡一经如此，顷刻便被性爱的泡沫所浸没所溶解了。

于是沃勒先生不但扮演了弗朗西斯卡和罗伯特的"月下老"的角色，而且向读者们大唱起性爱至上的赞歌来，而且是那种对原始冲动的性爱的赞歌。

"必须传宗接代。这方式只是轻轻说出了这一需要，岂有他哉？力量是无穷的，而设计的图案精美绝伦。这方式坚定不移，目标明确。弗朗西斯卡感觉到了这一点而不自知，她是在自己的细胞层面上感觉到这一点的……"

"性爱是一种细致的感情，本身是一种艺术形式——弗朗西斯卡认为是的……""而罗伯特头脑中有某种东西能对这一切心领神会。这点她能肯定……"于是在这赞歌中，弗朗西斯卡和罗伯特初轮做爱便"连续一小时，可能更长些"。"那豹子一遍又一遍掠过她的身体，却又像草原长风一遍又一遍吹过，而她在他身上辗转翻腾……""她走上楼去，两腿由于整夜绕在他身上而有点儿发软……""两人所有的时间都待在一起，不是聊天，就是做爱……"任何事情，无论它与我们的生活的关系多么密不可分，无论它在我们的生命意义中占有多么至关重要的位置，以及它对我们的人性需求给予多么美好的享乐，当它一旦被夸张到至高无上的程度，它的本质也就被扭曲了。那夸张了的它的"断想"，也就同时显得幼稚可笑了。

正是在这一点上，《廊桥遗梦》中那些喋喋不休的，作者情不自禁所从旁大发的关于性爱的启蒙式的议论和说教，以及从男女主人公的头脑里抽丝出来的意识，未免哗众取宠且又华而不实。

诚然，我们对弗朗西斯卡因丈夫在夫妻性生活方面的惰态，而于婚后感到的性缺憾性压抑深表同情。

诚然，我们也对她极其幸运地遇到了自己一见钟情又善于做爱的男人而替她由衷地感到幸运。

诚然，我们也对他们彼此火山喷发般的做爱激情既理解又赞叹。饥渴之人，一旦有机会"暴食狂饮"，可算是一种上帝赐予的补偿。而我们世人对补偿式的赐予，总是表现得嫌少没够的。何况那机会太难祈求，仅仅四天。且被他们在双方必要的彼此试探中浪费掉了一天。

但我们——不，我这一个挑剔的读者，还是觉得书中那些关于性爱的议论和说教，那些从男女主人公头脑里抽出来的性意识，是太哗众取宠华而不实。

我想，这世界上恐怕很难推选出几个男人，即不但和弗朗西斯卡一样对性爱"本身是一种艺术"达到一拍即合的共识，而且有信心在这一点上做她的合格的丈夫。想来想去，西门庆似乎差不多少。但又一想，性爱在西门庆那儿，也不过就是"技术"，还远谈不到"艺术"的水平。何况那西门庆的性爱"技术"，有时操作起来必得依赖一些"器具"。

我又联想到了查泰莱夫人的情人梅洛斯。他曾给予康司丹斯多少美好的性爱享乐啊！但性爱在他看来，根本不是什么"艺术"，只不过就是不受精神的制约和干扰，由着冲动做爱本身。如此看来，他又不太符合弗朗西斯卡的性偶标准。何况他原本是一名磁盘工，尽管在做爱时的力度与罗伯特相比毫不逊色，身上却没有后者那一种悲剧性格，也缺少艺术家型男人的浪漫气质。

在《廊桥遗梦》和《查泰莱夫人的情人》之间，在康司丹斯和弗朗西斯卡之间，作为爱情小说，哪一部更有价值些呢？作为女人，哪一个对性爱的向往和追求更自然一些呢？

在罗伯特·沃勒和劳伦斯之间，一致的地方在哪里呢？不一致的地方又在哪里呢？

《廊桥遗梦》的价值在于它是一部纯粹的爱情小说。只就爱情论爱情，不论别的。这样的一部小说，古今中外是并不多见的。仅仅这一点，就构成了它的较特别的意义。

《查泰莱夫人的情人》的价值，在当代正不可救药地消弭着。首先是其中的"阶级憎恶"的思想，正失去着当时的激烈的意义。即使其中张扬性爱的叛逆精神，也已丧失着当时咄咄逼人的气概。在这一点上，《廊桥遗梦》只不过又极其温和地重复了它（因为已经没有了七十年前被劳伦斯斥骂为"虚伪的卫道家"们，沃勒也就没有了死对头们），却大受当代人青睐。仿佛在沃勒之前，不曾有过一位劳伦斯。在文学的老生常谈中，有时重复本身即意义。有时另一种"包装"即价值。这是一个文学躲闪不开的悖论。

康司丹斯义无反顾地永远离开了克列富特庄园，追求她的矿工情人去了。

弗朗西斯卡却依然留在农场，依然做她的农妇。相夫教子，完成着她对家庭的义务和责任。

她们的去和留是同样合情合理的。

康司丹斯当年反叛了她所属的那个阶级，和它的一切虚伪道德。

弗朗西斯卡皈依了当代人对"家庭"的传统观念，使自己成了一个"好女人"的当代"样板"。这种皈依，也是极具挑战性的。在一个家似乎可以任意摧毁的当代，弗朗西斯卡似乎是一个独树一帜的女性。

康司丹斯在她所处的那个时代的勇敢选择，具有女性个体的积极意义。弗朗西斯卡的选择，则顺应了社会的暗示。前者将被女人所叹服，后者将被社会所叹服。前者征服女人，后者征服男人。《查泰莱夫人的情人》中，不乏深刻，但毫无感人之处。《廊桥遗梦》中，毫无深刻，但不乏感人之处。它感动我们的，不是十四年前的男女婚外恋，而是罗伯特的恪守诺言，以及他对弗朗西斯卡那种"曾经沧海难为水，除却巫山不是云"的专情。这一种专情，确乎足以使当代男人们无地自容，也确乎足以令任何一个当代女人涌泉相报……

七十年前的劳伦斯，因了一本《查泰莱夫人的情人》，而使自己陷于在社会中"横着身子站"的境地。左边他受到"卫道士"们的猛烈抨击，右边他受到青年们的无情嘲讽。故使他在一九二九年的再版序言中愤愤叹息："进步的青年们却走向另一个极端，把肉体当一种玩具看待……这些青年哪里管什么性爱不性爱，他们只当作一种酒喝……"

他们说："这本书只表现一个十四岁的男孩儿的爱情罢了！"

是可忍，孰不可忍？

于是老劳伦斯在序言中和他一向偏袒的青年们理论起来。

他说："也许一个对性爱还有点儿自然的敬畏和适当的惧怕的十四岁男孩的心理，比之拿爱情当酒喝的青年们的心理还要健全呢！这些青年，只知目空一切，只知玩着性爱的玩具！"

……

七十年后，美国佬沃勒先生，用他的《廊桥遗梦》，继承劳伦斯的社会责任感，将后者在自己序言中的愤慨转化为一种情愫，讲出了一个虽不深刻，虽有些华而不实哗众取宠的絮叨，但的确颇为动人的爱情故事，纯粹的爱情故事。而且，他讲这一个纯粹的爱情故事的良苦用心，几乎被社会最大限度地理解了。尤其是被青年们理解，至少在他的书中是这样……

因为弗朗西斯卡的女儿在读了母亲的遗书后，不禁地这样说："哦，迈可，迈可，想想他们两人这么多年来这样要死要活的渴望，她为了我们和爸爸放弃了他，而他为了尊重她对我们的感情远远离去。迈可，我想到这简直没法处之泰然。我们这样随便对待我们的婚姻，而一场非凡的恋爱却是因了我们得到这么一个结局……"

如果说弗朗西斯卡感动一切做了丈夫的男人，罗伯特感动一切与男人有婚外恋经历的女人或幻想有此经历的女人，那么卡洛琳的最后一句话感动的是全社会……

尤其那话出自一个最早掀起过"性解放运动"的国家的女青年之口，理所当然地更加会使那一个国家的全社会大受感动……沃勒很温和地做到了劳伦斯在七十年前很激烈地想做而终究自己没做到的事。

性爱泛滥：但愿不要兑现的预言

我认为，《廊桥遗梦》好比是一个气象气球，它飘到中国上空，使我们经由它的出现，足以观测到我们自己所处的"社会气象"。"气象"二字所指，当然是爱情观念和家庭观念。如若劳伦斯依然活着，他将会震惊地看到，使他当年痛心疾首斥以厉言的那类青年，七十年后在中国竟比比皆是。

如若罗伯特·沃勒到中国来与他们和她们坦率交谈，将会震惊地明白——他的《廊桥遗梦》却是在与他的愿望相反的方面感动中国的"新生代"，以及新生的中产阶层男女们。

说不定他们会问他："美国到处都可碰上弗朗西斯卡那样的女人吗？我不会像罗伯特那么不识趣，想要把她从她的家庭中拐走。我只要在她的丈夫不在家时，和她有四天的性爱缘分就够了！"

说不定她们会问他："美国到处有罗伯特那样的单身汉吗？是不是摄影家无所谓。首要是单身汉就行！不是单身汉将会把好事搅得拖泥带水。而且，我不希望他为我专情地委屈自己十四年，那太过分了！在我丈夫和儿女不在家时，他及时出现在我面前我就感激不尽了！"

在人类家庭和爱情的矛盾日益显现之际，在西方人力图从矛盾中寻找到可能缓解的药方的当代，中国人所面临的家庭和爱情的矛盾，将在下一个世纪像地球上的能源污染一般空前严重。而且绝不是《廊桥遗梦》之类药方所能缓解的……

正如劳伦斯在七十年前激烈地所指斥的那样——"在这般卫道的老顽固们中间，在这般摩登的青年们中间（还要加上一些质量极差的新兴中产阶层和质量更差的新兴资产阶层），我还能再做什么？——固守着你们的腐败吧！固守着你们的追逐肮脏东西和时髦放荡的腐败吧！"

"腐败"在中国已不只是一个政治词。

它已开始蔓延到我们社会的各个层面，我们生活的各个方面。

今天是精神。

明天是性和爱。

《廊桥遗梦》，是在中国人之性和爱的准则大塌陷前，从美国飘来的一只好看的风筝。

我们其实正站在即将出现的塌陷巨坑的边沿上，望着那风筝，头脑中祷告着腐败的逻辑和"真理"，期待着在堕落中获得"新生"……

第

三

章

人间岁月长

一 天 的 声 音

　　一天的声音，确乎首先是从底层发出的。在农村自不必说了，黎明鸡啼，静夜犬吠，一天的过程中牛哞马嘶，或农机作响，都伴随着农民的起息劳作。除了他们的身影，除了那一些声音，农村也不太常见别人的身影，听见另外一些声音。

　　农民是大地的一部分。在城市里，一天的声音也首先是从底层发出的。"嚓、嚓、嚓……"这是今天我听到的第一种声音。斯时我虽然醒了，却懒得起来。我一向如此，醒得很早，起得较晚。也许是老的预兆吧？我扭头向窗子望去——在窗帘拉不严的地方，一条玻璃是蓝色的，如同用浸了蓝墨水的抹布擦过似的。于是我知道，大约五点钟了。其实，不必看窗子，仅听那"嚓嚓"声，我也能对时间做出挺准确的判断——春节前北京下了一场大雪，被铲到路边的积雪至今没化尽。而我家楼前那一条小街是早市，积雪占了摆摊人们的摊位。自那以后，几乎每天五点钟左右，都能听到"嚓嚓"的铲雪声……

　　如果是夏天，听到的便是小贩们的说话声。夏天他们常睡在路边，怕的是别人占住他们的摊位。他们最怕的是蹬着平板车来时，摊位却被别人抢先占去了。

　　有那嗓门儿大的，说话声就会搅了我们这些城里人的清梦。大多数人家都是仅仅一扇纱窗隔着楼里楼外，其声聒耳。何况，楼外的露

128

宿者们还每每争吵嬉闹……

便会有贪早觉的男人或女人大喝一声："消停点儿，讨厌！"大抵是诸如此类的话。但城里人还想睡也睡不成多一会儿了。

渐渐的，说话声多了，终于形成一片——"早市"六点钟左右开始"营业"了。

首先穿过早市的，是骑着自行车身着校服的男女初中生、高中生。在冬季，六点钟左右，天刚刚亮。初中生高中生们，往往是他们的家里最先迈出家门的人。

一月里的一天，北京正处在寒冷之中。我由于失眠，偶尔起早了，站在窗前吸烟。我从窗帘拉不严的地方向外看，天还黑着呢，路灯还亮着呢，大风从对面山坡上的树梢啸过，其声如哨……

我竟看见一个骑自行车的身影从街上来去。那身影很单薄，哽着风，猫着腰，缩着头，蹬得吃力的样子。我看出那是一名女学生。她一手扶把，一手拿着什么，边骑边吃。

她从我视线里消失之后不一会儿，我又看见了一个像她那样吃力地蹬着自行车的身影——还是一名学生的身影。还是一名女学生的身影。

接着是第三个身影，第四个身影，都是初中生或高中生的身影……

风太大，那一天没摆摊的人。除了风声，外面也再没别的声音。学生们成了最早出现于小街的人。他们的身影悄悄而来，悄悄而去。连摆摊的人也可以因为风大不出门，学生们却不可以据同样的理由不去上学啊……

望着渐多起来的学生们的身影，我心一阵怅然。他们的书包看上去是特别的沉重。

我家的门发出了开关之声，我知道儿子也去上学了……

一般来说，从六点到九点多，是小街声音最嘈杂的时候。而八点多钟的小街，可用"人满为患"一词形容。那时小贩们的叫卖声最响亮，有的还手持话筒。他们不仅来自京郊，也来自中国的各个省份。能听到东西南北各种口音。他们似乎都在心照不宣地比赛他们的叫卖声，仿佛那直接显示着他们的生存本领，就像汽车的发动声直接显示汽车的性能……

车流照例堵塞在小街的街口。那时候，如果只在小街上走，你会觉得人生其实是多么的单纯。各个摊位摆的大抵是吃的东西。菜蔬、粮食、鱼肉、水果以及早点等。少数摊位也摆穿的用的。穿的都很便宜，用的都是居家过日子的杂物……

望着街两旁的摊位，你会觉得，仅就"生活"二字而言，那早市满足一个人的需求已绰绰有余………

但是你若走到街口，去望那堵塞的车流，你往往会觉得眼乱心慌。仿佛人类的生活也堵塞在那儿了。十年前，那一条大马路上过往的车辆并不多。后来车辆一天比一天多。最新款式的国产车和最高级的进口车全在那条大马路上亮相，缓缓前驶，两旁是骑自行车的人。车流中夹挤着出租车。各种车辆的尾气，使马路上空如罩青雾……

坐在那些车里的城市人，是有地位的高低之分的。这是与早市上的市民之间不言自明的区别。

汽车的喇叭声小贩的叫卖声此起彼伏。后一种声音是城市的晨曲。前一种声音是城市的"主旋律"。坐在车里的某一个人，很可能决定着早市在街上的取消或存在，很可能决定着股市风云，也很可能决定着早市上某些人的命运……

到了中午，小街上彻底安静下来了。只有承包了那一条小街卫生状况的外地民工，持帚清扫着早市垃圾……那一种安静一直维持到傍晚。傍晚大马路上的车流又堵塞了。傍晚学生们的身影又络绎出现在小街上，互相不太说话，也很少有结伴而驶的，都匆匆地往家里骑……

到了晚上九点多钟，一辆辆小车开入小街里来了。小街的街头，有一家歌厅。那一辆辆小车是奔歌厅来的。在夏季，歌厅传出的打击乐，小街另一头的人也听得到。

　　十点多钟，小车泊满了小街两侧……我家楼前小街的一天，也就开始向第二天过渡了……倘第二天无风，无雨，无雪；倘抑或有，并不多么大，那一天的起初的声音，依然是摆摊的人们所带动起来的。底层的声音，是直接为了生存而发出的声音，也是最容易被其他声音压住的声音。一天由底层的声音开始，由歌厅里传出的打击乐结束。在我家楼前那条小街上，一天又一天，几乎天天如此……

在 那 里

慈 爱

　　高墙内，集中错乱的意识形态；外，是正常的，普识如是。

　　三排旧红砖房，分隔成若干房间。一对扇铁门，仿佛从没开过。上有小门，一天也开不了几次。院中央有一棵树，塔松，栽不久。铁门左右的墙根，喇叭花在夏季里散紫翻红，是美的看点……

　　我父母去世后，我将从二十一岁就患了精神病的哥哥，从哈尔滨市的一所精神病院接到北京，他起初两年就在那里住院。

　　哥的病房，算他五名病人。二人与哥友好。一是丘师傅，比哥的年龄还大，七十几岁了；一是最年轻的病人邹良，绰号"周郎"。丘师傅曾是某饭店大厨，据老哥讲，他患病是儿女气的，而"周郎"原是汽车修配工，因失恋而精神受伤。他整天闹着要出院，像小孩似的盼父母接自己回家。

　　某日傍晚，大雨滂沱。坐在窗前发呆的丘师傅，忽然站起，神情焦虑，显然有不安的发现。于是引起其他病友注意，都向那窗口聚集过去。斯时雨鞭夹杂冰雹，积满院子的雨水已深可没踝。指甲大的冰雹，砸得水面如同沸鼎。而一只小野猫，无处可躲，境况可怜。它四爪分开，紧紧挠住塔松树干，膏药似的贴着，雷电间歇，一声比一声凄厉地叫。才是不大点儿的一只小猫，估计也就出生两个多月。它那种恐惧而绝望的叫声，带足了求救意味。塔松叶密，它已无法爬得再高；全身的毛被淋透，分明是坚持不了多久了……

丘师傅毫无先兆地胃疼起来，扑在床上翻滚。病友们就拉开窗，齐声叫喊医护人员。一名穿水靴的护士撑伞而至，刚将门打开，丘师傅一跃而起，冲出——他从树上解救下了那只小野猫，抱在怀里跑回病房。待护士恍然大悟，小野猫已在丘师傅被里，而他成了落汤鸡。护士训斥他不该那么做，命立刻将小野猫丢出去。丘师傅反斥道："是你天使该说的话吗？"护士很无奈，嘟哝而去。从此，那一只小野猫成了那一病房里五名精神病患者集体的宠物。每当医护人员干涉，必遭一致而又强烈的抗议。女院长倒是颇以病人为本，认为有利于他们的康复，破例允许。丘师傅贡献洗脚盆当小猫砂盆，于是以后洗脸盆一盆二用。而"周郎"，则主动承担起了清理砂盆的任务。院长怕院子里有难闻气味，要求必须将猫砂深埋。都是来自底层人家的病人，谁又出得起钱为小猫买什么真正的猫砂呢？每日在院子里做过集体操后，同病房的五人，这里那里铲起土，用扇破纱窗筛细，再用塑料袋带回病房。他们并没给小野猫起名，都叫它"咪咪"而已。当明白了它是一只瞎眼的小野猫，更怜爱之。

"咪咪"肯定是一只长毛野猫和短毛野猫的后代，一身金黄色长毛，背有松鼠那种漂亮的黑色条纹。而脸，却是短毛猫的脸，秀气，极有立体感。倘蹲踞着，令人联想到刚走下 T 台的模特，裹裘皮大衣小憩，准备随时起身再次亮相。"咪咪"特文静，丘师傅枕旁的一角，是它最常卧着的地方。而且，一向紧靠床边。似乎它能意识到，一只侥幸被人收养的流浪猫，有一处最安全的地方卧着，已是福分。它很快就对病房里五个人的声音都很熟悉了，不管谁唤它，便循声过去，伏在那人旁边；且"喵喵"叫几声，表达娇怯的取悦和感恩。它极胆小，一听到医护人员开门锁的响动，就迅速溜回丘师傅的床，穿山甲似的，拱起褥子，钻入褥子底下。有次中午，另一病房的一名病人闯来，一见"咪咪"，大呼小叫，扑之逮之，使"咪咪"受到空前惊吓。"周郎"生气，厉色宣布对方为"不受欢迎的人"。"咪咪"的惊恐却未随之清除，还是经常往褥子底下钻。五名精神病人困惑，留意观察，终于晓得了原因——是由于他们在病房走动时，脚下塑料拖鞋发出的"咯吱"声。拖鞋是医院统一发的，"咪咪"难以从声音判断是不是那个"不受欢迎的人"又来了？他们便将五双拖鞋退了，凑钱让护士给买了五双胶底的软拖鞋。此事，在医护人员中传为精神病患者们的逸事……

那是一家民办的康复型精神病院，享受政府优惠政策，住院费较低，每月一千余元。亲人拿患者实在没办法了，只得送这里来接受一时的"托管"。病情稍一好转，便接回家去。每月一千余元，对百姓人家那也是不小的经济负担啊！所以，病员流动性大。两个月后，同病房的病友已换二人；两名新病人不喜欢猫……

丘师傅对"周郎"比以往更友好了，有时甚至显出巴结的意思。他将自己的东西，一次一两件慷慨地给予"周郎"。当他连挺高级的电动剃须刀也给予时，他最年轻的病友惴惴不安了。当着我老哥的面，"周郎"问："你对我也太好了吧？"

丘师傅却说："近来，我夜里总喘不上气儿。"

"我觉得，我活不长了。"

"我的东西，有你看得上眼的吗？"

"你说，我要是死了，咪咪怎么办？"

"还有我和老梁爱护它呀。"

"老梁是指望不上的。他弟弟不是每次来都说，正替他联系别的医院吗？"

"就是老梁转院了，那还剩我呢！"

"你要是出院了呢？"

"那我就不出院。不行，我家穷，我也不能总住院啊！"

"我要是真死了，会留给医院一笔钱，作为你的住院费。为了咪咪，你可要能住多久住多久，行不？"

"这行，哎你还有什么东西给我？"

"我死了，我的一切东西，凡你想要的都归你……"

我去探视哥哥时，哥哥将他的两名病友的话讲给我听，显出嫉妒友情的样子。我笑笑，当耳旁风。翌年中秋节前，我买了几箱水果又去，听一名护士告诉我，丘师傅死了。患者来去，物是人非。认得我并且我也认得的，寥寥无几了。在探视室，我意外地见到了"周郎"，他膝上安静地卧着咪咪。

那猫长大了，出落得越发漂亮。他老父母坐他对面。"儿呀，你就跟我们回家吧！"他老母亲劝他。看来，已劝很久。"周郎"说："爸，妈，我的病还没轻，我不回家。"他老父亲急了，训道："你就是因为这只猫！""还因为丘师傅，他活着的时候对我那么好。""我们对你就不好了吗？""爸，妈，我不是这个意思，可……我得说话算话啊！"

那个精神病人青年，轻抚了几下咪咪，突然长啸："啊哈！我乃周瑜是也……"接着，东一句西一句，乱七八糟地唱京剧。而咪咪动一动，更加舒服地卧他膝上，习以为常。两位老人，眼中就都流泪。我的哥哥患病四十余年中，我无数次出入各类精神病院，见过各种表现的许许多多的精神病人；却第一次听到精神病人不肯出院的话，为一只瞎猫，一份承诺和对友情的感激……我心怦然。我心愀然。"周郎"终于不唱，指着我对老父母说："你们问问这个是作家的人，我一走了之，那对吗？"两位老人也都泪眼模糊地看我，意思是——我们的儿子，他究竟说的是明白话还是糊涂话啊？我将两位老人请到探视室外，安慰他们：既然他们的儿子不肯出院，又何必非接他出院不可呢？随他，不是少操心吗？两位老人说，一想到住院费是别人预付的，过意不去。这时院长走来，说丘师傅根本没留下什么钱。说丘师傅自己的住院费还欠着一个多月的，儿女们拖赖着不肯来交。又说小周是几进几出的老患者了，医院也需要有一定比例的轻患者、老患者，利于带动其他患者配合治疗。民政部门对院方有要求，照顾某些贫困家庭是要求之一。并大大夸奖了"周郎"一番，说他守纪律，爱劳动，善于团结病友。

我扭头向病室看时，见"周郎"在室内侧耳聆听……如今，六七年过去了，我的哥哥早就转到现在这一所医院了。几天前我去探视他，陪他坐在院子里的长椅上吃水果，聊天。老哥忽然问我："你还记得小周吗？就是我在前一所医院的病友……"我说记得。哥哥又说："他总算熬到出院的一天了。"我惊讶："他刚出院？你怎么知道？""我们一直通信来着。""你和他……一直通信……"

"咪咪病死了。小周把它埋在了那一棵松树下。他在写给我的信中说，做了一回说话算话的人，感觉极好……""怎么好法？""那他没说。"六月的夕阳，将温暖的阳光无偿地照在我和我的老哥哥的身上。

四周静谧，有丁香的香气。我说："把小周写给你的信，给我看看。"哥说："不给你看。小周嘱咐，不给任何人看。"老哥哥缓缓地享受地吸烟，微蹙眉头，想着一个老精神病患者头脑中的某些错乱的问题。四十余年来，他居然从不觉得思想着是累的。我默默地看他，想着我们精神正常的人的问题。有些问题，已使我们思想得厌倦。忽然他问："哪天接我出院？"那是世上一切精神病人的经典话语。他眼中闪耀渴望的光……

分　裂

那里，我所见到的最斯文的人，莫过于第六病房的二十八床。哥哥也在第六病房，哥哥的床位是二十七。有次我进入第六病房为哥哥换被罩、换褥单，并要将他的脏衣服带走，于是看到了哥哥那名最斯文的病友。我说他最斯文，乃与别的患者相对而言，也是指他给我留下的第一印象。

当时他的床上放着笔记本电脑，看起来那电脑还是新的。他正背对着哥哥的二十七床打字。我是一个超笨的人，至今不会操作电脑，故对能熟练操作电脑的人，每心生大的羡慕。他背对着哥哥的床，便是面对着病房的门。患者们都在院子里自由活动，我没让哥哥陪我进病房，而是自己进入的。我以为六病房那会儿没人呢，一脚门里，一脚门外，猛地见一个人在精神病院的病房里用笔记本电脑打字，别提令我多惊讶了。

他四十几岁的样子，脸形瘦削，白皙，颜面保养得很好。显然是个无须男子，脸上未有接触过剃须刀的迹象。那么一种脸的男子，年轻时定是奶油小生无疑。连他的脸，也给我斯文的印象。那时已是初秋月份，他上穿一件灰色西服，西服内是白色衬衣。衬衣的领子很挺，尚未洗过。而且系着领带，暗红色的，有黑条纹。他理过发没几天，对于中年男子，那是发型最精神的时候。他的头发挺黑，分明经常煽染；右分式，梳得极贴顺，梳齿痕明显；固定，因为喷了发胶的缘故。有些男子对自己的发型是特别在乎的，喜欢要那么一种刻意为之的效果。看来他属于那一类男子。

我以为自己进错了地方，撤回已经进入病房的那一只脚，抬头看门上方的号牌——没错，这才步子轻轻地走入。

他抬头看我一眼，目光随即又落在电脑屏幕上。我经过他身旁时，瞥见一双比他的脸更白皙的手。那是一双指甲修剪得很仔细的手，数指并用，在键盘上飞快地敲点，如同钢琴家在微型钢琴上弹奏一支胸有成竹的曲子。

我走到哥的病床旁，于是也就站在了他背后。他立刻将电脑合上，却没合严，用几根手指卡着。分明地，防止我偷看。

这使我觉得不自在。

我低声地，也是很礼貌地问："我想为我哥哥换被罩和床单，可以吗？"

"请便。"

他的语调听来蛮客气的，并无拒人千里的意味儿。但是，一动未动。

我开始做我要做的事，他站起来，捧起电脑。我发现他下身穿的却只不过是病服裤子，脚上是医院发的那种廉价的硬塑料鞋。袜子却肯定是他自己的，一双雪白的布袜。

我于是断定，这个起初使我另眼相看的男子，终究也是一名精神病患者。

在我看着他的背发愣之际，他转过了身，彬彬有礼地说："让您见笑了！"

之后，捧着电脑绕到他病床的另一侧，再将小凳也拎过去，款款坐下，又打起字来。那么，我就是有一米长的脖子，也难以偷看到他在打些什么内容了。

再之后，彼此无语，我默默做我的事，偶尔瞥他一眼，见他嘴角浮现笑意，是冷笑，一丝。

冷笑……

还是冷笑……

我于是感觉周身发寒。

在一阵阵或急促或徐缓的敲键声中，我终于做完了我的事。

当我离开病房时，他头也不抬地说："再见。"

连他的语调也变得冷冰冰的了……

来到院子里，我问哥哥："你病房那名新病友起先是什么人？"

老哥说："二十八床是外地来的，在一座小城里当过科长，至于哪方面的科长，老哥也不清楚。"

我说："在小城，科长是挺有权的人了。精神病，那也不一定非要到北京才能治啊。"

老哥说:"那小城没精神病院。二十八床已在省城精神病院住过两次院了,未见好转……"

我和院长熟了,遂怀着困惑去问院长。

院长告诉我:"二十八床原本当科长当得挺舒服的。那是小城里的闲职,属于权虚事少却又非有不可的位置。在从前,那类科长的上班情形,被形容为吸着烟,饮着茶,看着报,接电话,发文件。现而今,办公现代化了,配电脑了,于是连报也不看了,变成拿公务员工资的网虫了。起初还只不过在办公室里玩玩网上麻将或电脑游戏,后来腻歪了,兴趣转向热衷于参与网上话题了。一坐办公椅上,第一件事便是开电脑,接着一通点击搜索。有讨论可参与,便激动,便亢奋。倘无,一天都没精神,缺氧似的。偏偏那一时期,要提拔一位副处长。他已做了八九年科长,自认为早该轮到提拔他了。属下们也有这种看法,甚至预先对他说恭喜的话了。他呢,半情愿不情愿的,已宴请过两次了。不料竟是梦里看花水中捞月一场空,他是多么的郁闷和失落不言而喻。大约从那时起,他开始在网上骂人了。他骂人并非由于观点对立,仅仅是需要骂人。用日语说,是无差别之骂,随意性极大。闯入一个网站,只要有话题,上来就是一通乱骂。也许在这个网站支持甲方,大骂乙方。到了下一网站,同一话题,挨他骂的却是甲方了。日复一日,越骂越花花,越骂越来劲儿。最后,也在各机关网站开骂了,而且专骂熟人,朋友也不例外,骂得最具快感。骂过之后,见了面照旧握手、拍肩、称兄道弟,亲热有加,快感也有加。却又心里犯嘀咕,怕熟人和朋友们有朝一日识破他的两面性,于是加倍地对熟人和朋友主动示好。那么做了,心理不平衡,背地里又在网上骂,于是活得心里超累。某日,同事们在办公室谈网络之事,讲到了与他类似之人的类似之事,他就以为是含沙射影,针对他;大打出手,接着歇斯底里大发作。其实同事们根本不是在说他,是他自我暴露了。若不然,挨过他骂的人谁都不会想到骂自己的是他。北京的正式精神病院,经过会诊，宣布他为最严重精神分裂型患者。也就是说，基本没治了。他的家人听说这里是托管型的精神病医院，通过关系将他送来，但求眼不见心不烦……"

"那，还让他接触电脑？""不让不行啊，戒毒还得有个过程嘛，再说那电脑是台废的，外壳新。除了打字的功能，其他功能一概不具备。""他不知道？""他也和那台电脑一样，其他认知能力迅速退化了。只要还能通过电脑这一载体敲出一行行骂人的字来，他的病情暂时就不会朝更严重的方向发展。唉，原来不错的一个人，可惜了！"我亦叹道："都是网络惹的祸。"院长立刻反驳："你这种说法我绝不苟同。不是网络使他成了精神病人，而是网络使他的精神分裂潜伏期延长了。没有网络，他早该疯了，还不知会以多么暴烈的方式发作呢！"我说："难道他的亲人们还得替他感谢网络？"不料院长说出一句话竟是："连我们中国都得感谢网络！"我一怔，表示愿听端详。院长接着说："你想过没有，中国有十三亿多人口啊！这一点决定了中国的任何一类群体，都将是世界上最多的。各种各样的压力，使人浮躁，使人倦怠，使人郁闷，使人怨毒，使人心理紧张，使人生理紊乱，使人人格分裂，使人找不到北，使人想骂人，使人产生攻击的冲动。如果能够统计，为数肯定不小。幸亏有网络，使这样的人们有减压的途径。当然网络带给人类的其他好处很多，很巨大。比如推动民主，促进法制，监督腐败。但我指出的，也是一大好处。当然减压的方式很多，许多方式更健康、优雅。但没有经济条件去优雅，感觉压力重重，也希望减压的人们，他们选择成本最低的方式减压，同志，可以理解了吧？"

我一时不知说什么好。离开精神病院，我的心情特复杂。觉得受益匪浅，亦觉得被歪理邪说所蛊，认识混乱，也有点找不到北了。过马路时，一个骑自行车的人险些撞着我。我心头倏恼，正想骂他一句，却被对方抢先了。"你他妈瞎呀？"对方扬长而去。回到家里，我命儿子替我开了电脑，打算在我的博客上大骂那骑自行车的人，一想，自己不会打字，身为父亲口言骂人话，命儿子敲在电脑上，这等事我还是做不出来。于是只在心里骂了一句："你他妈才瞎了呢！"快感，小的，却毕竟是快感……

斯　文

还是那里。

我又去探视哥哥时，恰逢全体病人（男子病人区）刚在院子里做完操。他们还有半点钟的自由活动时间。在这半点钟里，想吸烟的可以吸。而烟，是他们集合在院子里了才发给的。不吸烟的，也不愿提前回病房。这儿那儿，蹲一起发呆。有的，无缘由地笑。还有的，双手抱头，陷于正常人不解的苦恼。

那会儿，他们与高墙外的人们的不同，是一眼就看得出来的。那会儿，看到他们的人会不由得庆幸，自己不是他们中的一个。那会儿，我陪我的哥哥在探视室聊天。我忽然觉得院子里骚乱了，起身走到窗前朝院子里望，见一名歇斯底里发作的患者在抢别人正吸着的烟。有人将烟背到身后，佯装并没吸烟的样子。有人躲远偷偷吸。有一个人反应慢了点，结果叼在嘴上的烟被抢去。然而抢烟的患者并没吸成，烟烫了他的手，掉地上了。

"看你，不好言好语地要，偏要抢，烫手了吧？"身体高大强壮的患者，语调温良地说着，将很短的一截烟蒂踩灭。

瘦小的患者，于是低声下气地乞求："给我一支烟！"

高大强壮的患者却说："我不能给你烟，医生护士都不允许。你因为吸烟，夜里咳嗽成什么样你自己忘了吗？再吸，又得为你输液了。输一次液得花不少钱，你家里那么困难，你怎么就不为你家里人想一想……"

"啪——"他的话还没说完，挨了一记耳光。我觉得问题严峻了，跨出探视室，打算以正常人的角色制止难以想象的事态。

但出乎我的预料的是，高大强壮的患者，却并未立即向瘦小的患者发威。他摸了一下脸颊，竟笑了，依然用温良的语调说："好心好意劝你，你反而打我，你对呀？"

　　那时，在我看来，高大强壮的患者，简直绅士极了，斯文极了。

　　"你他妈给我一支烟！"瘦小的患者还要打，高大强壮的患者没有躲。瘦小的患者讨不到烟，也打不到人，于是辱骂。其言污秽，不堪入耳。"那么脏的话，你怎么骂得出口啊！"高大强壮的患者，脸红到了脖子，他一转身提前回病房去了……

　　瘦小的患者达不到目的，四下睃寻，又抢别人的烟，向别人讨；抢不到也讨不到，打别人，骂别人……被打者，竟无一人还手。被骂者，也都像那高大强壮的患者一样，默默躲入病房。"别跟他一般见识！""都让着他点儿！""他属于重病号！""他初来乍到，带进来了外边……"我听到有的患者在互相告诫。那一时刻，在我看来，满院的精神病患者，除了瘦小的歇斯底里大发作的那一个，皆绅士极了，斯文极了，有涵养极了；与我在高墙外的世界每见每闻的情形完全相反……

　　我愕然。我困惑。一位医生两名护士出现了。"三床的，你又胡闹！丢不丢人啊？"瘦小的患者，顿时变乖了……

　　我忍不住与医生交谈，虔诚地向他请教，为什么那些个精神病患者，在刚才那么一种情况之下，表现居然都那么的良好？是不是给他们服用了某种进口的、特效的新药？医生笑了，说世界上根本没有那么一种高级的药研制出来。他耐心向我解释，其实是精神病院这一种特殊的环境，对精神病患者起到了心理暗示的作用。而这也就是为什么许多种病，只要患者在家里服药就足以使病情稳定，减轻，却需一再接受住院治疗的原因……

　　见我还是不明所以，他又说，凡精神病人，在家里时，大抵都是不肯承认自己患了精神病的。因为家庭的环境，难以使患者接受这样一个事实，即他与他的亲人们显然不同。精神病患于脑内，没有任何

142

体表症状，亦无脏器痛苦，亲人要使患者懂得自己患了精神病，绝非易事。但精神病患者一住进精神病院，环境的方方面面都在潜移默化地向他传达一种信息——他患精神病了。渐渐地，他们也就能够接受这一现实，面对这一现实了。而这是精神病学的心理学前提。一个人，当他承认自己患了精神病，那么也就等于他同时明白了——如果他想离开医院，他就一定要使自己的表现不异于精神正常的人。他也明白，只有当他变得那样以后，他才被认为病情治愈了，起码是减轻了。怎样的人才是一个精神正常的人呢？对于男人而言，正如你刚才所见，在某种情况之下，要尽量表现得有绅士风度、斯文、有涵养。一句话，轻型精神病人，或由重转轻的精神病人，他们做人是很有目标的……

医生问我："毛主席在《纪念白求恩》那一篇文章中，怎么评价白求恩来着的？"我回答："一个高尚的人，一个纯粹的人，一个有道德的人，一个脱离了低级趣味的人，一个有益于人民的人。"医生说："一个纯粹的人，一个有道德的人，一个脱离了低级趣味的人，以这三条来形容某些精神病人的做人目标，那也是比较恰当的……只不过……"他沉吟片刻，也向我请教："什么样的人，才算一个纯粹的人？"我老老实实地回答："我不知道。当年曾希望搞明白，至今还是不明白。""也许，指表里如一吧？"我说："那么纯粹的人，岂非太少了？"他说："所以毛主席才称颂白求恩啊。"

当我离开精神病院，一路走，不禁地一路想——外边的世界很精彩，差不多人人皆有目标，某些人还有诸种目标。但在做人方面有目标的，多乎哉？寡乎哉？这是精神正常的人们的无奈吧？

里边的世界很无奈，但精神病患者们，他们居然有做人的目标——如果那位精神病医生的话是值得相信的，那么可不可以说，里边的世界不无精彩呢？

我于是驻足，转身，回望那高墙，那铁门。倏忽间我心生恐慌——自己如此胡思乱想，难道也有点儿精神不正常了？……

没 有 谁 的 妈 妈 会

完整的这一句话是——"没有谁的妈妈会要求她的小孩儿非赢不可。"某日我刚迈入家门，听到了这么一句没头没脑的话，是一个女人说的，语调缓慢而严肃。我听出是电视里的什么人物在说话，而这句话使我的心为之怦然。几步跨到电视跟前，见正播放一部外国电影。

于是坐下去看起来：那是一部儿童片，讲述的是一个小学三四年级的女孩儿，怎么样参与了一场全国性的语言能力竞赛活动的故事。显然，女孩儿参与得并不情愿。但那又似乎是她非参与不可的事情，而且，还是她非赢得全国冠军不可的事情。

为什么并不情愿，却还非赢不可呢？

原来她的母亲受到了意外的精神刺激，住进了精神病院；她的哥哥正处于青春逆反期，经常和他们的父亲发生激烈争吵；而他们的父亲，一个对自己的人生沮丧极了的男人，特别需要别人给予自己某种慰藉……

如此这般，对于那一位父亲，小女孩儿就成了"别人"；她能否获得全国冠军，意味着他能否获得慰藉。他还不对女儿明说那是他的心理需要。对于一位父亲，这自然是难以明说的。他对女儿说："妈妈需要你赢。如果你获得了全国冠军，妈妈会很高兴的。妈妈一高兴，病就会好起来。"显然，这只不过是他的愿望，而不太可能成为因果。

倒是那是哥哥的少年，反而清醒一些，他不但反对父亲非将妹妹逼上竞争的平台不可，还对妹妹说："妈妈当然会高兴的，但她的病绝不会因此就好起来！这是一个常识，你和爸爸为什么都不明白这一点？"他们的父亲不明白这一点，乃因他是一个控制欲很强的男人。当他在社会上不能实现他的控制欲，就转而在家庭中实现。事实上，他的妻子之所以住进了精神病院，与他在家庭中的控制性言行有直接的关系。可悲的是，他自己还没意识到这一点……小女孩儿所参与的竞争过程非常激烈，淘汰冷酷无情。尽管只不过是一部电影，但看着年龄那么小，天性那么不愿参与到竞争中的一个女孩儿，一步步被逼向最后的，也是竞争最激烈，淘汰最冷酷的平台，令人揪心，也令人心疼。

小女孩儿承受着巨大的精神负担和心理压力，经历了一次又一次赛事，度过了一个又一个赛前的难眠之夜，渐渐变成了一个脸上没有笑容的女孩儿。

父亲以为她越来越成熟了。哥哥却看出她小小的心灵被摧残得越来越老了。参加总决赛的孩子们，赛前那一夜按要求集体住宿某处。她怎么能睡得着呢？她半夜里悄悄离开宿舍，发现她的女管理员问她要干什么，她说要熟悉一下明天的决赛环境。女管理员虽然十分讶异，但还是带她走入了静悄悄、空荡荡的决赛大厅。小女孩儿自言自语："我一定要成为全国冠军。"女管理员又问："你明天将站在台上，这足以证明你已经很优秀了，为什么一定成为全国冠军呢？"小女孩儿回答："为了妈妈。"女管理员愣了片刻，说出了那句语调缓慢而严肃的话："没有谁的妈妈会要求她的小孩儿非赢不可。"

小女孩儿那在精神病院里的妈妈，正如女管理员说的那样，其实并不心存她的女儿一定要成为全国冠军的期望，更没有那么一种心理要求。比之于小女孩儿的父亲，她反而更懂得重在参与的道理。尽管住进精神病院的是她，而不是她丈夫。

……第二天，决赛台上，一个又一个孩子被淘汰出局了，只剩下小女孩儿和另一个女孩儿站在台上了。评委们给她出的单词是"折叠"——如果她拼错了，全国总冠军将是另一个女孩儿；如果她回答对了，两个女孩儿之间的胜负对决还将继续下去……

现场直播的摄影机对准着她……

座无虚席的人们目不转睛地望着她，包括她的父亲和她的哥哥。

"折叠"——这一个单词，对于她，恰巧是一个背得滚瓜烂熟的词。

但是她偏偏沉默了一会儿才开口……

但是她偏偏一个字母一个字母地，语速极其缓慢地说着……

她由于紧张忘记了"折叠"这个单词的正确拼法了吗？

才不是。

赛前，每当她背这个单词时，眼前都会出现这么一种情形——一只小小鸟儿，自由自在地飞呀，飞呀，飞着飞着，变成一只彩纸折叠成的鸟了……

那会儿，小女孩儿眼前仿佛又出现了那么一只彩纸折叠成的鸟儿。小女孩儿的目光，不由得追随那一只别人看不见的鸟儿。而在她的对面，是一条横幅，其上写着一句什么口号。那句口号中，就包含着拼成"折叠"这一单词的每一个字母。而那只别人看不见的，只有小女孩儿才仿佛看得见的，彩纸折叠成的鸟儿，按照"折叠"这一单词的正确拼序，依次飞向那些字母，小蜂鸟般地悬空扇翅不止，恨不得要将那些字母从横幅上啄下来衔给小女孩儿看似的……

导演煞费苦心，要通过以上画面暗示观众——这小女孩儿回答不对才怪了呢！然而在一片叹息声中，她回答错了——仅仅错在最后一个字母。她是故意错的。她不愿与她的小对手将那一场赛事再继续下去了……父亲和哥哥都看出了她是故意错的。父亲哭了——不知是因为失望，还是因为终于醒悟到了什么……小女孩儿的母亲，在精神病院里看到电视直播，也流下了眼泪。她对同病房的人骄傲地说："那是我的女儿！她多优秀啊！虽然她没有成为冠军……"她的思维分明比许多精神正常的父母的思维更正常。放眼我们今天的中国社会，我们的许许多多孩子，难道不比电影中那个外国的小女孩儿更可怜，更值得同情吗？中考、高考对于我们的孩子们意味着是怎样的竞争，姑且不论。此外，不少的孩子，还往往被家长、学校以及社会的方方面面，形成合力怂恿、促推、引诱向各种各样的赛事场上。此类赛事，几乎是年年搞，地地搞。有些是孩子们所高兴参与的，有些则完全违背孩子们的意愿，更有些则有害于孩子们心理健康，只不过满足了大人们的虚荣心和成就感。而最可怕的是，当某些孩子一旦被席卷其中，形形色色的大人们便暗示甚至明明白白地告诉，他们代表着这个，代表着那个，总而言之，是只许赢，不许输的意思。而赢了的孩子，似乎一时间成了大人们心目中的宝贝儿；输了的，则等于一百个对不起大人们了……

据我所知，有些区、有些市的《政府工作报告》，居然也将孩子们参与某学科赛事的名次堂而皇之地罗列进去。

细想想，这真是很邪门的事情——孩子们以学为主，他们的智商在某一门功课体现得良好一点儿，参加赛事取得了一次好成绩，这完全是孩子们自己的事，家长和老师和学校为之感到光荣也无可厚非；但和政府有何关系？和各级人大审议的《政府工作报告》有何关系？

于是联想到鲁迅先生那句很无奈似的话——"救救孩子"。

岂止应救救孩子？

在我们大人这儿，文艺赛事、体育赛事、演讲赛事、辩论赛事、职业能力赛事等等赛事，不是往往也被搞到不像活动却像其他的地步了吗？

而有些根本不该以参与赛事般的心理去对待的事，在一些人那儿，往往也变成了面子的竞争，为名列前茅，弄虚作假，欺上瞒下，不择手段……

赛事心理，无处不在，无孔不入，哪里有统计、有排序，哪里就有它。

但中国诸事，岂是一赛定乾坤的吗？

于是觉得倒是该先救救大人们。

因为首先被种种虚荣所"折叠"的，是大人们；大人们"折叠"了自己，由习惯成自然，于是又习惯又自然地"折叠"我们的孩子，全没了半点儿罪过感。

救救孩子要靠大人。靠些个心浮气躁的大人，怎么救孩子？

小 芝 麻 粒 儿

　　"小芝麻粒儿"是一个女孩儿。两年前，好友Ａ君带她到我家来，预先在电话里说她要采访我。当我开门让进他们后，朝外又张望了一眼，奇怪地问："人呢？"Ａ君回答："没谁了，就我俩。"我又问："记者呢？"Ａ君说："是她。"我不由得扭头打量——那天她穿的是运动鞋，个子看去不高，也就一米六五吧；女式半袖Ｔ恤，运动短裤；但是身材很匀称，腰特别细，而且……薄。所以用窈窕二字形容她也还恰如其分。总而言之穿着黄色Ｔ恤和短裤的她，当时给我的印象像是一只金小蜂，又叫细腰蜂的那一种。

　　主客坐定，我望着她有把握地问："高二了吧？"

　　我以为她是高二刚分在文科班的女生，一年后打算报考新闻专业，采访我纯粹是为了实习实习。女孩儿大眼睛，薄嘴唇，脸颊瘦削，看去精精神神的，蛮清秀。

　　她回答："没有高二了呀。"——表情端庄，语调柔婉。一个拖出轻声的"呀"字，使她的话听来如小女儿言。Ａ君替她补充道："都大学毕业四年了，在一家外企工作。"我心中暗暗一算，那么她起码该二十六七岁了，人家是个大姑娘了嘛！不禁讶然于她的小模小样。我又问她，为什么已在外企工作了，还要来对我进行采访？她那双看人时有点儿定定的大眼睛求助地瞟向Ａ君。于是Ａ君替她解释："她同学在报社当编辑，给了她这么一个采访任务。再说她自己工作之余也喜欢写写。"我问她都写过什么。

她说诗啊，散文啊，还有童话啊，都写过。发表了几篇。

那天她对我进行了一个多小时的采访。于我，是一次态度郑重的敷衍。于她，我想她一定是有所感觉的。

果然，晚上她给我来了一次电话，开口便说："梁大作家，没想到你是那样的！"

我说："我配合你完成了采访任务，你怎么还像对我有意见似的？"

她说："可你明明是在应付我！"——接着也不给我开口的机会，又说她进行过调查了解，十之七八的当代青年并不知道我的名字并没读过我的书；而读过的，都不喜欢我写的那些作品……竟还说："姑且算作品吧。"

她话说得很快，忽然压低声音道："对不起，不是不给你平等的说话权利，我们只有十五分钟喝茶的时间，我该回写字间去了。"

放下电话，我愣了片刻，便给 A 君打过去电话，抱怨地说："你带到我家来一个什么女孩儿呀！耽误了我的时间，刚刚竟还挖苦了我一通！"

自从我过了五十岁生日，即使二十六七岁的小女子们，在我眼里亦皆是女孩儿了。

A 君开导我："你是长者，一切多担待。何况你也多了种机会了解当代的某些女孩子……"

我打断道："某些？专指她'那样式'的？"

A 君耐心可嘉地说："你别年轻人挖苦了你几句就经不起似的！有点儿风度行不行？我向你保证，她是个可爱的女孩儿。再说和我不一般关系，不看僧面看佛面……"

后来，她又采访了我一次，是关于"时尚"话题的。这一次我较为认真地接受了她的采访。然我一向对于"时尚"二字反感透顶。觉得那个在中国传媒中出现得越来越频繁的词，已"粘人"到了令我嫌恶的程度。我记得我在回答时说了"时尚不过就是摩登"一句话，还形容"时尚"是谙人间惑术的"巴狗"。

她目光定定地仿佛还有点儿愕异地盯着我听我说。终于轮到她开口时，她平心静气地道出自己的一番看法来："其实我觉得时尚并不就是摩登。摩登是时髦，是对时尚的一种不相宜的夸张和炫耀。而时尚是一种虽然往往与时髦并行，但是永远不会被改变为时髦的事物。时髦是一种企图追求到某种品质却几乎永远也追求不到的现象，而时尚却好比一枚一生出来就有品质的蛋……"

这时我极想很不雅地问一句："从哪儿生出来的？"但考虑到面前坐的毕竟是一个女孩儿，话到喉间吞回去了。

她仿佛猜到了我想说什么而没有说，脸微微红了，低下头沉默几秒钟，自言自语般地嘟哝："时尚其实是尚时的意思，就是还没开始流行的状态，所以不同于时髦……"

我觉她的话亦有道理，并且将那道理用语言表达得挺好，于是刮目相看。那一次采访，因为有了点儿争论的意味儿，她反而显得满足，大概以为那才叫认真对待。她临走前我问她，是不是与我的好友A君是近邻啊？她说："比邻居关系更近。"我又问："亲戚？"她说："比亲戚还亲。"我一时困惑得说不出话来。她格格笑了："他是我爸爸呀！"……

晚上我给好友打电话，责问为什么不告诉我她是他女儿？A君说："唉，不许我告诉嘛！你看，她自己倒忍不住彻底交代了，但我希望你还是应该对她保持一种威严。"我问为什么？他说："我说她不服之时，你可以帮我呀！"然而自从知道了她是A君的女儿，我对她也就威严不起来了。A君长我十余岁，不仅有一女，还有一子。儿子已成家，是兄长。

女儿与他们老两口共同生活着，是妹妹。再后来，我与A君之间，

151

关于他的女儿，话题渐多。有次在他家他内疚地对我说："我这女儿呀，从小被我管束得太严，管坏了。都二十六七岁了，在别人眼里是白领了，在家里还是个孩子似的，好像越大越傻。"我说："她不傻呀，挺聪慧的。"

A君说："工作方面是不傻。可二十六七岁了还不知道谈恋爱，找朋友，自己也不急。转眼成大龄女了，也是我一个愁啊！"A君的老伴插言道："设身处地替孩子想一想，孩子她都没时间谈恋爱找朋友啊！"我问："工作有那么忙？""可不嘛！要是冬天，天刚亮就出门上班去了。起得稍微晚一点儿，就得打的。打的那花的是自己的辛苦钱啊！这孩子要强，在外企工作三年多了，一次没迟到过。下班也晚，九、十点钟才回到家里是常事。星期六星期日两天休息，往往用一整天补觉，睡呀睡呀，叫吃饭都叫不醒。还剩一天呢，就一心只想玩了。"——当母亲说着，叹了口气。

正那会儿，他们的女儿以手掩口，打着哈欠从自己的小屋走了出来。我问她："听到你爸妈的话了吗？"她点点头，去喝水。我说："一个星期一天，谈恋爱也差不多够了。玩是可以两个人一起的事儿，何不同时进行？"

她说："同时进行当然好了。可要找到那个爱我，我也爱他的人，要用比谈恋爱本身多得多的时间呀！这么着吧叔叔，您先替我找着。替我找到之前，我抓紧时间一个人玩儿挺好。再不抓紧时间玩儿都老了，结果落得个既没爱过，也没好好玩儿过的下场。两耽误，人生岂不是更可悲？"——说完，打着哈欠回到她的小屋去了，八成继续补觉。

A君苦笑道："听听，说的是什么话？"他老伴儿望着我请求地说："真的，你也替我们当父母的操操心行不。"我说："行。"不料小屋里传出他们女儿的话："叔叔，我刚才只不过随口一说，千万别听我爸妈的。爱人我以为那还是自己去发现的好。"

有一个星期六的晚上，我接到她的电话，说希望我第二天陪她逛动物园。我说没时间，她说她老爸要给我照相，也去。那是我早就答应了A君的事。我略一犹豫，她就在电话那端说："叔叔算你答应了啊！"可是第二天，我在动物园门口只见着了她。她狡黠地一笑，说她老爸临时有事，来不了啦。而我意识到，我上当了。一上午她显得特别高兴，主动说了许多话。她说从初中到高中，为了能考上一所使父母也使自己光彩的大学，舍不得时间玩。大学毕业后一参加工作，没时间玩了。并且扳着指头遗憾地说，从十六七岁到二十六七岁，总共才开开心心地玩了有限的几次。她看每一种动物的目光，那纯粹是小女孩第一次看到它们的惊奇的目光。我觉得我像是带着一个八九岁的女童在逛动物园。

　　我问她在外企具体做什么工作？她说给一位部门长当助理。我说那也算较高一级的白领了。她说其实她觉得自己是"小芝麻粒儿"，镀银的一粒小芝麻粒儿。我说："起码你的工资是令人羡慕的，比我这大学教授的工资还高一倍多呢！"她说："叔叔不骗你，有时我加班到晚上十点多，觉得自己口中有血腥气。"而那时，整幢写字楼就剩她和一名等着关大门的保安了……我倏然间明白了她为什么那么爱玩和贪睡。我问她的顶头上司对她如何？她说挺好。我问真的？她说如果她的上司能再多体恤她一点儿，就是一位好上司了。我说可见你的上司有不够体恤你的时候。她想了想，说她其实不该抱怨给自己发工资的人。我说又不是当面，抱怨了一两句又有什么？她说养成习惯就不好了。所以即使在背后，也还是一句都不应该抱怨。冲着那份儿不菲的工资，她得具有任劳任怨的敬业精神。我问："据我所知，在外企工作的中国人，如果摊上一位同胞是自己的上司，反而可能是一种不幸，实际情况是不是那样？"

　　她想了想，委婉地回答："中国人替外国人要求自己的同胞，总是会比他代表中方企业的情况下对同胞的要求更严，也总是会比外企老板要求的更严。外企老板有时还不至于对中方雇员有多么不近情理的要求，而恰恰是同胞的上司会。不过也可以理解，他们只有那样表现，升得才快……"

我问："你的上司是中国人还是外国人？"她忽然觉得失言了，岔开话题道："叔叔，咱们看大象表演节目去吧！……"

"非典"时期，她公司里的欧洲人都回国去了，而中方雇员照常上班。有天晚上十点多，电话响了。我抓起一听，是她打来的。我问："小芝麻粒儿，你在哪儿？"她说："叔叔，我在加班……"我又问："你是不是在哭啊？"她说："叔叔，整幢写字楼又只剩我和一名等着关大门的保安了。我已经连续一个星期每天都加班到这时候了，我觉得嘴里又有血腥味儿了……"我生气地说："这是什么日子啊！你这样辛苦，免疫力下降，上下班路上那是极容易……"她说："叔叔我会注意的……我不过就是想和一个人说几句话……有些话又不能对爸爸妈妈说……"

前天下午，A君打来电话，说她女儿还要来采访我。我说："你的女儿嘛，可以。"他在电话那端沉默片刻，又说："我女儿失业了……"我不禁"噢"了一声。"她公司新来了一名女大学生，负责社会福利保险的一位部门长，把公司应该替大家缴的保险金额压得很低很低，低于公司的内部规定一半多。她觉得不公，替人家那大学生据理力争，结果一时冲动，和那位部门长吵了起来……"

我问："对方是咱们中国人吧？"

A君说："可不嘛。"

我说："他是咱们中国人中的混蛋。"

A君说："他还对我女儿说——你不想干了就走人！我女儿一气之下辞职了。但人家那名女大学生自己反倒想开了，留下了……"我不知再说什么话好。"小芝麻粒儿"来时，脸上少了往常的开朗神情，一副心事重重的模样。而我心里，却对那女孩儿陡升起了几分敬意。

这一次不是我应付她，而是她自己采访得有点儿心不在焉。结束后，我说："小芝麻粒儿，叔叔想过几天去爬香山，你陪我如何？"她顿时高兴起来，一双大眼睛亮晶晶地说："好呀！好呀！……"

瞧，那些父亲们

有时候，父亲们对儿女们之宠爱、溺爱，竟远远超过母亲们。将儿女们当作宠物一般来爱，是谓宠爱。将儿女们终日浸泡于这种过分的爱中，是为溺爱。宠爱也罢，溺爱也罢，都曰"惯"，民间又说成"惯孩子"。"惯孩子"惯到无以复加，难免遭侧目。民间的批评语常是"惯孩子也没见过那么个惯法的。"此言之意有二：一、既为父母嘛，谁还没惯过自己的孩子呢？二、但是超乎一般的惯法，委实是不可取的，而且肯定是对孩子有害的。故民间有句诫言是——"惯子如杀子。"结果，必然是身为父母者自食苦果，甚而恶果。

人类早就总结过这方面的许多教训。在别国，最典型的也是比较早的一例，记载于希腊神话中，体现于太阳神阿波罗身上。阿波罗是很受凡人崇拜的一位神，关于他的事迹，几乎都是正面的。他似乎具有种种之良好的神之品德，连他为数不多的一两次绯闻，凡人也当成无伤大雅的逸事来传颂，并不多么诟病之，不像对他的父亲宙斯那么加以大不敬的一些评论，口碑极佳的太阳神最主要的缺点，便是惯孩子这一条了。

太阳神的儿子叫法厄同，有一天，他向父亲提出了一个非分的请求，要驾父亲的神马神车在天穹兜风。那神马神车是太阳神的"公务车"，除了他自己，任何人连碰也没碰过。并且，那是多么危险的事情不言而喻。但太阳神出于对儿子的"惯",居然答应了。神权乃神圣之特权,特权宠授,结果祸事发生——神车翻于空中,引起熊熊烈火。神马挣脱缰绳跑了,法厄同却被烧成一个火球,坠落一条河中,焦头烂额地惨死了。连大地也深受天火之害,据说沙漠便是因这一场天火形成的。河神大为怜悯,埋葬了那碳化的少年之尸体。不幸到此还不算完,法厄同的姐妹们痛不欲生,哭了四天四夜,哭得众神不忍看下去听下去,将她们变成了扎根在法厄同坟旁的杨树。阿波罗不但因自己铸成的大错使人间遭殃,失去了心爱的儿子,也失去了心爱的女儿们……

另一例惯子的教训,也同样记载于希腊神话中,便是特洛伊城的灭亡了。帕里斯这个风流成性的特洛伊小王子,本来肩负着一国重任,率船队去往斯巴达国,商讨接回特洛伊国美女海伦的。海伦受着爱神的庇护,美貌不衰。她是在一次战役中作为"战利品"而归属于斯巴达王的,后来虽被封为王后,与斯巴达王之间却并无真爱。故帕里斯的使命,具有刷洗特洛伊国家耻辱的重大性质。这一使命之完成,需要爱国情怀和大智大勇。但帕里斯却根本不是一个以国家使命为重的人,他趁斯巴达王并不在国内,说服对他一见倾心的海伦乘他们的船逃离了斯巴达国。而这一做法,使一次理直气壮的使命,变成了卑劣行径。他自己以及特洛伊国,于是背上了拐走别国王后的罪名。这还不算,他又没有直接将海伦带回国去,而是先命船队驶往一个岛屿,与海伦在岛上同床共寝过起夫妻生活来。直至希腊人对特洛伊城大军压境,才为了自己的安全携海伦偷偷潜回特洛伊。

公平论之,海伦未尝不值得同情。但解救一个值得同情的女人的命运,须以光明正大的方式才算正义。如果说木马计证明了希腊人的狡狯;那么帕里斯的行径,毫无疑问地使全体特洛伊人大蒙蝇苟之羞。作为兄长的赫克托耳是意识到了这一点的,所以他怒斥弟弟自私而可耻。事情严峻到如此程度,化解的策略也还是有的。赔礼道歉,劝海伦为着特洛伊城众生免遭屠戮，谎辩自己实是被掠，暂且随斯巴达王回去，解救之事从长计议未尝不是明智之举。起码，可以试一试。赫克托耳便是这么主张的，但更爱弟弟帕里斯的父王，又哪里听得进长子的话呢？他为了成全帕里斯与海伦的二人之欢，以"保护女人是男人的义务"作口号，激励全城军民众志成城，与希腊人决一死战。口号一经由国王提出，不是统一的意志也只能而且必须是统一之意志了。结果是人们都知道的，双方尸横遍野，美丽富裕的特洛伊城灰飞烟灭。希腊人攻入城内之后，大开杀戒，屠城报复，特洛伊城幸免此劫者寡。《希腊神话》中写着，特洛伊国王有包括赫克托尔和帕里斯在内的五十余个儿子，除了帕里斯携海伦逃之夭夭，其他王子皆战死沙场，特洛伊王普里阿莫斯也丧尽王的尊严，可悲地死于敌人剑下……

还有一位父亲对女儿的爱也很离谱，便是《圣经故事》中的希律王。他美丽的女儿莎乐美爱上了游走到希律国的先知圣·约翰。但是圣·约翰的心另有所属，他早将自己的爱全部奉献给了上帝，他拒绝莎乐美诱惑时的语言冰冷以至嫌恶，使莎乐美恼羞成怒怀恨在心。她在父亲的生日为父亲献舞。希律王大为开心，对爱女说无论她要什么，只要是世上有的，都将实现她的愿望。

莎乐美的愿望令人不寒而栗，她要的东西是圣·约翰的头。

希律王并非不知圣·约翰是一位伟大的先知，却为了使女儿高兴，命人砍下了先知的头，用金盘子托给了莎乐美。

巴尔扎克的名著《高老头》中的"高老头"，对两个女儿的爱具有拷贝现实般的虚荣特征和强迫症特征。他曾是制粉业巨子，为了使两个女儿光荣地成为侯爵夫人，不惜以巨额财富作为她们的嫁妆，致使自己变得一无所有，不得不孑然一身住进巴黎的廉价公寓。而他的两个贪得无厌的女儿仍一再地向他索钱，并且相互猜忌，认为对方肯定从父亲那儿索要到了比自己多的钱或好东西，于是彼此憎恨。只要一见面，就仿佛变成了两只好斗的公鸡，恨不得一下子将对方的眼珠啄出来。"高老头"最后死于饥寒交迫与病痛的折磨之中，而那时，两个仇敌般的女儿一个都不愿再到他身边去……

在中国，千夫所指的父亲是《水浒传》中的高太尉。他对高衙内的宠惯，使他不惜以高官身份亲自在阴谋诡计中扮演重要角色，害得林冲家破妻亡，最终被逼上梁山……

八十年代初，即刚刚粉碎"四人帮"不久，中国枪毙了几名高衙内式的干部子弟。他们的所作所为，实在是与高衙内差不了多少的，不杀不足以平民愤。

当下中国，贪官不少，可谓"层出不穷"。他们的贪，目的各异，或为供一己挥霍享乐，或因金屋藏娇，奉养"二奶"。但确乎有一些操权握柄的父亲，其贪主要是为了儿女。

想来，既为官，他们的儿女的工作、收入、生活，怎么也不会太差。但他们的父亲们，认为他们没有别墅，没有名车，没有巨额存款，便实在是自己的心病了。没有这些物质又怎么办呢？于是便只能靠自己利用职权替儿女们去贪。这一贪，往往便是收不住手的。几千万是贪，几个亿也是贪。索性，替儿女们，将儿女们的儿女们未来的那份儿，也由自己在位时一总的贪足了。这才是，"惯孩子也没有那么个惯法的！"

这样一些父亲，大抵是不知以上希腊神话故事或圣经故事的；告诉他们也是白告诉，他们根本不信那种因果报应的"邪"。而事实上，"法网恢恢，疏而不漏"这句话，恐怕只验证在他们中一部分人身上了。甚而，恐怕还是少数。倘若真有人神通广大，竟搞出一份翔实的"高官儿女富豪榜"来，那肯定会令全中国全世界目瞪口呆的。连我这种从不关注所谓"黑幕"之人，也是多少知道一些的啦。

所以一般的人们，根本不要指望靠了文化的浸淫帮助他们获得救赎。据我所知，他们是极端蔑视文化的。他们一向认为，文化的教育功能，那主要是针对老百姓而言的。

然而文化终究影响过人类的大多数。在我们人类还处在童年和少年时期，便通过种种的神话故事，试图一代代劝诫和教育我们后人——怎样做人为对，怎样做人为错；包括怎样做父亲母亲，尤其怎样做有权势的父亲母亲。古人此种良苦用心，值得我们今人感恩戴德。

　　故我认为，贪官们不信的，我们当信。我们信起码对我们有一点保佑，那就是——将来某一天被他们所轻蔑的文化因了他们的叶公好龙而报复社会的时候，我们兴许会清醒地知道那报复的起源，因而便也能以文化的眼镇定视之，而不至于不知所措……

把 观 察 这 种 享 受 还 给 孩 子

　　经常有很多中学生的家长，有时候甚至包括小学五六年级孩子的家长，有的是我的朋友，给我打电话，给我写信，甚至是专门到单位找我，苦恼于他们孩子的作文成绩。他们在提出这个问题的时候，想法是特别单纯的，也是特别功利的，希望有一种快速的方法让他们孩子的作文成绩提高一些，因为如果不提高的话就影响语文成绩，语文成绩不好就影响成绩总分。这样就促使我想到了一些关于我们的小学四五年级以及初中、高中包括大学同学写作文的问题。我还曾经想过到退休的时候我应该写两本小册子：小学生怎样写好一篇作文，高中生、初中生怎样写好一篇作文。因为我在知青的时候就当过小学语文老师，然后又一直在电影厂工作，接触很多青年写作者，在大学里边也教中文。

观察、分析和感受是写作的前提

　　小学的一年级到三年级是不必写作文的，他们主要是积累字词、训练造句，到四年级以上才开始接触作文，那都是一些短小的作文。但是到了中学，作文开始成为语文课中比较主要的一个方面了。一般中学和大学的作文还是不同的，但是也有共性的东西，就是无论是作家写好一篇散文或者写好一篇小说，还是中学生和高中生写好一篇作文，恐怕有一些前提，第一就是观察的能力，第二就是对于人情事理的一种分析能力，第三点就是他的情怀感受。这三方面我个人认为无论是对文学写作还是对于学生写作文都是最主要的元素。在这个前提之下才是操作汉语言，把这三方面中的某一种表达出来的能力。

但是我们的思维上常常有一种本末倒置，认为作文写得好或者不好纯粹是语言的事情。事实上比起来初中生也罢，高中生也罢，尤其是女生，大家在语言能力方面基本上都是相差无几的，如果我们发现一名同学作文写得好，差就差在我刚才说的那前三方面。

观察是写作者的本能

在这里可以举一个例子，大约十四五年前我还在北京电影制片厂的时候，我的一个朋友把他马上就要参加高考的儿子带到我家里来。我这个朋友就非常犯愁，说他儿子的作文到现在还写不好，高考的时候怎么办呢？让梁叔叔临阵磨枪吧，总会有所提高。

但是我也没有其他的办法，有一天我就带他到我们电影厂对面的北太平庄商场，我说你陪我到商场去买东西吧。转了一圈大约半个小时回到我家里的时候，我问他，刚才在商场里，有什么样的事情或者什么样的人使你留意过？这个孩子什么都说不出来。我说你仔细想一下，他想了半天也说不出来。我就跟他讲，我说至少你会看到在进入商场门口的时候有人在用机器算命，我说这在当时至少是能引起我们视觉兴趣的一点。第二，你会看到有一位老同志，老知识分子，事实上我认识，那是我们电影厂的一位老导演，在那里买蒜，非常认真地比较两瓣蒜，比哪瓣蒜头数多一些，然后砍价半天，卖蒜的小伙子也认识他，就说这么大的导演也跟我们计较这么一瓣蒜？我说这也是观察。第三，就是当时柜台里面还卖鸽子，是幼鸽，幼鸽要宰杀，看到鸽子在商场里被宰杀的情形是令人心里非常难过的。第四点，也是最主要的一点，那天我替别人捎什么鱼呢？捎黄鳝。我那时候住筒子楼，人家说你给我捎一斤黄鳝。买黄鳝人家也给你杀好，那天估计主人不在那儿，是一个女孩子看摊，女孩可能也逢高考了，默默无声地接好钱，杀黄鳝，杀黄鳝的案板上有一个竖的钉尖，女孩子做这些事的时候就像做她的工作一样仔细，关键是她做完这些事之后马上洗干净手，坐回自己的板凳上拿出一本英语书在背。我说她跟你一样也是一个考生，你有条件，你的爸爸妈妈把你带到我家里来让我给你指导作文，女孩子却还需要边干活边准备。女孩子背英语和她杀黄鳝这两件事情，转换就好像电视换了一个频道一样快，不仔细观察根本不会记住。我说这都在我们的观察之中。一个平时没有观察训练的学生，面对许多作文题他可能都会觉得茫然。是不是由于我要给他讲作文了，所以进入商场，我刻意地去观察？不是，观察已经成为写作者一个本能的习惯，写好一篇作文需要有这样的能力。

问题在于谁想过我们的小学生、初中生和高中生写好一篇作文的前提是应该培养起他们的观察能力呢？

首先是我们的家长们想好这点了吗？我想大多数家长没有。大多数家长基本上是到书店，到文具店，把孩子需要的那些考作文的辅导材料、书籍，都一股脑儿给你买齐。一般家长都有这种心理，别的孩子学习上有的，我的孩子也要有。但买完后就堆在孩子那里，自己可能回身就打麻将去了，看电视去了，或者遛弯儿去了，甚至自己上网聊天去了。这时候孩子是孤独的，尤其是我们现在独生子女。独生子女上无哥哥姐姐，下无弟弟妹妹，他没有诉说的对象，孩子他的情感体验，他认识事理的能力，都需要在他成长的过程中有人不断地跟他交流，那我个人觉得在许多家庭里孩子可能内心里是孤独的，家长们忽略了和他们交流这一点。

在学校里是不是老师就和他们交流呢？我觉得也未必。我觉得可能有很多老师认为语文课就是字词句的辨识，主谓宾的辨识，老师们可能讲一篇好作文的时候也主要是在字词句的方面，或者在提升主题方面。老师恐怕也不提醒孩子们，说要写好一篇作文，平时要训练自己的观察力。这是我们的薄弱之处。

应该把观察这种享受还给孩子

观察力的缺失使我对我们的孩子心生出一种怜悯，因为我想，我们大多数成年人其实已经丧失了观察的心思，我们工作、生活的压力很大。有一天我跟朋友诉苦，我说我家窗对面就是元大都土城墙，春天又来了，这么多年我面对着那棵大树，没有看到它的叶子在春天是怎么样逐渐变绿的，秋天是怎么样开始纷落的，然后我的朋友注视我半天，说你太矫情了吧？

我们大多数人都没有心思看到这一点，我们没有看到花是怎样开的，甚至家里养的花我们也没有精力去观察它是什么时候开的，恐怕只有养花的老人们才注意到这点。我们也没有看到春季小草发芽究竟是鹅黄色的还是嫩绿色的，大多数人全都丧失了这种细细地体验观察生活的心思和情绪。

但从唐诗宋词中我们会看到，那些美好的关于季节的诗词都是观察的结果。比如说"林花扫更落，径草踏还生"；比如说"芳树无人花自落，春山一路鸟空啼"；"繁枝容易纷纷落，嫩蕊商量细细开"；还有"野渡花争发，春塘水乱流"等等。我们今天的生活形态比之于古人在从容性方面要丧失了很多很多，可能只有老人们才相对从容一些，这时他们开始捡拾观察生活的习惯。但是想起来我们的孩子们应该享受到这一点。能够细细地观察生活，这实在是人生中的一种享受，而不要刻意把它变成，说为了写作文我才这样，不写作文能观察这也是很美好的事情，我们要把这点享受还给孩子。

不能只有阅读而没有思考

　　很多家长可能更强调阅读的作用，觉得读更多的书就能够把作文写得特别好。这个观点肯定是错误的，至少是不全面的。许多孩子对读书可能心生出一种逆反，这个逆反就是由于我们现在的学业对于孩子们的压力还是很大的，当让他放下课本又转向另一种阅读的时候，并且你还暗示他，说这个阅读依然和考试有关系，可能他一听到阅读和考试的这种关系的时候，就不会喜欢阅读了。还有，我发现很多孩子，不管在阅读的时候，还是在做作业的时候，会戴着耳塞听音乐，我们从生理学上都要考虑到这一点，就是说视觉的那一根神经比之于听觉的那一根神经更容易疲劳，因此不断地读是一件疲劳的事情。

　　为什么有的人会一生养成了阅读的习惯呢？那是因为在我们所经历的那个时代，读书本身对于内容趣味的那种要求压过了视神经所感到的疲劳。现在有更多的兴趣，我们可以看一张碟，我们可以听听音乐，我们可以看电视，在这种情况下说句实在话，视神经是容易懒惰的。而且上学的时候，从星期一到星期五，我们都聚精会神调动视神经，也就是眼睛的功能，所以很疲惫，这个时候再阅读，说句实在话，需要陪伴，尤其是对小学生，要引导入门，或者是家长读给孩子们听，或者是家长听孩子们来读，甚至要和孩子们来进行讨论，而且这个讨论非常重要。

　　我曾经听一位美国的小学老师说，他们十分重视和学生一起讨论一些问题，比如他们讨论过卖火柴的小女孩儿是写给谁看的？还讨论过灰姑娘的水晶鞋。老师讲完课之后，问这灰姑娘一旦进入了这个王宫，被选为白马王子的心上人，她的梦想已经实现了，一切幸福都归属于她之后，这时她应该怎样对待她的继母？应该怎样对待她的两个姐姐？

　　为什么要讨论这个问题？这是情感交换，最后得出的结论就是说一个已经拥有巨大幸福的人，对于那些认为伤害过自己的人应该抱以宽恕，应该理解他们。另外还要承认人性一些先天的弱点，就是说作为一个母亲在自己的亲生女儿和不是亲生的灰姑娘之间，她可能更偏爱自己亲生的女儿，这可能有自然倾向的原因。

你看人家在讲童话的时候已经在有意识地把这种情感影响，甚至把人性的价值判断都注入给了孩子们。我觉得我们缺少这样活的教育，我对我们时下的教育方法是心存很多质疑的，尤其是语文的教学，我觉得我们的很多语文老师非常辛苦。我接触的语文老师他们非常辛苦，假如我把这些话跟他们说的话，他们是同意的，并且愿意这样教，但是他们又不能这样做，因为他们头脑中也必须时时绷紧一根弦，就是应试。既然如此，家长们应该做到这点，这些不会影响语文的成绩，而是会润物细无声，会在潜移默化中提升孩子写作文的能力。

思考能力，我一直反对大学课程上的灌输。知识两个字我历来认为它是要分开来谈的，知就是感知，识就是认识。所谓感知就是别人呈现给你，展现给你，说给你听，要求你记住的那一部分。但只有这一部分是不可以的，还要有认识、思考。最初我在大学上课，当你一说话的时候，可能是一些用功的学生会本能地、习惯地拿出小本来了，就要记。但是在一堂课四十五分钟里面有些话语是不值得你去记的，因此我马上告诉他们，我说现在都抬起头，放下笔听我说话，如果我的哪一段话是应该记的，并且值得你们记的话，我会告诉你们下一段话你们可以记下来，更多的时候我所说的话只不过是引导你们来思考的一些话。

从背景解读今年北京高考作文题

在经过阅读、观察和思考的训练之后，接下来才是运用汉语言表现的能力。我这里还可以举一个例子，比如说今年北京高考作文题目是"细雨湿衣看不见，闲花落地听无声"。作者刘长卿是唐开元年间的进士，他当过监察御史，应该是比较高的官职了。这首诗是他赠给友人严士元的。在读刘长卿的诗时，你会发现经常有出现答严员外或者谢严员外，我估计都是给这位严士元的。刘长卿写了很多很多诗，《全唐诗》九百多卷，他单独恐怕有四五卷之多，他的诗最多的是五言，当时甚至有人说他筑起了一道五言长城。现在考的是七言。

写这首诗赠给严士元的时候，刘长卿在官场上已经失意、受贬，并且有一些看淡了、看破了，刚才那两句诗再接下来是"东道若逢相识问，青袍今已误儒生"。东道是指主人，就是说主人你如果遇到认识我们两个的人问起我，那么我目前的感受就是青袍今已误儒生。因为他是儒生，靠应试上来的，他感觉到他的人生在官场上有一种淡泊，这时他内心是寂寥的，也是失意的，因此是闲花落地听无声。

唐诗中有野花，有繁花，但闲花这个词用得不是很多，我也是第一次在诗中看到闲花，这是寂寥的一种心境。假如我们知道一些背景知识的话，对于写好这篇作文至少多了一个选择，就是 N 种选择，N 种开篇中我多了一种。即使没有，如果我们对那些唐诗宋词中写春天描述景色的诗句知道得多一些的话，也可以串联起来加以互补，这时候纯粹展示一篇写景的美文，也是 N 种选择方面的一种。那当然我们还可以写情绪，写情绪的话就是那样一种寂寞感，可能要跟诗人当时的心情联系起来。

当然你还可以从这个角度去想，听不到也罢，看不见也罢，那都还是诗人本身的一种状态。他其实也在听，他其实也在看。什么人能听到花落地的声音？什么人能看到雨湿衣的情形？这时候人的那种轻松状态是令我们羡慕的。我们当代人把自己搞得匆匆忙忙，然后我们总结出来时间就是金钱，在这样的一种状态下我们肯定不会有那种"细雨湿衣看不见，闲花落地听无声"的情怀。这时候如果我们的孩子们读这样的诗，也可以由他们来告诉大人，包括父母，放松一下，这也是一篇作文。

情怀的培养是打动人的基础

去年我教大三的学生，我给他们的考题就是《雨和雪》，可以单纯写景，单纯的写景我不是看他们的文字能力，我就是想看他们平时留意观察过生活没有；当然可以写事，也可以写人。大多数同学都是抱怨的，他们说老师，写什么雨？写什么雪？第一，这非常像高中的作文题；第二，我们早已经不关心雨和雪了，自从我们上高二的时候就已经不关心了。在这个状态下你让他回忆下雨下雪的那个感觉，他确实没有观察到。

一个女生她写了这样一篇作文，她说我跟大家一样，自从高二以后什么下雨、下雪、天晴、天阴对我似乎都没有什么关系，我一门心思就是一定要考上大学，因为爸爸妈妈寄希望于此。因此这个题不是我喜欢的，但是我想起一件和下雨有关的事。她讲什么呢？就是说天旱，家里边的那一片菜地盼望着雨水，可是天总也不下雨，爸爸焦急，没有办法，最后就忍痛掏出一百元钱请人抽水浇园。后来当水抽出来了，钱已经交了，这时候天上下起了倾盆大雨。这时，她透过窗子，看着身材瘦小的父亲低着头看着自己刚挖开的水渠里边抽出来的水，然后又抬头任凭瓢泼大雨浇着自己的脸，那种沮丧，那种无以言表的感觉。她甚至突然知道了父亲跟她说，别考虑学费，家里一定让你上学的那个心情。然后她跑出去偎在爸爸的怀里，说爸爸我爱你，你是我最好的爸爸。她说我那天突然明白了，一百元钱对父亲意味着要摘满一手推车的豆角，要推到二十里地以外的集市上全部卖完，我的学费和我的生活费都是父亲这样积累下来的。这样的作文多好啊。

所以，当你培养了观察的能力、思考的习惯，当你心中有了一种情愫的形成，在这个前提下你驾驭文字的能力又不比别人弱的话，对于任何一道作文题，你的思维可能都比别人要开阔一些。

现场答问

问：写作即生活，生活是你的，和别人不一样，您认为写作可以教吗？

答：我觉得要培养一个作家是很难试想的事情。因此我在大学上课的时候一再强调，不引导大家去朝创作的这条路去走，我还是把文学课看成对我们大学生情感教育的一个方式；另外一个就是分析能力；还有一点，就是间接地从文学作品中去领略我们没有经过的漫长的历史进程；当然还有提升和培养学生评论能力、想象能力。但作文是可以引导的，比如说我们刚才说的那些都需要引导，首先至少让我们的孩子们知道应该那样。

问：写作和作文有没有区别？

答：写作和作文肯定是有区别的，因为写作这个词在从前更主要的是对作者和作家来说的，现在写作者已经非常多了，有一种观点，就是说写作这一件事应该是所有人的事，所有人的权利，所有人都能够做的事情。

当它属于所有人的时候，这里就没有什么规律可言了，任何人都可以说那是你的规律，不是我的规律。但是当我们在大学里教文学课的时候，我们评价那些已经经过历史筛选的、稳定的经典作品的时候，我们还是能够发现规律的。我们在大学里边主要是讲规律，有时候既讲个性也讲共性的。

问：我想问一下对您影响最大的一本书是什么？能否推荐几本书？

答：经常有人提这样的问题。其实，这个世界从来不存在影响最大的，而且那一本书它影响了你什么呢？是影响了你做人，影响你成为作家，影响你考上大学了，你所指的影响是什么我们也不得而知。但是对于我来说，读书肯定是对我发生了很多影响。

至于要推荐一本图书，有一本书现在是可以买到的，叫《万物简史》，这是国家图书馆每隔两年要向读者推荐的优秀图书之一，我也推荐了这本书，好像是北大的校长、教授和许多学者都推荐了这本书。国家图书馆给我们很多书让我们推荐，本来我把这本书放在最后。这本书是美国作者写的，本来我也觉得非常奇怪，我们对于一物，比如昆虫、动物写它的简史都很难写，他要写万物简史！但是我看了以后折服了，写得非常完美，而且写到我们学业中的微生物、细菌各种的碰撞，非常有趣，可以说是把优美的文学写作和今天最前沿的科学知识结合在一起的一本书。

论 教 育 的 诗 性

当我们在反省我们自己的中小学教育方法时，我想说，我们或许正是在丧失着教育事业针对小学生的诗性内涵。

一向觉得，"教育"二字，乃具诗性的词。它使人联想到另外一些具有诗性的词——信仰、理想、爱、人道、文明、知识等等。它使人最直接联想到的词是——母校、学生时代、师恩、同窗。还有一个词是"同桌"——温馨得有点儿妙曼，牵扯着情谊融融的回忆。

学校是教育事业的实体。学生将自己毕业的学校称为母校，其终生的感念，由一个"母"字表达得淋漓尽致。学生与教育这一特殊事业之间的诗性关系，无须赘言。

没有学生时代的人生是严重缺失的人生，正如没有爱的人生一样。

"师道尊严"强调的主要非是教师的个人尊严问题，而是教育之"道"，亦即教育的理念问题。全人类的教育理念从前都未免偏褊狭，"尊严"二字是基本内容。此二字相对于教育之"道"，也包含着古典的庄重的诗性。虽然偏褊狭。人类现代教育的理念十分开放，学校不再仅仅是推动个人通向功成名就的"管道"，实际上已是关乎一个民族、一个国家乃至全人类文明前景的摇篮……

于是教育的诗性变得扩大了。

"教育"二字，令我们视而目肃，读而声庄，书而神端，谈而切切复切切。

因为它与一概人的人生关系太紧密啊！。

一个生命就是一次空前绝后的奇迹。父母的精血决定了生命的先天质量。生命演变为人生的始末，教育引导着人生的后天历程。对于每一个具体的人，左右其人生轨迹的因素尽管多种多样，然而凝聚住其人生元气不散的却几乎只有一件事情，那就是教育的作用和——恩泽。

因为教育与社会的关系太紧密啊！

一个绝大多数人渴望享受到起码教育的愿望遭剥夺的社会，分明的是一个被关在文明之门外边的社会。在那样的社会里，极少数人的幸运，除了给极少数人的人生带来成就和光荣，很难也同时照亮绝大多数人精神的暗夜。

教育是文明社会的太阳。

因为教育与时代的关系太紧密啊！

爱迪生为人类提供了电灯。他改变了一个时代。但是发电照明的科学原理一经被写入教育的课本里，在一切有那样的课本被用于教学而电线根本拉不到的地方，千千万万的人心里便首先也有一盏教育的"电灯"亮着了……

全世界被纪念的军事家是很多的，战争却被人类更理智地防止着；全世界被纪念的教育家是不多的，教育事业却被人类更虔诚地重视了。

少年和青年们谈起文学家、文艺家难免是羡慕的，谈起科学家难免是崇拜的，谈起外交家、政治家难免是钦佩的，谈起企业家难免是雄心勃勃的——但是谈起教育家，则往往是油然而生敬意的了（如果他们也了解某几位教育家的生平的话）。因为有一个事实他们必定肯于默认——世界上有些人是在富有了以后致力于教育的，却几乎没有因致力于教育而富有的人。他们正从后者们鞠躬尽瘁所致力的事业中，获得人生的最宝贵的益处……

教育家和教育工作者们是体现教育诗性的优美的诗句。而教育的诗性体现着人类诸关系之中最为特殊也最为别致的一种关系——师生关系的典雅和亲近。

所以中国古代有"一日为师，终身为父"的箴言，所以中国古代将拜师的礼数列为"大礼"。这当然是封建色彩太浓的现象，我觉得反而损害了师生关系的典雅和亲近。

那么，让我们来分析一下，上学这件事，对于一个学龄儿童，究竟意味着些什么吧！

记得我报名上小学那一天，哥哥反复教我十以内的加减法，因为那将证明我智力的健全与否。母亲则帮我换上了一身干干净净的衣服，并一再替我将头发梳整齐。我从哥哥和母亲的表情得出一种印象：上学对我很重要。我从别的孩子们的脸上得出另一种印象：我们以后将不再是个普通的孩子……

报完名回家的路上，忽听背后有一个清脆的声音高叫我的"大名"——也就是我出生后注册在户口本上的姓名。回头看，见是邻院的女孩儿。她的母亲和我的母亲要好，我和她稔熟之极，也经常互相怄气。此前我的"大名"从没被人高叫过，更没被一个稔熟的女孩儿在路上高叫过。而她叫我的小名早已使我听惯了。

我愕然地瞪着她，几乎有点儿恓惶起来。

她眨着眼问我："怎么，叫你的学名你还不高兴呀？以后你也不许叫我小名了啊！"又说："你再欺负我，我就不告诉你妈了，要告诉老师了！"

一个人出生以后注册在户口本上的名字，只有当他或她上学以后才渐被公开化。对于孩子们而言，小学校是社会向他们开放的第一处"人生操场"，班级是他们人生的第一个"单位"。人与教育的诗性关系，或一开始就得到发扬光大，或一开始就被教育与人的急功近利的不当做法歪曲了。

儿童从入学那一天起，一天天改变了"自我"的许多方面。他或她有了一些新的人物关系：老师、同学、同桌。有了一些新的意识：班级或学校的荣誉、互相关心和帮助、尊敬师长以及被一视同仁平等对待的愿望等等。有了一些新的对自己的要求：反复用橡皮擦去写在作业本上的第一个字，横看竖看总觉得自己还能写得更好。甚至不惜撕去已写满了字的一页，直至一字字一行行写到自己满意为止……

第一个"五"分，集体朗读课文，课间操，第一次值日……几乎所有的小学生，都怀着本能般的热忱进入了学生的角色。

那一种热忱是具有诗性的，是主动而又美好的，是在学校这一教育事业的实体环境培养之下萌生的。如果他或她某天早晨跨入校门走向班级，一路遇到三位甚至更多位老师，定会一次次郑重其事地驻足、行礼、问好。如果他或她已经是少先队员，那么定会不厌其烦地高举起手臂行标准的队礼。怎么会烦遇到的老师太多了呢，因为那在他或她何尝不是一种愉快呢！

当我们中国人在以颇为怀疑的眼光审视西方某些国家里实行的对小学生的"快乐教育"时，我们内心里暗想的是——那不成了幼儿园的继续了吗？

其实不然。

据我想来，他们或许正是在以符合自己国家国情的方式，努力体现着教育事业之针对小学生的诗性吸引力。

当我们在反省我们自己的中小学教育方法时，我想说，我们或许正是在丧失着教育事业针对小学生的诗性内涵。

当我们全社会都开始检讨我们的中小学生所面临的学业压力已成甸甸重负时，依我看来，真正值得我们悲哀的乃是一中小学教育事业的诗性质量，缘何竟似乎变成了枷锁？

将一代又一代儿童和少年培养成一代又一代出色的人，这样的事业怎么可能不是具有诗性的事业呢？

问题不在于"快乐教育"或其他教育方式孰是孰非，各国有各国的国情。别国的教育方式，哪怕在别国已被奉为经验的方式，照搬到中国来实行，那结果也很可能南辕北辙。问题更应该在于，我们中国人自己的头脑中，是否有必要进行这样的思考：如果我们承认教育之对于学生，尤其对于中小学生确乎是具有诗性的事业，那么我们怎样在中小学校保持并发扬光大其诗性的特征？

　　儿童和少年到了学龄，只要他们所在的地方有学校，不管那是一所多么不像样子的学校；只要他们周围有些孩子天天去上学，不管是多数还是少数，他们都会产生自己也要上学的强烈愿望。

　　这一愿望之对于儿童和少年，其实并不一概地与家长所灌输的什么"学而优则仕"或自己暗立的什么"鸿鹄之志"相关。事实上即使在城市里，绝大多数家长也并不经常向独生子女灌输那些，绝大多数的学龄儿童也断然不会早熟到人生目标那么明确的程度。

　　它主要体现着人性对美好事物的最初的趋之若鹜。

　　在孩子的眼里，别的孩子背着书包单独或结伴去上学的身影是美好的；学校里传出的琅琅读书声是美好的；即使同样是在放牛，别的孩子骑在牛背上看书的姿态也是美好的……

　　这一流露着羡慕的愿望本身亦是具有诗性的。因为羡慕别的孩子的书包，和羡慕别的孩子的新衣服是那么不同的两种羡慕。

　　这一点，在许多文学作品甚至自传作品中有着生动的描写。一旦自己也终于能去上学了，即或没有书包，即或课本是旧的破损的，即或用来写字的只不过是半截铅笔，即或书包是从母亲的某件没法穿了的衣服上剪下的一片布做成的，终于能去上学了的孩子，内心里依然是那么激动……

　　这也不是非要和别的孩子一样的"从众心理"。

　　因为，情形很可能是这样的，当这个曾强烈地羡慕别人能去上学的孩子向学校走去的时候，他也许招致另外更多的不能去上学的孩子们巴巴的羡慕目光的追随。斯时，后者们才是"众"……

我曾到过很偏远的一个山区小学。那学校自然令人替老师和孩子们寒心。黑板是抹在墙上的水泥刷了墨，桌椅是歪歪斜斜的带树皮的木板钉成的，孩子们的午饭是每人自家里装去的一捧米合在一起煮的粥，就饭的菜是半盆盐水泡葱叶。我受委托去向那一所小学捐赠一批书和文具。每个孩子分到书和文具的同时还分到一块橡皮。他们竟没见过城市里卖的那种颜色花花绿绿的橡皮，以为是糖块儿，几乎全都往嘴里塞……

我问他们："上学好不好？"

他们说："好。说还有什么事儿比上学好呢？"

问："上学怎么好呢？"

都说："识字呀，能成有文化的人啊。"

问："有没有志向考大学呢？"

皆摇头。有的说读到小学毕业就得帮家里干活儿了，有的以庆幸的口吻说爸爸妈妈答应了供自己读到初中毕业。至于识字以外的事，那些孩子们根本连想也没想过……

解海龙所摄的、成为"希望工程"宣传明星的那个有着一双大大的黑眼睛的小女孩儿，凝聚在她眸子里的愿望是什么呢？是有朝一日能跨入名牌大学的校门吗？是有朝一日戴上博士帽吗？是出国留学吗？是终成人上人吗？

我很怀疑她能想到那么多那么远。

我觉得她那双大大的黑眼睛所巴望的，也许只不过是一间教室，一块老师在上面写满了粉笔字的黑板，一套属于她的课桌椅——而她能坐在教室里并且不必想父母会因交不起学费而发愁，自己也不必因买不起课本文具而怅然……

总而言之我的意思是，恰恰在那些被叫作穷乡僻壤的地方，在那些期待着"希望工程"资助教育事业的地方，在简陋甚至破败的教室里，我曾深深地感受到儿童和少年无比眷恋着教育的那一种简直可以用"粘连"二字来形容的、"糯"得想分也分不开的关系。

那是儿童和少年与教育的一种诗性关系啊！我在某些穷困农村的黄土宅墙上，曾见过用石灰水刷写的这样的标语："再穷也不能穷了教育；再苦也不能苦了孩子！"它是农民和教育的一种诗性关系啊！有点儿豪言壮语的意味儿。然而体现在穷困农村的黄土宅墙上，令人联想多多，看了眼湿。

我的眼并不专善于从贫愁形态中发现什么"美感"，我还未矫揉造作到如此地步。我所看见的，只不过使我在反观我们城市里的孩子与教育，具体说是与学校的关系时，偶尔想点儿问题。

究竟为什么，恰恰是我们可以坐在宽敞明亮的教室里，而且根本不被"学费"二字困扰的孩子，对上学这件事，对学校这一处为使他们成才而安排周到的地方，往往表现出相当逆反的心理呢？

这一种逆反的心理，不是每每由学生与教育的关系，与学校的关系，迁延至学生与老师与家长的关系中了吗？

不错，全社会都看到了中小学生几乎成了学习的奴隶，猜到了他们失乐的心理，看到了他们的书包太大太重，看到了他们伏在桌上的时间太长久了……

于是全社会都恻隐了。于是采取对他们"减负"的措施。但又究竟为什么，动机如此良好的愿望，反而在不少家长们内心里被束之高阁，仿佛你有千条妙计，我有一定之规呢？但又究竟为什么，"减负"了的学生，有的却并不肯"自己解放自己"，有的依然小小年纪就满心怀的迷惘与惆怅呢？如果他们的沉重并不主要来自书包本身的压力，那么又来自什么呢？一名北京市的初二学生在寄给我的信中写道：

　　　　我邻家的哥哥姐姐们，大学毕业一年多了，还没找到工作，
　　那可都是正牌大学毕业的呀！我十分的努力，将来也只不过能考

上一般大学。我凭什么，指望自己将来找到一份普普通通的工作竟会比他们容易呢？如果难得多，考上了又怎么样？学校扩招并不等于社会工作也同时扩招呀！可考不上大学，我的人生出路又在哪里呢？爸爸妈妈经常背着我嘀咕这些，以为我听不到。其实，我早就从现实中看到了呀！一般大学毕业生们的出路在何方呢？谁能给我指出一个乐观的前景呢？我现在经常失眠，总想这些，越想越理不出个头绪来……

倘这名初二女生的信多多少少有一点儿代表性的话，那么是否有根据认为——我们的相当一批孩子，从小既被沉重的书包压着，其实也被某种沉重的心事压着。那心事本不该属于他们的年纪，但却不幸地过早地滋扰着困惑着他们了……他们也累在心里，只不过不愿明说。

我们的孩子们的状态可能是这样的：一、爱学习，并且从小学三四年级起，就将学习与人生挂起钩来，树立了明确的学习目标的；二、在家长经常的耳提面命之下，懂了学习与人生的密切关系的；三、有"资格"不想、也不必怎样努力，反正自己的人生早已由父母负责铺排顺了的；四、厌学也没"资格"，却仍不好好学习，无论家长和老师怎样替自己着急都没用的；五、明白了学习与人生的密切关系，虽也孜孜努力，却仍对考上大学没把握的。

对第一种孩子不存在什么学习负担过重的问题，倒是需要家长关心地劝他们也应适当放松；对第二种孩子，家长就不但应有关心，还应有体恤之心了。不能使孩子感到，他或她小小的年纪已然被推上了人生的"拳击场"，并且断然没有了别种选择……

前两种孩子中的大多数，一般都能考上大学。他们和他们的家长，无论社会在主张什么，总是"按既定方针"办的。

对第三类孩子，社会和学校并不负什么特别的责任。"减负"或"超载"也都与他们无关。甚至，只要他们不构成某种社会负面现象，社会和学校完全可以将他们置于关注之外，谈论之外，操心之外。

第四类孩子每与青少年社会问题有涉。他们的问题并不完全意味着教育的问题，也并非"中国特色"，几乎每个国家都有此类青少年存在。他们应是一个值得关注的问题，却也不必大惊小怪。

第五类孩子最堪怜。

从他们身上折射出的，其实更是教育背后凸现的人口众多、就业危机问题。无论家长还是学校，有义务经常开导他们，使他们比较能相信——我们的国家还在发展着。这发展过程中，国家捕捉到的一切机遇，其实都在有益的方面决定着他们将来的人生保障……

我们为数不少的孩子，确乎过早地"成熟"了。

本来，就中小学生而言，他们与学校亦即教育事业的关系，应该相对单纯一些才好。"识字，成为有文化的人。"——就是单纯。在这样一种儿童和少年与教育事业的相对单纯的关系中，教育体现着事业的诗性；孩子体验着求知的诗性；学校成为有诗性的地方。学校和教室的简陋不能彻底抵消诗性。教师和家长对学生之学业要求，也不至于彻底抵消诗性。

但是，倘学校对于孩子成了这样的地方——当他们才小学三四年级的时候，教师和家长就双方面联合起来使他们接受如此意识：如果你不名列前茅，那么你肯定考不上一所好中学，自然也考不上一所好高中，更考不上名牌大学，于是毕业后绝无择业的资本，于是平庸的人生在等着你；而你若连大学都考不上，那么你几乎完蛋了。等着瞧吧，你连甘愿过普通人生的前提都谈不上了。街头那个摆摊的人或扛着四十斤的桶上数层楼给邻家送纯净水的人，就是以后的你……

这差不多是符合逻辑的，差不多是现实，同时，也差不多是某些敏感的孩子的悲哀。这一点比他们的书包更沉。这一点，一旦被他们过早地承认了，"减负"不能减去他们心中的阴霾。于是教育事业对于孩子们所具有的诗性，便几乎荡然无存了。

最后我想说——如果某一天，教师和家长都可以这样对中小学生讲——你们中谁考不上大学也没什么。瞧瞧你们周围，没考上大学的人不少啊！没考上大学就过普通的人生吧，普通的人生也是不错的人生啊！……

　　倘这也差不多是一种逻辑，一种现实，那么，我们就有理由根本不谈什么"减负"不"减负"的话题了。中小学教育的诗性，就会自然而然地复归于学校了。当然，这样一天的到来，是比"减负"难上百倍的事。我却极愿为我们中国的中小学生祈祷这样一天的尽早到来！

第四章

生命启示录

我 与 我 们 的 共 和 国

我是我们共和国的同龄人。

我是有过"知青"经历的那一代人中的一个。

我对我们这一代人的一种了解那就是——普遍而言，具有十分强烈的爱国心。我不认为我这么说是大言不惭的自诩。"国"者，大"家"也。在一个家庭中，规律现象是，长子长女对家的感情总是会更深一些。因为他们和她们，是第一批和家发生唇齿关系的子女，也是第一批与父母亲历家庭发展过程的人。每一个家庭的长子或长女们，对于那个家庭的以往今昔，几乎都能说出和父母相差无几的深切感受。如果一个家庭是从一穷二白的起点好不容易奔上富裕之路的，那么长子长女们的记忆之中，无疑会烙下那艰难过程的不可磨灭的印象。正是那一印象，决定了他们和她们在思想、感情两方面，对家庭命运的尤其关注，尤其在乎，尤其重视；也决定了他们和她们，尤其愿意多承担一些责任和义务。这也就是为什么，长子和长女们谈到自己家庭的以往今昔时，每每大动其情甚至唏嘘起来的缘故。

在我们的共和国隆重庆祝她成立六十周年的今天，我想说——我们这一代，是曾为她流过不少泪，哭过不少次的。当年作为知青的我们中人，多思少眠之夜，想的不仅仅是以后个人的命运。特别是在我们知青岁月的后期，对国家命运的焦虑，超过了我们对自己命运的迷惘。我想说，在当年，但凡是一个思想并未麻木，并不浑浑噩噩混日子的知青，谁没和知己经常讨论过国家命运呢？我参加过的一次黑龙江生产建设兵团的知青文艺骨干创作学习班，正是由于成为国家命运之自发的也是人人情怀难抑的秘密讨论会，而被勒令解散了。随后，我们许多人成了被调查对象。在当年，必然会是那样的。

我想说，我成为复旦大学之工农兵学员以后，有次在宿舍里当着几名同学的面高歌电影《洪湖赤卫队》插曲，唱至"砍头只当风吹帽"一句，哽咽不能唱下去，几名同学皆泪盈满眶。我们忧国爱国的心是相通的。当年的我们，确乎都没有足够之勇气为国家命运公开大声疾呼过什么，但与那样一些敢于舍身为国的人，心也是相通的。粉碎"四人帮"后，几乎我们整整一代人的空前感奋，真的可以用手舞足蹈来形容啊！

大约是中华人民共和国成立三十五周年前夕，我写过一篇短文——《让我们用热血浇灌祖国》，似乎是发表在《读书》上。那时我也年轻，文章的题目和行文，难免像激情诗。但那一种情怀，却是真诚的，发自内心的。

在后来的某次文艺研讨会上，我曾说——爱国之对于我们这一代人，总体而言，不是一种什么"主义"，首先是我们的情感必然……

现在，二十五年又过去了，我见证了中国改革开放所取得的巨大成就，也极为关注在成就的背后及细节所呈现的种种问题、弊端。我也由作家而多了另一种身份——政协委员。

我不认为政协委员对于我是荣誉。论到荣誉，我更希望是由我的创作和我的教师职业所获得的。我认为政协委员是种国家要求，人民要求，同时也应成为我自己对自己的要求。我认为对于我们这个国家而言，改革尚未成功，开放也并未足够。故我最后要说——祖国，继续努力啊！年轻着的人们，在提高从业能力的同时，也要提高为国家排忧解难的能力啊！后浪应推前浪啊！

我 的 使 命

　　据我想来，一个时代如果矛盾纷呈，甚至民不聊生，文学的一部分，必然是会承担起社会责任的。好比耗子大白天率领子孙在马路上散步，蹲在窗台上的家猫发现了，必然会很有责任感或使命感地蹿到街上去，当然有的猫仍会处事不惊，依旧蜷在窗台上晒太阳，或者跃到宠养者的膝上去喵喵叫着讨乖。谁也没有权力，而且也没有办法，没有什么必要将一切猫都撵到街上去。但是在谈责任感或使命感时，前一种猫的自我感觉必然会好些。在那样的时代，有些小说家，自然而然的，可能由隐士或半隐士，而狷士而斗士。有些诗人，可能由吟花咏月，而爆发出诗人的呐喊。怎样的文学现象，更是由怎样的时代而决定的。忧患重重的时代，不必世人翘首期待和引颈呼唤，自会产生出忧患型的小说家和诗人。以任何手段压制他们的出现都是煞费苦心徒劳无益的。

　　倘一个时代，矛盾得以大面积地化解，国泰民安，老百姓心满意足，喜滋乐滋，文学的社会责任感，也就会像嫁入了阔家的劳作妇的手一样，开始褪茧了。好比现如今人们养猫只是为了予宠，并不在乎它们逮不逮耗子。偶尔有谁家的娇猫不知从哪个土祠旯旮逮住一只耗子，叼在嘴里喵喵叫着去向主人证明自己的责任感或使命感，主人心里一定是甭提多么腻歪的了。在耗子太多的时代，能逮耗子的才是

184

好猫。人家里需要猫是因为不需要耗子。人评价猫的时候，也往往首先评价它有没有逮耗子的责任感和使命感。在耗子不多了的时代，不逮耗子的猫才是好猫。人家里需要猫已并不是因为家里还有耗子。逮过耗子的猫再凑向饭桌或跃上主人的双膝，主人很可能正是由于它逮住耗子而呵唬它。嗅觉敏感的主人甚至会觉得它嘴里呼出一股死耗子味儿。在这样的时代，人们评价一只猫的时候，往往首先评价它的外观和皮毛。猫只不过是被宠爱和玩赏的活物。与养花养鱼已没了多大区别。狗的价值的嬗变也是这样。今天城里人养狗，不再是为了守门护院。狗市的繁荣，也和盗贼的多起来无关。何况对付耗子，今天有了杀伤力更强的鼠药。防患于失窃，也生产出了更保险的防盗门和防盗锁。

时代变了，猫变了，狗变了，文学也变了，小说家和诗人，不变也得变。原先是斗士，或一心想成为斗士以成为斗士为荣的，只能退而求其次变成狷士，或者干脆由狷士变成隐士。做一个现代的隐士并不那么简单，没有一定的物质基础虽然"隐"而"士"也总归潇洒不起来。所以旁操他业或使自己的手稿与"市场需求接轨"，细思忖也是那么的情有可谅。非但情有谅，简直就合情合理啊！鲁迅先生即便活到现在，并且继续活将下去的话，在当代青年对徐志摩的诗和梁实秋的散文很热衷了一阵子之后，还要坚持他的《论资本家的乏走狗》的风骨么？他是不是也会面对各方约稿应酬不暇，用电脑打出一篇篇闲适得不能闲适的文章寄出去期待着稿费养家糊口呢？

但是问题在于——我们这个时代，究竟是忧患更多了矛盾更普遍更尖锐了，还是忧患和矛盾已被大面积地化解，接近于国泰民安，老百姓只要好好过日子就莺歌燕舞了？

任何一个人几乎都有一百条理由仍做一个忧患之士，比如信仰失落，道德沦丧，民心不古，情感沙化，官僚腐败，歹徒横行，吸毒卖淫，黑社会形成，贫富两极悬殊，大款穷奢极欲一掷万金，穷山沟里的孩子上不起学，男人娶不起老婆，拐卖妇女儿童案层出不穷……

这些足令某些人身不由己地变成忧患之士。如果他不幸同时还是小说家或诗人（今天诗人已经被时代消化得所剩无几了），那么他的小说里他的诗里，满溢着责任感使命感什么的，他大声疾呼文学要回归责任感使命感呀什么的，当他是个偏执狂，并不多么的公道，也难以证明自己才更是小说家或诗人。在他之前古今中外有过许许多多他这样的小说家和诗人，并不都是疯子，起码并不比尼采疯多少。比如杜甫和白居易的诗，直到今天仍在被世人经常引用，一点儿也不比被自作聪明的后人贴上"纯诗"之标签的李清照和"超现实主义"之标签的李白缺少价值……

任何一个人几乎又都有一百条理由做一个闲适之士。如果他刚好同时还是小说家或诗人，便几乎又都有一百条理由认为，文学的责任感已变得那么的多余，已成一种病入膏肓的呓语。改革已取得了举世瞩目的伟大业绩，市场繁荣生活提高，"海"里很热闹，岸上很消停，老百姓人人都一门心思挣钱奔小康，朗朗乾坤光明宇宙，文学远离现实的时代明明的已经到来了，还遑论什么责任感使命感？还喋喋不休地干什么哇？烦人不烦人呀？在他之前古今中外有过许许多多他这样的小说家和诗人。他们的小说和诗正被一批又一批地重新发现重新评价重新出版，掀起过一阵阵的什么什么热，似乎证明了没什么社会责任感使命感的远比有责任感有使命感的小说或诗文学之生命力更长久……

倘偏说他们逃避现实也当然值得商榷。因为他们的为文的选择是不无现实根据的。

孰是孰非？

我想因人而异。甚至，更是因人的血质而异的吧？

当然，也由人的所处经济的、政治的、自幼生活环境和家庭影响背景所决定的吧？南方老百姓对现实所持的态度，与北方老百姓相比就大有区别。

南方知识分子谈起改革来，与北方知识分子也难折一衷。

南方的官员与北方的官员同样有很多观点说不到一块儿去。

南方的作家和北方的作家，呈现出了近乎分道扬镳的观念态势，则丝毫也不足怪了。这就好比从前的猫与现在的猫，都想找到猫的那点子最佳的感觉，都以为自己找到的最佳亦最准确，其实作为猫，都仍是猫也不是猫了。于南方而言，并不意味着什么进化。于北方而言，并不意味着什么退化。只不过是同一个物种的嬗变罢了。何况，不论在南方和北方，作家还剩一小撮，快被时代干净、彻底地消化掉了。

所以现在是一个最不必讨论文学的时代。讨论也讨论不出个结果。恰符合"存在的即合理的"之哲学。

至于有几个西方人对中国文坛的评评点点，那是极肤浅极卖弄的。对于他们我是很知道一些底细的。他们来中国走了几遭，呆了些日子，学会了说些中国话，你总得允许他们寻找到卖弄的机会。权当那是吃猫罐头长大的洋猫对中国的猫们——由逮耗子的猫变成家庭宠物的猫，以及甘心变成家庭宠物、仍想逮耗子的猫们的喵喵叫罢。从种的意义上而谈，它们的嬗变先于我们。过来人总要说过来话，过来猫也如此。本届诺贝尔文学奖，授予一位美国黑人女作家，而她又是以反映黑人生活而无愧受之的，这本身就是对美国当代文学的一种含蓄的讽刺。

而我自己，如今似乎越来越悟明白了——小说本质上应该是很普通、很平凡、很寻常的。连哲学都开始变得普及的时代，小说的所谓高深，若不是作家的作秀，便是吃"评论"这碗饭的人的无聊而鄙俗的吹捧。我倒是看透了这么一种假象——所谓为文学而文学的作家，在今天其实是根本不存在的。以为自己是大众的启蒙者或肩负时代使命的斗士，自然很一厢情愿，很唐·吉诃德。但以为自己高超地脱离了这个时代，肩膀上业已长出了一双仿佛上帝赋予的翅膀，在一片没有尘世污染的澄澈的文学天空上自由自在地飞翔，那也不过是一种可笑的感觉。全没了半点儿文学的责任感的负担，并不能吊在自己吹大的"正宗"文学的气球飞上天堂，刚巧就落在缪斯女神在奥林匹斯山为他准备好的一把椅子上……

　　但我有一天在北京电台的播音室里做热线嘉宾时，却没有说这么许多。归根结底，这是一些没意思的话。正如一切关于文学的话题今天都很没意思。所以还浪费笔墨写出来，乃是因为信马由缰地收不住笔了……

普 通 人

父亲去世已经一个月了。

我仍为我的父亲戴着黑纱。

有几次出门前，我将黑纱摘了下来，但倏忽间，内心涌起一种怅然若失的情感。戚戚地，我便又戴上了。我不可能永不摘下。我想。这是一种纯粹的个人情感，尽管这一种个人情感在我有不可弹言的虔意。我必得从伤绪之中解脱，也是无须别人劝慰我自己明白的。然而怀念是一种相会的形式，我们人人的情感都曾一度依赖于它……

这一个月里，又有电影或电视剧制片人员，到我家来请父亲去当群众演员。他们走后，我就独自静坐，回想起父亲当群众演员的一些微事……

一九八四年至一九八六年，父亲栖居北京的两年，曾在五六部电影和电视剧中当过群众演员。在北影院内，甚至范围缩小到我当年居住的十九号楼内，这乃是司空见惯的事。

父亲被选去当群众演员，毫无疑问地最初是由于他那十分惹人注目的胡子。父亲的胡子留得很长，长及上衣第二颗纽扣。总体银白，须梢金黄。谁见了都对我说："梁晓声，你老父亲的一把大胡子真帅！"

父亲生前极爱惜他的胡子。兜里常揣着一柄木质小梳。闲来无事，就梳理。

记得有一次，我的儿子梁爽，天真发问："爷爷，你睡觉的时候，胡子是在被窝里，还是在被窝外呀？"

父亲一时答不上来。

那天晚上，父亲竟至于因为他的胡子而几乎彻夜失眠。竟至于捅醒我的母亲，问自己一向睡觉的时候，胡子究竟是在被窝里还是在被窝外。无论他将胡子放在被窝里还是放在被窝外，总觉得不那么对劲……

父亲第一次当群众演员，在《泥人常传奇》剧组。导演是李文化。副导演先找了父亲。父亲说得征求我的意见。父亲大概将当群众演员这回事看得太重，以为便等于投身了艺术。所以希望我替他做主，判断他到底能不能胜任。父亲从来不做自己胜任不了之事。他一生不喜欢那种滥竽充数的人。

我替父亲拒绝了。那时群众演员的酬金才两元。我之所以拒绝不是因为酬金低，而是因为我不愿我的老父亲在摄影机前被人呼来唤去的。

李文化亲自来找我，说他这部影片的群众演员中，少了一位长胡子老头儿。

"放心，我吩咐对老人家要格外尊重，要像尊重老演员们一样还不行吗？"——他这么保证。

无奈我只好违心同意。

从此，父亲便开始了他的"演员生涯"——更准确地说，是"群众演员"生涯——在他七十四岁的时候……

父亲演的尽是迎着镜头走过来或背着镜头走过去的"角色"。说那也算"角色"，是太夸大其词了。不同的服装，使我的老父亲在镜头前成为老绅士、老乞丐，摆烟摊的或挑菜行卖的……

不久，便常有人对我说："哎呀晓声，你父亲真好，演戏认真极了！"

父亲做什么事都认真极了。

但那也算"演戏"吗？

我每每一笑罢之。然而听到别人夸奖自己的父亲，内心里总是高兴的。

一次，我从办公室回家，经过北影一条街——就是那条旧北京假景街，见父亲端端地坐在台阶上。而导演们在摄影机前指手画脚地议论什么，不像再有群众场面要拍的样子。

时已中午，我走到父亲跟前，说："爸爸，你还坐在这儿干什么呀？回家吃饭！"

父亲说："不行。我不能离开。"

我问："为什么？"

父亲回答："我们导演说了——别的群众演员没事儿了，可以打发走了。但这位老人不能走，我还用得着他！"

父亲的语调中，很有一种自豪感似的。

父亲坐得很特别。那是一种正襟危坐。他身上的演员服，是一件褐色绸质长袍。他将长袍的后摆，掀起来搭在背上；而将长袍的前摆，卷起来放在膝上。他不依墙，也不靠什么，就那样子端端地坐着，也不知已经坐了多久。分明的，他唯恐使那长袍沾了灰土或弄褶皱了……

父亲不肯离开，我只好去问导演。导演却已经把我的老父亲忘在脑后了，一个劲儿地向我道歉……中国之电影电视剧，群众演员的问题，对任何一位导演，都是很沮丧的事。往往地，需要十个群众演员，预先得组织十五六个，真开拍了，剩下一半就算不错。有些群众演员，钱一到手，人也便脚底板抹油，溜了。群众演员，在这一点上，倒可谓相当出色地演着我们现实中的些个"群众"、些个中国人。

难得有父亲这样的群众演员。我细思忖，都愿请我的老父亲当群众演员，当然并不完全因为他的胡子。那两年内，父亲睡在我的办公室。有时我因写作到深夜，常和父亲一块儿睡在办公室。有一天夜里，下起了大雨。我被雷声惊醒，翻了个身，黑暗中，恍恍地，发现父亲披着衣服坐在折叠床上吸烟。我好生奇怪，不安地询问："爸，你怎么了？为什么夜里不睡吸烟？爸你是不是有什么心事啊？"黑暗之中，但闻父亲叹了口气。许久，才听他说："唉，我为我们导演发愁哇！他就怕这几天下雨……"

父亲不论在哪一个剧组当群众演员，都一概地称导演为"我们导演"。从这种称谓中我听得出来，他是把他自己——一个迎着镜头走过来或背着镜头走过去的群众演员，与一位导演之间联得太紧密了。或者反过来说，他是把一位导演，与一个迎着镜头走过来或背着镜头走过去的群众演员联得太紧密了。

而我认为这是荒唐的，这实实在在是很犯不上的。我嘟哝地说："爸，你替他操这份心干吗？下雨不下雨的，与你有什么关系？睡吧睡吧！""有你这么说话的吗？"父亲教训我道，"全厂两千来人，等着这一部电影早拍完，才好发工资，发奖金！你不明白？你一点不关心？"

我佯装没听到，不吭声。

父亲刚来时，对于北影的事，常以"你们厂"如何如何而发议论，而发感慨。不知从什么时候开始，他不说"你们厂"了，只说"厂里"了。倒好像，他就是北影的一员。甚至倒好像，他就是北影的厂长……

天亮后，我起来，见父亲站在窗前发怔。我也不说什么。怕一说，使他觉得听了逆耳，惹他不高兴。后来父亲东找西找的。我问找什么。他说找雨具。他说要亲自到拍摄现场去，看看今天究竟是能拍还是不能拍。他自言自语："雨小多了嘛！万一能拍呐？万一能拍，我们导演找不到我，岂不是要发急吗？……"听他那口气，仿佛他是主角。我说："爸，我替你打个电话，向你们剧组问问不就行了吗？"父亲不语，算是默许了。于是我就到走廊去打电话。其实是给我自己打电话。回到办公室，我对父亲说："电话打过了。你们组里今天不拍戏。"——我明知今天准拍不成。父亲火了，冲我吼："你怎么骗我？！你明明不是给我剧组打电话！我听得清清楚楚。你当我耳聋吗？"父亲他怒赳赳地就走出去了。我站在办公室窗口，见父亲在雨中大步疾行，不免羞愧。对于这样一位太认真的老父亲，我一筹莫展……

父亲还在朝鲜人民共和国选景于中国的一个什么影片中担当过群众演员。当父亲穿上一身朝鲜民族服装后，别提多么像一位朝鲜老人了。那位朝鲜导演也一直把他视为一位朝鲜老人。后来得知他不是，表示了很大的惊讶，也对父亲表示了很大的谢意，并单独同父亲合影留念。

那一天父亲特别高兴，对我说："我们中国的古人，主张干什么事都认真。要当群众演员，咱们就认认真真地当群众演员。咱们这样的中国人，外国人能不看重你吗？"

记得有天晚上，是一个星期六的晚上。我和妻子和老父母一块儿包饺子。父亲擀皮儿。忽然父亲长叹一声，喃喃地说："唉，人啊，活着活着，就老了……"

一句话，使我、妻、母亲面面相觑。母亲说："人，谁没老的时候？老了就老了呗！"父亲说："你不懂。"妻煮饺子时，小声对我说："爸今天是怎么了？你问问他。一句话说得全家怪纳闷怪伤感的……"吃过晚饭，我和父亲一同去办公室休息。

睡前，我试探地问："爸，你今天又不高兴了吗？"父亲说："高兴啊。有什么不高兴的！"我说："那么包饺子的时候你叹气，还自言自语老了老了的？"父亲笑了，说："昨天，我们导演指示——给这老爷子一句台词！连台词都让我说了，那不真算是演员了吗？我那么说你听着可以吗？……"我恍然大悟——原来父亲是在背台词。我就说："爸，我的话，也许你又不爱听。其实你愿怎么说都行！反正到时候，不会让你自己配音，得找个人替你再说一遍这句话……"父亲果然又不高兴了。父亲又以教训的口吻说："要是都像你这种态度，那电影，能拍好吗？老百姓当然不愿意看！一句台词，光是说说的事吗？脸上的模样要是不对劲，不就成了嘴里说阴，脸上作晴了么？"

父亲的一番话，倒使我哑口无言。惭愧的是，我连父亲不但在其中当群众演员，而且说过一句台词的这部电影，究竟是哪个厂拍的，片名是什么，至今一无所知。我说得出片名的，仅仅三部电影——《泥人常传奇》《四世同堂》《白龙剑》。前几天，电视里重播电影《白龙剑》，妻忽指着屏幕说："梁爽你看你爷爷！"我正在看书，目光立刻从书上移开，投向屏幕——哪里还有父亲的影子……我急问："在哪儿在哪儿？"妻说："走过去了。"

是啊，父亲所"演"，不过就是些迎着镜头走过来或背着镜头走过去的群众角色。走的时间最长的，也不过就十几秒钟。然而父亲的确是一位极认真极投入的群众演员——与父亲"合作"过的导演们都这么说……

在我写这篇文字时，又有人打来电话——

"梁晓声？……"

"是我。"

"我们想请你父亲演个群众角色啊！……"

"这……我父亲已经去世了……"

"去世了？……对不起……"

对方的失望大大多于对方的歉意。

如今之中国人，认真做事认真做人的，实在不是太多了。如今之中国人，仿佛对一切事都没了责任感。连当着官的人，都不大愿意认真地当官了。

有些事，在我，也渐渐地开始不很认真了。似乎认真首先是对自己很吃亏的事。

父亲一生认真做人，认真做事。连当群众演员，也认真到可爱的程度。这大概首先与他愿意是分不开的。一个退了休的老建筑工人，忽然在摄影机前走来走去，肯定是他的一份儿愉悦。人对自己极反感之事，想要认真也是认真不起来的。这样解释，是完全解释得通的。但是我——他的儿子，如果仅仅得出这样的解释，则证明我对自己的父亲太缺乏了解了！

我想——"认真"二字，之所以成为父亲性格的主要特点，也许更因为他是一位建筑工人。几乎一辈子都是一位建筑工人，而且是一位优秀的获得过无数次奖状的建筑工人。

一种几乎终生的行业，必然铸成一个人明显的性格特点。建筑师们，是不会将他们设计的蓝图给予建筑工人——也即那些砖瓦灰泥匠们过目的。然而哪一座伟大的宏伟建筑，不是建筑工人们一砖一瓦盖起来的呢？正是那每一砖每一瓦，日复一日，月复一月，年复一年地、十几年、几十年地，培养成了一种认认真真的责任感。一种对未来之大厦矗立的高度的可敬的责任感。他们虽然明知，他们所参与的，不过一砖一瓦之劳，却甘愿通过他们的一砖一瓦之劳，促成别人的冠环之功。

他们的认真乃因为这正是他们的愉悦！

愿我们的生活中，对他人之事认真，并能从中油然引出自己之愉悦的品格，发扬光大起来吧！

父亲是一个普通得不能再普通的人。父亲曾是一个认真的群众演员。或者说，父亲是一个"本色"的群众演员。

以我的父亲为镜，我常不免地问我自己——在生活这大舞台上，我也是演员吗？我是一个什么样的演员呢？就表演艺术而言，我崇敬性格演员。就现实中人而言，恰恰相反，我崇敬每一个"本色"的人，而十分警惕"性格演员"……

以 生 命 为 社 会 之 烛 的 人

在《生命力量》第二次印刷之际，受人民出版社之邀撰序，我欣然命笔。

景克宁先生是运城学院的一位教授。先生于二〇〇六年三月二日逝世，享年八十四岁。我与先生不曾谋面，仅有幸神交。先生生前，每出一本新书，必签名以赠。我自然是极敬他的。在他八十寿辰时，我抄孟子的三句话寄给了他：

> 威武不能屈，
> 富贵不能淫，
> 贫贱不能移。

他经人捎话给我——"我之生命的意义，六十岁左右才算真正有所体现。对于社会，余热无多矣。故格外珍惜，唯奉献方觉欣慰。"他的话，是他的人生的真况。

从一九五七年开始，他便失去了公民自由，且久经劳改、牢狱之苦二十三年。粉碎"四人帮"后，几番周折，成为运城学院的一位教授。那一年他已是两鬓霜白，年近花甲。没几年，不幸罹患癌症，受病魔攻击整二十年，并以顽强的毅力，与病魔搏斗了整二十年。

这样的一位知识分子，虽有对社会的奉献之忱，终究又能做些什么呢？

　　景先生所做的乃是——二十年如一日，奔波于大江南北、长城内外，演讲两千七百余场，听众达几百万之多。从政坛、文坛到艺坛，从广场、疆场到刑场，从医院、法院到剧院，从会堂、课堂到教堂……其演讲内容，涉及社会的方方面面以及人性、人的心灵和精神现象的方方面面，于是使许许多多的人，尤其是许许多多的青年们受益匪浅。

　　有人据此誉他为"演说家"或"语言的演奏家"。

　　我想，即使加上"杰出的"、"卓越的"等等形容词，先生也是当之无愧的。然而，我却要说——景先生他首先是一位不倦的思想者；同时是一位知识广博的社会学者。"者"虽然不比"家"那么堂皇，但是却比许多"家"们的演说具有更强大的感染力。而思想的感染、知识的感染，是这世界上最令人折服的感染力。作为学者，景先生直至去世前的几天，仍在手不释卷地孜孜而学。他为了奉献而演说。他为了演说而学习。他为了体现他人生的意义而坦然直面随时会迫近的死亡。他使那意义在人生的最后阶段体现出了最大的价值。有人曾替他这样统计过——若将二十年转化为小时，那么除了五十分之一的时间他是在医院里度过的，其余五十分之四十九的时间，他不是在学习，便是在演讲，或是在从此地到彼地的途中。实际上，在他的生命的最后几年，病魔带给他的痛苦，已经很难使他成眠了……"春蚕到死丝方尽"，蜡炬曾经如此燃烧过，他身上所体现的，不仅是顽强的生命力，还是如火如光的思想力。我对他的崇敬难以言表。联想到孟子的三句话，我现在又以为——"富贵不能淫"一句，其实用以形容景先生是不恰切的。

　　因为——他又何曾富贵过呢？一个以生命为社会之烛的人，他的头脑里，也就断没有了对富贵的丝毫妄想。威武之下，这个人的精神确乎不曾屈过；贫贱之时，这个人的操守确乎不曾移过。那么我现在要加上一句：死亡不能改。我以为，对于景先生，便是他人生的概括了……

被遗忘的光荣

——悼一位医学前辈

前言：张劭——一个男人的名字。一九三三年毕业于河南大学医学院。一九三四年考入英国雷斯德医学研究院。三年后获该院药物化学及医学治疗博士学位。同年转至美国圣约翰霍普金氏医学研究院任研究员，两年后又获该院生物化学博士学位。一个月后回英国医学研究院母校任"正大教授"。曾参加过青霉素的发明研制，曾被授予英国皇家医学院终身院士之荣誉，曾是早期太平洋地区医学学会仅有的四名华人会员之一。

一九四九年后，他满怀赤子之心，毅然携妻女回国，任上海生物化学制药总厂总经理兼化验师，从事生物化学、抗衰老药物的理论研究和生产实践，虔诚报效解放初年中国十分落后的医药事业。然一九五四年因过错受到极不公正待遇，遭捕判刑。从此消失于中国医药界，并被彻底遗忘。三十二年的时间使一位国际知名医学科学家变成了老农。直至一九八二年在家乡用锅、盆、瓢、勺等生活用具，在极其简陋的房子内研制成功了植物激素三十烷醇（在那样的情况下是一项了不起的成果），在省内外科技界引起了极大震惊。河南省领导对此予以高度重视，派员了解情况，在原副省长罗干的亲自批示之下，终于落实政策。而他婉谢了省

198

农科院、化工研究所等部门的聘请，做了一向重视科技人才的春都集团洛阳生化药厂的高级顾问。他以七十岁不堪往昔岁月摧残的弱质之躯，攻关三年，研制成了集治疗、预防心血管疾病和抗衰老功效于一体的良药"养命宝"。该药获科技发明奖、商业部及省优秀产品奖后不久，老博士悄然而逝……

一

残阳西坠，秃穆的崖头仿佛渐渐渗出血来。无名的季节河不情愿地流着。河边一株枯树上，栖着几只寂寞的乌鸦。它们呆望远处，望着一条曲折蜿蜒的野路的尽头。如果那可以勉强算作一条路，则是不常出岭的岭内人和他们的牲口年复一年从荒地上踏出的。

两个身影踉踉跄跄在路的尽头……

残阳坠到秃穆的崖头后面去了。原本赭黄色的土崖开始变得黑黢黢的。夜幕迫不及待地降临……

"妈，爷爷家还有多远啊？"

"不远了……"

"总说不远……怎么总也走不到？"

"真的不远了……"

"走不动了……妈，我一步也走不动了……"

"那也得走……"

"爷爷为什么不来接我们呢？"

"快走……"

"……"

"走！"

母亲的口吻，从来没有过的严厉。

蹲在地上的，似乎一步也不肯再往前走的，刚满十一岁的长女哭了。她往起站了几次，才终于站立得住。

"好孩子，别哭。妈也走不动了。可咱们不往前走，又怎么办呢？妈是多想背着你抱着你往前走哦……"

十一岁的长女仰脸看看母亲，不哭了。母亲背着大妹，抱着小妹。不，不能算背，也不能算抱。如果不是三条连接的纱巾，在母亲身上绕了几周，将两个妹妹紧紧地缚在母亲身上，母亲肯定早已背不动她们，抱不动她们了……

"你看，不快走，天就黑了。天黑了你不怕么？"

"怕……"

十一岁的女孩儿环顾四周，黑暗已从八方向她们包抄。整个大地上，只有前面那条河，闪耀着破碎的亮光。她以前从没离开过城市，更确切地说从没离开过繁华的不夜之城大上海。正从八方向她们悄悄包抄过来的，从天到地垂在眼前的那一种厚密无隙的黑暗，使她感到宛如蛰伏着许多恐怖……

"妈也怕哦……"

"妈，咱们快走吧……"

于是她们又往前走。一个失去了父亲的家庭往前走。

三十里路，从小小的，像贫穷农村里的孩子一样"衣衫褴褛"的洛宁县城，到那个叫吕家坡的陌生的地方，到那个陌生的地方一个叫聂坟村的陌生的村子，对这习惯了以车代步的母女四人，不啻是一次"长征"。背后的和胸前的两个女儿，早已踏实地酣然入睡了。睡梦中不时发出咿呀呓语。她们梦见了什么呢？

而一步一跛，两步一呻，勉强能跟随在母亲身后的长女，却幻想着那个叫聂坟村的地方，正有美食和软床等待她们的"光临"。那一年张劭博士的夫人大约四十一二岁。而三个女儿的年龄加一起，不及她的年龄的一半。她们还不知道父亲出了什么事。母亲告诉她们，父亲出国了，也许要很长很长时间以后才能回来。她们只知道母亲带她们到爷爷家去，从此将要和她们的爷爷一起生活一个时期。

博士夫人毕业于南京金陵女子艺术学院。是一九四九年前中国为数不多的，在大学里接受过钢琴演奏艺术培养的幸运女性之一。这位江南大家闺秀，自从成了博士夫人以后，在国外过的是典型的精神和物质两方面的贵族生活。她和博士各有各自的贴身佣人。而且，由于饮食偏好相差很大，夫妇二人甚至各有各自的厨师。当博士决意放弃在西方的名人社会地位和优越的生活条件回国时，她表现出了中国女性促夫之志的传统美德。他们在短短的几天内便遣散仆佣，竟以区区几美元近乎白白赠送的廉价卖掉了两部小汽车。足见他们当初是何等为中华人民共和国的成立而感奋，而归心似箭！

在上海，在不久前，他们拥有花园、洋房、汽车……管家和佣人。而此刻，他们已一无所有。有的只是三个年龄加起来不足二十岁的女儿和挎在她身上的一个小小的坤包。坤包几乎是空的。只有一小袋巧克力糖（一路不时分给三个女儿，已所剩无几），和证明她们身份的，一路由各地专政部门盖了许多红章的抄件。当家被封时，封查人员目光咄咄地盯着她的脸，斥令她将金耳环和金项链摘下。她默默地，温良而恭顺地服从了。对方接着斥令她将戒指也摘下。她犹犹豫豫地，鼓起最大的勇气说明，那是她和她丈夫的结婚纪念物。可是对方面孔严肃，她也不得不摘了下来。她带着三个女儿被逐出家门。除了她们身上穿的衣服，和那个小坤包，和那一小袋巧克力，未从家中带出任何东西。而那一小袋巧克力，是保姆塞在二女儿衣兜里的。母女四人被有关部门的车送到了上海某一临时住处。不久有关部门通知，她们将被发配洛阳。这是考虑她的丈夫张劭的请求，对她们予以的照顾。因为她那尚未见过面的公公在洛阳。于是她带领三个女儿，开始了从上海至开封至洛阳的千里行程。

那一年河南饥荒遍布。她们每到一地，便和饥民挤在济灾棚里，渴望分吃到一顿济灾饭——高粱面糊糊和高粱面饼子。三个往昔吃惯了细软之食的女儿，吃不惯供灾民们吃的东西，腹胀、便秘、上火发烧，哭哭闹闹要回家，不要去见爷爷了。从不知虱子为何物的三个女儿，已经着上了满身满头发的虱子。到洛阳，她和女儿们，并没能按照地址找到她的公公。当她终于打听清楚，公公已离开洛阳到洛宁县去了的时候，仿佛所到不过是"假西天"一样，一下子瘫软在地许久，无言亦不动，惊得三个女儿惴惴哭泣。在走投无路的情况之下，最后博士夫人只好带领三个女儿向有关专政部门去"报到"，实则是企图找到能收纳母子四人栖身一夜的地方。她原本打算安定下来再去报到的，却连这一希望的泡影也破灭了。在有关专政部门的传达室里，她们获准度过了一夜。那时从洛阳到洛宁还没有专线公共汽车，一位负责接待她们的善良的女同志，替她们联系好了一辆马车，将她们载到了小小的洛宁县。在洛宁县内，她和女儿们也没能见到博士的父亲。博士的父亲是一位虔诚的传教士。这一点，当年决定了父子俩的命运几乎类似。公公那时已回到村里种地去了……

三十里路，三十里没有任何交通工具，也不可能有任何交通工具代步的野路——只有走。

二

三十里路，对于带着三个稚齿女儿，连日来被程途消损得疲惫不堪的这一位从未走过山径野路的母亲来说，仿佛从一个国家到另一个国家那么远。她倒并不自惜一向的娇贵之躯，但是她太心疼她的三个女儿。小女儿正发着高烧，她必须走。她明白，如果自己连走这三十里路的勇气都不具备的话，那么今后她将很可能丧失了生活下去的勇气……

"妈，我饿……"大女儿的声音怯怯地从她身后传来。"……"做母亲的头也不回地往前走。幸亏，在被逐出家门的时候，她和她的两个女儿，各系着一条纱巾……

"妈，如果给我一点儿吃的，一点点儿，我还能跟你走老远老远……"大女儿怯怯的声音里充满乞求。

做母亲的站住了，不禁回头看了看长女。长女虽已不再发出哭泣之声，但却仍在默默流泪不止。这个小姐姐，一路多次将吃的东西让给两个幼小的妹妹……母亲忽然觉得，这仅仅十一岁的长女，似乎已在几天内长大了。母亲内心里倏感无比的怆然愀然。

她的一只手探进了小坤包，摸到了几颗巧克力。可是掏出来的时候，却是一颗。因为她同时又想到了另外两个女儿。

长女羞惭地接过了那一颗巧克力。在这一种时候，在这一种地方，十一岁的长女那一种仿佛已深谙命运含意的、大人般的羞惭模样，令做母亲的心为之顿碎。做母亲的眼眶湿了。

"孩子，你脚上是不是打泡了？"

"嗯……"

"那你为什么不说呵？"

"我怕说了，你也没办法，还心疼我，还难过……"

母亲的眼泪一涌而出。

她自己的双脚，也已经打了泡。而在这条布满了尖锐石砾的沿河滩路上，脱去鞋是寸步难行的。"妈，你别心疼我。别难过。就有一点点磨，我能忍。真的……""好女儿，咬着牙忍吧。你看，咱们已经快走到河边。过了河，前面就是土路了。就可以光着脚走……"然而她们终于走到河边的时候，却发现河上没桥。天已完全黑了。母女二人手紧拉着手，试探地往河里走了几步，又不得不退回岸上。她不知那条河究竟有多深，她不敢牵连三个女儿和自己一同冒生死之险。她茫然地，彻底失去了主张地怔坐在河边，呆望着彼岸黑黢黢的土岭。聂坟村，聂坟村，你究竟藏匿在哪一座毗连的高岭的哪一层褶皱里呢？

她突然放声大哭起来……

三个女儿一齐伴着母亲哭了起来……

乌鸦们被惊怒了。发出一片哇哇的暴躁……

三十八年后，我在张邵博士外孙女让妮（他长女之女儿）的陪同下，从洛阳出发到洛宁，去博士生活了近三十年的村子凭吊他。斯时博士已长眠泉下。我们乘坐的是新型吉普车，车底很高，却还是在半路上撞了底盘，撞裂了油管，滴油不止。让妮也不停地说着："快到了，就快到了！"像她的外婆当年对她的母亲所说的那样。司机也不停地嘟哝着问："怎么总说到，总也不到啊？"像她的母亲当年问她的外婆那样。依然是那一条路。依然是岭内庄户人出岭的唯一的路。由它现在的状况我完全想象得出它三十八年前的状况。同时也恍然明白了，一位三冤博士为什么竟如同被活埋了似的，而完全变成了另一种人，变成了一个始终也没能精通农活的老农。依然是那一条河。不过因为旱季它已干涸。干涸了的那一条河依然挡住了我们的去路。河上依然没有桥。让妮在河滩奔来奔去，却始终找不到我们的吉普车能够开上彼岸的地方。我奇怪地问："让妮，你不是和你外公外婆住在一起的么？路你应该认得的呀！"她说："我也没出过岭几次啊！"她是博士的三个女儿及所有外孙外孙女中唯一获得了城市户口的人。这一幸运，是洛阳生化制药厂为她争取到的，而这一幸运，曾在她的同辈人和长辈人中，造成了种种不快的摩擦和哀哀怨怨。当博士被聘为药厂高级技术顾问后，他的多少下一代，也希望他能将自己带出大岭之后的农村哦！而博士当时说："我们夫妻已经七十多岁了。谁也照顾不了谁了。为了我能在有生之年研制出倾注了我多年夙愿的'养命宝'，我需要一个人照顾。让妮陪伴我们生活了多年，她不容易。一个被划为'地主分子'的外公，对直接受自己牵连的下一代是心怀内疚的。再说我也不愿给药厂添更大的麻烦了。所以我只能带走让妮一人。至于你们大家，今后就只有靠你们自己各自的命运了！……"

我们不得不弃车前行。遁路登岭，去了让妮家生活的那个村子。也去了博士生活过的那个村子。让妮的父亲已经去世。让妮的二姨已经去世。让妮的三姨父据说从小智力受损，家中生活依然很苦。一位三冤博士和他的受过高等艺术教育的妻子，在中国的这一片闭塞偏僻的土地上，遗留下了两个残缺不全的家庭和一个虽然完整但是也和残缺不全差不多的家庭。都属于我们这个国家期待着脱贫的农村家庭。还遗留下了许多第三代人。博士的第三代人中能有幸读到中学的也寥寥无几。他们将几乎命中注定地加入中国文盲或半文盲的队伍。他的后人们将世世代代地繁衍下去。但是，他们中还能奇迹般地再出一位三冤博士吗？不，哪怕再出一名大学生……

据说，博士生前曾惆怅地对他的三女儿说："你连小学文化程度都不到，不但误了自己，也误了对子女们的教育。以后可怎么办啊？"

孰料一句话触到了三女儿心灵的疼处。她哭了，哭得非常非常伤心。

她说："这是我自己愿意的么？当年你一人犯了过错，可我们有什么罪？要不是因为受你的牵连，我们怎么会一辈子扎根在这里？我和两个姐姐又怎么会才十六岁就不得不嫁了人？我二姐活着的时候又怎么会得了忧郁症？"

一番话说得老博士良久发愣。三女儿走后，他像个孩子似的，面壁长哭……

出了两个村子，让妮又带我去了洛宁县城，终于在让妮的一位伯父家，见着了让妮的母亲。她是我的主要采访对象，也几乎是当年之事唯一的见证人。因为她的大妹已不在，而小妹当年尚不懂事。在三十八年前那一个夜晚，在同样拦住了我们去路的那一条河边，母女四人哭了很久很久。博士的长女已经四十九岁了，大过了她母亲当年的年龄。她回忆时表情很凝重。坐在我们对面的是让妮的伯父和让妮的一个堂弟两个堂妹。让妮自己也在一旁听。年轻的一代对这些往事似乎心存着许多的困惑和不解，然而他们并不插问。毕竟那些，不过是往事。他们的表情告诉我，他们确信如此这般的往事，将肯定不再可能发生，当然也不再可能降临到他们头上……

我问我的被采访者："当时，也就是你们被拦在河边的那一个夜晚，你们的母亲……是否产生过轻生的念头？"

她说："我不知道。母亲当时心里的想法，我怎么会知道呢？"

沉默了一会儿，又说："我想不会的。我的母亲虽然是在富贵环境中生活惯了的女人，可性格很坚强，要不她也活不到我父亲落实政策的一天。"

告别时，让妮的母亲说，她要不惜一切代价，在洛宁县城内开一个小杂货铺，扑奔出一条较好的生路，以图有能力在经济方面周济两个妹妹的家庭。

她说："幸亏我在上海读完了小学。我现在就算是我父母的后代人中的大知识分子了。今天，没有起码的文化，想干什么都难啊……"

三

当"反右"斗争开始，张劭已在铁道兵某部工程队接受改造两年多了。因为有一技之长，又是一位一身三冕的医学博士，便被分配在医务处。

他仍是权威。这是连他自己也没办法的事。官兵们的疑难病症，由他做出诊断结论，似乎才是正确的结论。尽管他的身份是一名劳改犯。他的同行和病患者，一律对他直呼其名——张劭。

最初的日子里他很不习惯。一听到有人直呼其名，就以为自己说了什么错话，做了什么错事，或违反了什么劳改条例，心中立刻忐忑不安，垂手肃立，等待训斥。像张劭这种从青年时代起，就立志献身于医学事业的人，只要仍允许他为人看病和治病，他便会觉得仿佛什么都没发生，什么都没改变，他还是他。

工程队发生了痢疾大传染，而且医药短缺，他带头上山采草药，熬汤药，治愈和减轻了许多官兵的病情，控制住了传染病流行，确保了工程的按期完成。有天他为了采到某一种草药，翻越了几座大山，离开劳改地很远很远，至夜未归。人们以为他潜逃了，于是搜捕。在一条山沟发现了他，背着满满一篓子草药，摔伤了腿，卧在地上动弹不得。监管队长对他大吼："你他妈的怎么不请示就离队？！"他说忘了，他常常忘了自己是一名劳改犯。在特殊情况之下，又忘了，似乎更情有可原。搜捕他的人们不禁都笑了……

当然，他不是一个遗忘症者，也不是一个毫无亲情需要的怪人。他时常想家。无数个夜晚，他也曾偷偷地默默地哭泣过。他的枕头不知被泪水湿过多少次……

他因自己的过错悔恨不已。他的过错说来情节明明白白——介绍香港某药厂采买人员在大陆收购"麻醉剂原料"——就是大烟。当时国家也在从民间进行收购，用于医药方面。香港某药厂经理是他同行中的友人，给他多次写信请求他务必帮忙，因在大陆收购价格便宜许多。那一家香港药厂和他任总经理的上海生物化学制药总厂有着良好的业务关系。他书生气地认为这忙帮了似乎也没什么。自己不是帮助大烟馆之类罪孽门道收购，而是帮一家颇有声誉的药厂收购。何况在他看来，大烟乃是"麻醉剂原料"，只要是用于医疗，在香港和大陆，不都是起作用于救死扶伤吗？在国外生活了十四五年的博士，那时刚刚回国不过短短几年，还未结识几位医学同行以外的人，还未对医院大门以外的世界形成起码的概念。对于解放初期的种种的政府法令和法律，基本上还是一个"法盲"。没有受贿行为，仅仅是出于难却的友情，介绍了一种买卖关系而已。但是因此触犯了法律。因此成了劳改犯……如果申述，如果请求赦免，至少可以判得轻些。但是他不申诉，不请求赦免。他的性格和他的自尊，决定了像他这一类人，只能采取那一种态度。

后来铁道兵部队的一位首长前来慰问官兵和视察工程，表扬了他。进一步了解清楚他的案情后，还说要向有关方面反映反映，争取给他减刑。但是"反右"斗争恰好开始了，监管他的人们认为，像他这一类人，像他这一类性格的人，即使减刑了，提前释放出去了，也保不定会说些什么"右派言论"，十之八九有可能会接着被打成"右派"。在接受改造的日子里，他不是还说了不少对苏联的医学理论和教科书公然提出质疑的、大不敬的话吗？仅仅因为这一条，也会被定为"反苏"性质，将他打成一个穿劳改服的"右派分子"。出于对他的爱护，监管人决定他还是老老实实地继续接受改造，直至服刑期满的好。他也认为这样好，反正还有三年多就刑满了。他甚至暗暗庆幸，如果不是身在劳改队里，"右派"的帽子他只怕是在劫难逃注定了总要戴上的。那样的结果未必会比自己现在的命运强多少……

终于他盼到了刑满释放那一天，可是关于给他定一个什么结论的问题，却成了使他自己和监改人员双方尴尬，双方犯难的事。因为当时"地富反坏右"的阶级划分法已经提出。在那五个字里，他自己最不能忍受的，是"坏"字。他据理力争，强调自己一没偷过二没抢过，更没奸淫过，身上连一星半点儿流氓习气不曾沾染。监改负责人也认为他的庄严声明是有充分理由的。但若将他定为"反"或"右"，对方又不忍。人家清楚那究竟将对他意味着什么。人家不愿坑害他。而且那样做从根本上也完全不符合事实——他是出于爱国才回国，无党无派，对政治一向敬而远之，何"反"之有呢？"反右"的全过程他在接受劳动改造，劳改表现还是相当不错的。再说人家当初决定不争取给他减刑，不就是出于好心，暗保他平安无事，不至于被打成"右派"么？那么只剩下了"地"和"富"两个字，究竟定哪一个。反正总得给他定上一个字。人家倒有心给他定为"富"，却又怕定得轻了，使自己落个在"阶级政策"方面"右"的罪名。他确确实实使人家感到了左右为难。他看出这一点。他怀着几分虔诚的感激，主动对人家说："我知道，按惯例，凡是判过刑的人，几乎都是要定为坏分子的，您不把我定为坏分子，已经算是对我很照顾了。我张劭走到哪儿，这辈子也忘不了您的大恩大德。我也知道，地富反坏右，排起来'富'虽在第二，'坏'虽在第四，但'富'比'坏'要轻得多，'坏'比'富'要重得多。这方面的知识，我如今脑中也多少装进一些了。本该定我'坏'，而您从轻定我为'富'，您就该犯错误了。都是有妻儿老小的人，我怎么也不能让您因我犯错误啊。监改您也别为难了，您就把我定成'地主分子'吧！这么定，和'坏分子'也差不多是对等的……"

难得他如此这般的通情达理。于是他成了"地主分子张劭"。

几天后，张劭回到了他的故乡。自从一九三三年到西方去求学，整整二十七年来他第一次回到故乡。二十七年前故乡送走的是一名踌躇满志的学子。二十七年后故乡重新容纳的是一名年近五十岁的"地主分子"。尽管故乡人和族人们曾因他成了博士而自豪过，可是如今却没有因他又成了"地主分子"而诧异。虽然他们都十分清楚这个张劭根本就不是什么"地主分子"，但又都确信不疑地认为他现在已经是一名"地主分子"了。政府说他是了，他怎么可以实际上不是呢？只有他的老父亲百思不得其解，连连愣怔地自言自语："主啊，主啊，你怎么会是地主分子呢？那么我是什么呢？"

妻子和女儿们自是欢欣异常的，妻子并不在乎这些，他仍是她的好丈夫呵！只要他回到她身边来，回到她的生活中来了，她就够感天谢天，心满意足的了。而女儿们则更不在乎他已然是什么人了。她们需要的是父亲。一名是"地主分子"的父亲，或者反过来说是一名"地主分子"的女儿们，这一点的严峻性，当她们渐渐长大了，不得不嫁人了的时候，才被咄咄逼人地昭示给她们看，才被咄咄逼人地昭示给她们的父母看……

夫妻团圆、父女们团圆的最初的欢欣，很快就被最现实的眼前的生存问题扫荡得一干二净。故乡是一个穷村。很穷的故乡不得不（既然是政府的决定）容纳他一家五口，但是却没有供他们居住的地方。他当年曾往家中寄过美元，但是他成了罪犯后，家人不敢保留，都烧了。即使不烧，也不能用以购物——当年中国拒绝美元。

四

他放牛，看场院。要将一个已经近五十岁的、完全知识分子化了的男人，重新变成一个对什么农活都拿得起放得下很内行的农民，也并非一件简单的事。而只有那样的农民，从早干到黑，才有可能挣到"满十分"。而一个挣"满十分"的农民，一天也不过才算挣了一两毛钱，刚够买一斤半口粮的钱。那样的令人羡慕的农民，全村并没有几人。他一心想成为，又谈何容易！他这个农家子弟，二十几年不事稼穑的双手，重新干起农活来，既拙且笨，远不如他摆弄医疗器械那么灵活。所以他也只有放牛，只有看场院的份儿。这在农村是较轻松的活儿，是半大孩子和老人们干的。按劳取酬，他每天只能挣到五六分。靠他挣的五六分，是养活不了包括自己在内一家五口的。而他的妻子，在学会变成一个农妇方面，一点儿也不比他聪明。她那双弹惯了钢琴的手，使用任何农具时都好像是在用一双假手。他们成为全村最不能自食其力的一户。后来博士夫人终究算是学会了纺棉花。

这一家五口，在饥一顿饱一顿的情况之下，麻木地打发着穷困潦倒的日子。他们和全村人，和全国人一样，经历了三年自然灾害……

在三年自然灾害的第一个年头或是第二个年头，做父母的嫁出了长女。严格地讲，她出嫁的时候还没到法定的结婚年龄。这既确保了她自己不至于饿死，也为家庭节省了一份口粮。一个"地主"的女儿在三年困难时期有人愿娶，那已经意味着是一种慈善行为了。做父母的，对比女儿年长十余岁的未来的女婿，实际上完全不可能有什么"审议"的资格和权利。女儿自己也是……

他迅速地苍老了。看去很像一个农民了。村里的孩子们，已开始背地里叫他"老地主"了。

有时候，连他自己主观上，也丧失了对自己的清醒明白的认识。仿佛自己确实是"地主"。仿佛自己剥削过每一户村人。他变得越来越沉默寡言，变得如同哑巴。

我在采访时问让妮的母亲："你父亲那时和你谈过什么心里话没有？"

她说谈过，但只谈过一次，而且就是几句话而已。

我又问谈的是什么内容？

她说："后悔呗。后悔将在国外积攒的一大笔钱，带回国投资办医院了。后悔没直接从国外带着那一大笔钱回家乡，在村里办个小纺织厂什么的。我们这儿出棉花。他说自己当年如果那样，村里的一些人家，就不至于过得这么穷苦了。回想起自己曾过的那些好日子，他感到害羞。他说人在连饭都吃不上，衣都穿不上的情况之下，命如草芥，还哪儿来的钱买药看病啊！……"

她说这是她父亲跟她说得最多的一次……

三年自然灾害熬过之年，她的大妹也不得不出嫁了。三年自然灾害在中国有些地方不止三年。聂坟村便是这样的一个地方。

紧接着"文革"又开始了。她的小妹在"文革"中出嫁。她只有两种选择——或者永不嫁人，或者无条件嫁人。两种选择都注定了她没法不成为"成分"的祭品。父母替她选择了后者，她服从了父母。因为以她结婚时的年龄，还不可能对两种不同的选择做出独立的思考。而现实也不允许她选择前者。一个不嫁人的女子在农村将注定被视为一个怪物。

嫁了三个女儿，对博士夫妇来说，如同做了三次大手术。嫁是嫁得再简单也不过，来个人领走或来辆牛车拉走就是了。可嫁之前的内疚和之后的孤独，像老鼠不停地噬咬着他们的心一样……

他们的身体都已变得病弱不堪。长女不得不送来长孙女让妮陪伴他们，照料他们。而让妮当时也不过七八岁。但是春季里毕竟可以替他们四处去挖野菜。冬季里毕竟可以替他们到山上拾把茅草做饭、取暖。

作为"地主分子"，唯一的"好"处便是被剥夺了某些权利。诸如聆听传达"最新指示"的权利等等。但是他很在乎这样的权利，渴望某一天也被恩准这样的权利。实际上，他是渴望听人说话，和人说话，渴望了解知道中国每天都在发生些什么事情，即将发生些什么事情。无论那对他个人的命运，值得乐观或恰恰相反……

他实际上仿佛生活在一个广阔的无人区。他对别人是完全多余的。活着也罢，死了也罢，都没有什么意义。他死了，第二天便会有另一个人，接过牛鞭，而且可能比他放牧得更好。

每晚，老夫妻在昏暗的灯光下相对无言，除了"吃饭吧""熄灯吧""睡觉吧"之类最简单的话，没有什么另外的话题值得一说。

有一天队干部动员大家捐款买化肥。如果不及时解决化肥问题，歉收将成定局，而那也就意味着全村都将面临挨饿。

动员的结果——全村所凑的钱，还不够买一袋化肥的。农民哪有不知道化肥对庄稼的作用的？但是他们没钱可凑。

他鼓起最大的勇气，当晚去找村干部们。

他说——让我们全村来做化肥吧。这方面我懂，做起来也不是难事。最重要的是，就地取材，不必花一分钱。他保证，如果听从他的指导，做出的化肥，将是一等的。不但能满足本村需要，还可雪中送炭于邻村……

他说得很令人振奋，起码很令自己振奋。他还极其认真地向队干部们讲解化肥元素的构成。他一厢情愿地认为他终于有了一个机会，可以将他的知识贡献出一点点了。尽管那不过是他头脑之中所拥有的全部知识的百分之一二而已。尽管那不过是他头脑中所拥有的最低层次的知识而已。作为知识分子，拥有知识而无权贡献，对他是常人无法理解的一种痛苦。他渴望能获得一次机会，借以减轻内心的痛苦。为了实现这一点，他准备奉献自己所有一切，做任何力所能及的工作……

然而，待他终于无话可说时，队干部们却面面相觑。并且，各自叹息。那种叹息既是为他而发出的，也是为他们自己而发出的。他们说，他们是绝对相信他一定能够指导大家做出化肥的。不用他那么急切地自我推荐，他们也是相信的。但是，他们不能同意他的想法。尽管他们都承认，他的想法是很好的想法。但是他们绝对不能给予他一次为集体贡献知识的机会。甚至，也绝对不能向上级请示。即使请示了也将白请示。除了受到上级的批评，不会有另外一种结果。而若不请示便擅自同意，那他们犯的错误将更大更严重。

让一名"地主分子"指导贫下中农做化肥，这是什么性质的问题，不是明摆着的吗？

凑不起钱来买化肥，不买就是了。庄稼将减产，减产就是了，挨饿，勒紧裤腰带忍着就是了，但是——政治错误却犯不得。阶级路线错误却犯不得。这一点是大的至高无上的原则。他们对他说完，又各自叹息。

他还想再说什么，张了张嘴，什么也没说出来。

他以他的表情告诉他们——他理解了，完全理解了。不是理解了遭拒的原因本身，而是理解了队干部的难处。如当年在究竟将他定为"坏分子"还是"地主分子"的问题上，理解了他的监改队长的难处一样……

正是从那一天开始，一种十分强烈的愿望成了他作为人精神方面的支撑点——要活下去。要活得寿命长些再长些。要活到那一天，亲眼看到一切不公正、一切谬误和荒唐得到纠正。不活到那一天他将死不瞑目。

这——便是张劭博士后来研制"养命宝"的最初动机。正是从那一天开始，他一有余闲，便入迷地采集中草药。

然而，在那样的政治条件和物质条件之下，他要实现自己的执着愿望近乎纸上谈兵！

五

他没料到周围的群众会暗中给予他那么多鼓励、协助和支持、信赖。庄稼人也需要医生和药，正如农作物需要化肥。政治虽然不能容忍一名"地主分子"（而且是一名"老地主"）带头制造的化肥施在社会主义的农田里，农民们却挺信服一名曾是医学博士的人按照他丰富的宝贵的医学学识和经验给他们开的药方和免费赠送给他们的中草药。它们在他的搭配下对他们的各种疾病产生奇异的疗效。在求医治病方面，唯有医学的权威性，是永远也不可能被真正踏倒的……

"赤脚医生"心甘情愿与他配合……

村里的干部们对此睁一只眼闭一只眼，保持着可贵的缄默。有的还对他说："如果谁给你们送点儿什么表示感谢，你们就收下。队里没法儿出面解决你们的任何实际困难，原因不说你也明白。但是民不举的事儿，我们也保证不究！"

"老地主"——老博士，深深被感动了。

他最初那一种纯粹个人的求康求活的愿望，于是升华为一种替更多人无偿服务的虔诚。在他的故乡，他的才智被埋没了十几年之后，终于开始被人们认识到了价值。在他的故乡，他完全失落了自我之后，终于又寻找到了另一种自我。

他曾对他的夫人说："李时珍毕其一生心血，为中国人留下了一部

《本草纲目》。我张劭少怀从医之志，通晓中西，求学于欧美，三获博士之冕，却运命乖张，怀抱百愿而仅奉世于一二，实在是心有不甘志有不达啊。此生已无他愿，倘能留一良药于世，便死而无憾了！"

越接近晚年，博士越需要一种信仰。现实拒斥于他，便将他推向了宗教的涅槃。

他还曾对他的夫人说："普度众生的佛家宗旨，和救死扶伤的人道主义，其实渊于同一种精神啊！那么就让我彻底忘了自己曾是一位饮誉西洋的医学科学家，虔虔诚诚地做一名非法的乡村赤脚医生吧。劳苦大众就是佛就是基督啊，就让我把全部的爱心在狭小的范围内竭力奉献吧……"

"四人帮"粉碎后，"右派"平反，"走资派"平反，许多人的冤假错案平反，他却似乎无"反"可平，无"名"可正。

直至一九八二年，他以每月微薄的工资，以"临时工"的名义，被借调到洛宁县一家濒临倒闭的小小化肥厂，并在那里的一间颓陋的"化验室"内，研制出了三十烷醇，才终于引起河南省内外新闻界和有关科技单位的讶然和关注……

那时，他全部的几件衣物，是补丁摞补丁的、当年从劳改队穿回的劳改服。比较起来，从一九五四年遭捕，至一九八二年重新"曝光"，二十八年间，他能吃得饱穿得暖的一段日子，倒是在劳改队接受劳改的几年。

他又恢复了知识分子可以读书可以看报的本能和权利，而每则中国中年知识分子早夭的报道，常令他感同失亲，欷歔而泣。

他每每对人言："中国的一代知识分子真可怜。四十至五十，本当壮年。可于他们，何壮之有？好比通体龟裂的瓷器，其实是早已预碎了啊！人各有责，人唯一命，强其命方能使尽其责。知识分子首先能各尽其才各尽其责了，科技才能搞上去，'四化'才大有希望。我要加紧研制良药，为抢救中国的知识分子尽我之责吧！"

他是他研制的"养命宝"的第一批服用者之一。半年后，他那满头白发中竟有黑发环颅如染。人们替他感到高兴地说："老博士，看来您返老还童了，必定长寿啊！"他亦十分自喜地说："那，我就能争取到时间，进一步研制出'抗癌一号'啦！"他的二女儿却不幸病故了。接着他的夫人也弃他而去。这双重的严酷的情感打击，一下子将他从精神上摧垮了……

　　诚如他所言，他自己的身心，又何尝不像一件瓷器，早已在命运的挤压之下，通体龟裂，预碎难锔了呢？学贯中西，饮誉欧美的这位三冕医学博士，不久也与世长辞。医学科学家，一生仅留下了一种药——"养命宝"……总算是圆了他的医学梦。圆了他唯一的人生夙愿。正是——"遍地关山行不得，为谁辛苦为谁啼？"人生寄一世，奄忽若飚尘。惜哉张劭！嗟乎张劭！……

蝶儿飞走

田维同学给我留下的印象是很深的，而且也是很好的。

她曾是我所开的选修课的学生。每次上课她都提前几分钟来到教室，从没迟到过，也从没在教室里吃过东西，或在我讲课时伏于桌上，更没在我讲课时睡着过……

分明地，她和同宿舍的一名女生很要好。往常是她们双双走入教室，每并坐第一排或第二排。她不是那类人在课堂，心不在焉的学生。

有次课间，我问她俩："你们形影不离似的，是不是互相之间很友爱啊？"

她俩对视一眼，都微微一笑。

和田维同宿舍的那一名女生说："是啊！"

田维却什么也没说，目光沉静地看着那一位女同学，表情欣慰。

大约就是在那一堂课后，我在自己的教师信箱里发现了田维写给我的一封信。她的字，写得别提多么认真了。笔画工整，接近是仿宋体。两页半笔记本纸的一封信，竟无一处勾改过。她对标点符号之运用，像对写字一样认真。即使在我们中文系的学生中，对汉字书写及标点符号如许认真者，也是不多的。仅就此点而言，她也是一名应该选择汉语言文学专业的学生。

那封信使我了解到，她不幸患上了一种接近是血癌的疾病。自此，我再见到她，心情每一沉郁。然而我眼中的她，一如以往是一名文文静静的小女生。我觉得她的内心，似乎是波澜不惊的。在那一班女生中，她也确乎是看起来小的。不仅指她的身个儿，还指她给我的特殊印象——在我看来，她仿佛仍怀着一颗洁净的初中女生的心。俗世染人，现而今，有那样一颗洁净心的初中女生，大约也是不多的吧？

后来，我曾单独与她同宿舍的那一名女生谈过一次话，嘱咐她："既然你们是好朋友，更要关爱我们的田维，若有什么情况，及时向老师通告。"

她责无旁贷地回答："我会的。"

于是，我对那一名女生印象也很深了。

某一节课上，我要求几名同学到黑板前，面向大家，发表对一部电影的看法。也请田维到黑板前，对几名同学的评说给出分数，并陈述她自己的给分原则。那几名同学有些像参赛选手，而田维如同评委主席。没想到田维给出的分数竟极为服众。她的陈述言简意赅，同样令大家满意。我想，一个事实肯定是，那一堂课上，她的中文能力表现良好，又加深了我对她的印象……

其后她缺了好多堂课，我暗问她的室友，得到的回答是："田维又住院了。"一个"又"字，使我沉默无语。田维又出现在课堂上时，我什么都没有问她，若无其事似的。但讲课时，总会情不自禁地看着她。在我眼里，她不仅是大学女生，还是女孩儿。我没法不格外关注我班上的这一个女孩儿。学期考试时，田维早早地就到教室里了。那一天她很反常，坐到了最后一排去。考题是散文或评论，任选一篇；没有任何一名同学预先知道考题。我不明白田维为什么要坐到最后一排去。我猜测也许是她的一种下意识使然——比如毫无准备的现场写作格外感到压力，比如那一天觉得自己身体状况不好。所以作为监考老师，我又不由得经常将目光望向她，在内心里对她说："田维，只要你写够了两千字，哪怕愧对'写作'二字，老师也会给你及格的……"

218

她却始终在埋头写着。止笔沉思之际，也并不抬起头来。在五十余份考卷中，出乎我意料的是——田维的卷面状态最佳，字迹更工整了，行段清晰，一目了然，标点符号也标得分明、规范、正确。那是五十余份考卷中唯一一份考生自己一处也未勾改过的考卷，一如她曾写给我的信。那也是五十余份考卷中唯一一份我一处都未改错的考卷。肯定的，那种情况对于任何一位判中文考卷的老师都是不多见的。

　　散文题有两则——《雪》或《雨》，可写景，可叙事。田维选择了《雪》，叙事写法。写到了自己的童年，写到了奶奶对她的爱。我至今仍记得她写到的某些细节——冬天放学回家，奶奶一见到她，立刻解开衣襟，将她那双冻得通红的小手紧夹在奶奶温暖的腋下……感冒从小对她就是一件严重的事情，奶奶在冬季来临之前，为她做了一身厚厚的棉衣裤，使她穿上了像小熊猫，自己觉得好笑，奶奶却极有成就感……

　　在大学中文学子们的写作中，内容自恋的现象多，时髦写作的现象多，无病呻吟的现象多，真情写作却是不怎么多的。

　　田维落在考卷上的那些文字，情真意切。

　　我给了她九十九分，抑或一百分。我记不清了，总之是全班最高分。我不认为我给她的分数是有失标准的。我只承认，我给予田维的分数，具有主张的性质。排开我自己的想法不谈，即使由别位老师来判，在那五十余份考卷中，田维的分数也必然将是最高的；只不过别位老师，也许不会像我一样重视她的考卷所体现出的示范意义……

　　她竟悄悄地走了，我心愀然。她竟在假期里悄悄地走了，老师们和同学们都没能一起送她走，这使我们更加难过。

　　田维是一名热爱中文的女学子，也是一名极适合学中文的女学子。我们教的中文，是主张从良好情怀的心里发芽的中文。这样的一颗心，田维无疑是有的。

　　现在我终于明白了，她目光里那一种超乎她年龄的沉静，对于我们都意味着些什么了。经常与死神波澜不惊地对视的人，是了不起的人。田维作为中文女学子，之所以对汉字心怀庄重，我以为也许是基于这样的想法——要写，就认认真真地写。而且，当成一次宝贵的机会来对待。这令我不但怃然，亦以肃然，遂起敬。

蝶儿飞走……

让我们用哀思低唱一曲《咏蝶》……

伊 人 如 凤 俊 友 如 斯

　　笔下写的是凤子。凤子原名封季壬，委实不多之姓，很"男士"，也很古气的名。她在中学时代就开始参加话剧演出，一九三二年考入上海复旦大学中文系，一九三四年成为"复旦剧社"的主要成员。

　　她是中国话剧史上的第一个"四凤"扮演者，并在曹禺亲自导演的《雷雨》中扮演过"金子"。她还在一九三九年的电影《白云故乡》中扮演过角色，还曾是抗战胜利后的《新民报》的记者和文学期刊《人世间》的主编。中华人民共和国成立后她不再活跃于舞台和银幕上，先后成为《北京文艺》《说说唱唱》《剧本》三种期刊孜孜不倦的编辑……

　　凤子现在已经离开了人世间。

　　前不久，舒乙先生和她的外甥女姚珠珠女士为凤子编辑出版了厚厚的书《凤子——在舞台上 在人世间》，我有幸获得舒乙先生和姚珠珠女士共同签名的一本。

　　对于中国二十世纪八十年代甚或七十年代出生的人，哪怕是文艺这个"界"里的人，凤子该是一个多么陌生的名字啊！连我知道凤子这个名字，也只不过是从复旦大学分配到北京电影制片厂以后的事情，而那恰是中国的二十世纪八十年代。记得某日北京电影制片厂组织观看刚拍成的电影《原野》，来了许多戏剧界、文学界和电影界的前辈，都是鼎鼎大名的人物，老厂长汪洋亲自迎接。我作为编导室一名年轻的编辑，奉命参与接待。忽而一阵骚动，本已落座之人，几乎全体起身，年长者们皆将温暖的目光望向同一个方向，而还算不上是老者但也绝对不年轻的些个名人，已将一位七十余岁气质文雅、微笑盈盈的女性团团围住，问好之声不绝于耳……于是我第一次听到"凤子"这个名字。过后不免心生困惑——她究竟哪一方面成就斐然，该受到大家那么真诚的友爱对待呢？

我向北影编导室的同事们打听，除了她是中国话剧史上主演"四凤"的第一人，其他情况，同事们也都说不大上来。

我更困惑，遂翻中国戏剧史和电影史，关于"凤子"的记载，最不能忽视的，也不过就是"第一人"而已。我没有找到解惑的答案。此后二十几年，"凤子"这个化名当初在我心中引起的好奇，渐无痕迹。……如今面对那厚厚的书，我当年的困惑又浮生起来。为什么在一九四九年，在"第一届中国文学艺术界联合会"召开期间，周恩来为凤子往纪念册上题词留念时，竟然写下了"凤子妹"三个字？当年的周恩来几乎年长凤子二十岁呀！

为什么疾恶如仇、秉性高傲的吴祖光，在凤子逝后所写的怀念她的文章居然以《追思凤子贤姐》为题？好一个"贤"字，出于吴祖光笔下，其亲其敬，深矣！沉矣！

为什么复旦中文系当年备受学子们尊崇的赵景深教授，竟在凤子的纪念册上写下这样一行谦虚之至的话——"你是我的光荣的学生，我希望将来能做你的光荣的老师！"

读罢全书，终于解惑，并且自然而然地形成些感想——在文艺这个"界"里，凤子毕竟非是任何一方面的"大家"，她只不过是很普通的一员，即使研究文艺之史的人，从字里行间偶尔发现了她的名字，那些记载对于文艺之史而言，也只不过细则可有粗则可略罢了；对于凤子本人，也只不过是早期经历罢了。

但一个普通的文艺从业者，她若将自己的一生都无怨无悔地耗尽在文艺这个"界"里了，她会由而是一个优秀的人吗？回答是肯定的。凤子以她的一生告诉我们——不但可以是一个优秀的人，而且可以是一个连不普通的人和很不普通的人也都特别尊敬的，而且可以是一个在其死后，令一切和她的一生发生过或多或少的关系的人（亲人也罢，友人也罢，同事也罢，和自己一样普通的人也罢，不普通和很不普通的人也罢），经常怀念而每怀念之，便会心生温暖，倍觉亲爱。

　　在"十年动乱"中，连凤子也不能幸免于难。她被关押、隔离七年之久，后又被遣往干校"劳改"两年。那时的凤子，在一点上有些像江姐，那便是她的口唇，也成为文艺界许许多多人的安全线。威胁不消说是有的，利诱不消说也是有的。想早一点儿与家人团聚吗？那么赶紧写出揭发检举别人的"材料"吧！——当年，哪一个被打入另册的人，没经历过如此这般的人格考验呢？凤子本人虽然普通，但她和文艺界著名人士们的交往太广泛了，太密切了。

　　凤子这一个女子，九年中没有做对不起良心的事。如果她对自己的人格要求稍有动摇，那么许多人的命运势必雪上加霜，甚而坠入绝境。凤子有"士"之节。

　　后来人们对于凤子的尊敬，显然也包含着人们对于一位女性身上所体现出的"义"与"节"的敬意。在大节方面，在她那一代文艺人士心目中，凤子无疑是称得上"大写的人"的吧？

　　凤子何以普通而又优秀，在书中，舒乙先生的一篇文章《最伟大的龙套》，已说得很全面，此不赘言。坦率地讲，我对于"最伟大"三个字是有修辞学上的排斥心理的，但却认为，那一点儿也不影响他对凤子的评价的真挚。最主要的是，结合全书内容来沉思凤子其人（虽然我和她从未有过接触），我觉得舒乙先生的评价既不但是热情洋溢的，想必也是相当客观的。从三十年代起，凤子始终是文艺这个界中的好人；也是这个"界"中许多好人的俊友。

一个普通的人何以却能优秀呢？

也不赘言。因为收在书中的吴祖光先生的那一篇题为《追思贤姐凤子》的文章中，对普通与优秀的关系做出了极好的诠释。

他在文中说："美丽的凤子具有善良、谦虚、热诚、勤奋的一切美德，这一切好品格也来自她的高度文化水平。"

而我的感想那也是——凤子的"高度文化水平"，想必和学历是没太大关系的（复旦乃著名人文学府，大约和复旦的精神是不无关系的），但是和"文化天下"的"文化"二字或有传承关系吧？

我的感想还是——美德或曰"好品格"之对于普通的人，是与天才之对于艺术家同样值得世人心悦诚服的。在当下言当下，应说"更值得"。

我于是联想到了另外一件事——某日闲阅《读者》，读到一篇短文是《他在这里吗》，那是一篇叩问普通人的普通之人生意义的小散文。它的开篇是这样的：

> 我一直在找一个人。
>
> 每推开一扇门，我总会细心留意寻找，问问周围的人：他在这里吗？
>
> 他是个怎样的人呢？你来帮我一起找他……

因了这一篇小散文对于普通的人之普通的人生意义的真诚肯定，我将它的题目确定为我们北京语言大学中文系大三学子们的期中考试文题之一，希望看到我的学生们也能由那一文题而生发出对普通人之人生意义的积极思考。

依我的眼看来，我们这个时代已深患了一种疾病——我们的文化长久以来太热衷于对不普通的人很不普通的人的人生价值的羡慕式宣扬，似乎在暗示绝大多数普通的人们，倘若不能快速地变得不普通很不普通起来，人生就完蛋了。

　　但社会的不二法则永远是——普通之人注定了是绝大多数。凤子是既普通又优秀的。我们大多数普通人其实也能。人们怀念凤子，说到底，是怀念她的人格魅力。伊人如风。人格魅力是不需要集资、投资和苦心经营的。只要谁的人生愿意朝那样一个方向走，便一定会具有。这是凤子的人生告诉世人的……

最 难 传 处 是 诗 心

　　哪一个浪漫青年没犯过作诗这一种可爱的"错误"呢？倘此点是较为普遍的，那么我想说——谁在是孩子的时候，不曾有过"从事绘画"的经历呢？那是多么值得自豪的经历呀！那一种沉浸的状态回忆起来是多么的愉悦啊！想想吧，画着的孩子的模样，一个个全都多么的投入，多么的自信，多么的煞有介事哦。他们和她们，对自己的天才从不怀疑；俨然的，认为自己便是大师了。我之爱好绘画，也是早于爱好文学的。现在，童年的爱好变成了人生的旧梦，如秋季飘落于河面的黄叶，随岁月之流而悠悠至远，心有牵连空望定。捞取不回来了，捞取不回来了。爱好大抵会在人的灵魂里留下迹象。我庆幸于我后来一直对绘画保持着缠绵的割舍不断的欣赏情怀。

　　这是我与绘画的最后的关系。如失恋者始终无法彻底忘掉恋人的美好，每从明智的距离以外，脉脉含情地望她绰约多姿的身影。这眷恋的虔诚带来了我的另一种幸运——那就是结识了数位才华饱满的中青年画家。

　　谈艳淡于色，论野雅于矜，聆听他们评析画境，正如读书之于我开卷有益，那是很妙曼的享受，那是精神贴近着艺术并且获得感染的时光……

　　而张宏宾先生，是我最近结识的一位画家朋友。

其实我早在四五年前就从国外寄来的报刊上欣赏到他的画了，并记住了他的名字。那些报刊上所宣传的基本是他的现代重彩画幅。至于他的油画，是他到我家做客时，我从他个人的绘画资料夹中欣赏到的。

　　我特别喜欢他的现代重彩画。我觉得他的现代重彩画分为两类，一类体现着画家对现实生活中的温柔人性的温情，以母爱为主题。我又认为，确切地说，乃是以女性的母亲心灵为主题的。画幅上的她们所怀抱或所拍抚的男孩儿女孩儿，虽则可爱，但是我们的审美目光，却几乎立刻地，不由自主地，便被是母亲的女性们所吸引了过去，所占据了过去。诚然，她们是那么美。她们夸张了的体态是那么优雅。她们芳容如花。我却仍想强调，无论我们作为绘画欣赏者是男人还是女人，使我们心灵恬静驻足其前的，绝不仅仅是她们的容体美和姿态美，还另有原因。在绘画的世界里徜徉过的人都会承认，女性的容体美和姿态美是那个世界里比比可见的。正如花卉之美是花园到处烂漫的美。

　　那么，她们更加吸引我们审美目光的究竟是什么呢？

　　是气质。

　　是唯女性才具有的母性气质。

　　"母性"一词，在中文领域曾引起过质疑，甚至遭到过语法上的否定。有专家学者和教授指出是一个近乎生拼硬造的，含意晦涩的，没有独立应用价值的词。

　　我对这个词却宁愿取认可的态度。

　　我每思忖它和"母爱"或有的区别。

　　依我想来，"母爱"作为绘画的主题，通常是由人物关系来确定的。摇篮中，坐在母亲膝上，偎在母亲怀里的孩子，乃是母爱主题必不可少的人物，并意托着"母爱"主题。

　　但"母性"的主题却不是这样。

一位年轻的孕妇安详地伫立窗前，一手放在窗台上，一手放在自己隆起的腹上，侧着脸，目光望向花园——倘有画家将此刻的女人画下来了，那么我们之审美目光传导给我们审美意识的，便是女性的艺术内容了。至少包含着它了。

"母性"是女人的心灵现象。

它包含在蒙娜丽莎永恒的微笑中，荡漾在高更的《塔希提岛的妇女》上，甚至凝在委涅齐阿诺那端庄得严肃的《女像》的侧面脸庞上，以及卡拉瓦乔《弹曼陀铃的姑娘》的淡淡忧郁里……尽管以上画幅都没有孩子。

我们最容易联想到的表现"母爱"主题的画当然是《画家和她的女儿》——但我并不特别欣赏维瑞·勒不伦的那一幅画作。其上相互搂抱着的手臂确实"强调"了人物关系的密切，但女画家的脸上却并没有母性的心灵之烛的光耀，有的是某种我们司空见惯的女人自我欣赏的柔媚。这一点极遗憾地破坏了"母爱"主题……

我觉得母性美感最动我心的画是波提切利的《维纳斯的诞生》——美神以赤裸又纯洁之身秀美又婉约之貌刚一浮现在海岸边，看去便似乎已然是母亲了。既不但是关爱我们人类命运的，还分明是呵护我们人类心灵与精神的，永远年轻，永远也不会衰老的母亲。

我最终想说的其实是——宏宾先生表现"母爱"主题的重彩画幅，同时也以精致的线条和悦目的色彩无声地咏唱了母性的诗情画意。那不仅仅是由人物关系支持在画幅上的，也显然是要靠工笔画法的深厚功底来达到的。表现女人母性魅力的似水柔情，油画的用武之地要比重彩画丰富得多。肖像画风格也要比装饰画风格审美效果突出得多，而这又很容易使后一画品的实践者们自行放弃。

当我问宏宾先生他对此有何看法，他说——"母性主题博大于母爱主题。我企图扩张母爱主题，使之折射出母性的人文之美，我不敢自认为我已经达到了艺术目的，但我画时头脑中想到了。"

无论任何艺术门类，只要艺术家头脑中有的，艺术中就会多多少少有一些的。我相信别的欣赏者们也会和我一样，用心感觉到画家艺术追求的虔诚初衷。

　　他的另一类重彩画是我尤其喜欢的。它们没有了较为直观因而较为明确的主题。如无标题音乐。画幅之上体现着的是更为纯粹的美。画风具有童话意境，也具有古典叙事诗般的诗性。它们仿佛是某古典叙事长诗片段的插图，使人不禁会产生情节性的想象。而欣赏者们联翩的想象，又无疑会对画幅之境的美观予以多元的诠释。我们当然能注意到，在这些画幅中，画家对色彩做了暗调搭配和暗调处理。因而画幅上的女性们，似乎都在演绎着幽静又美好的夜色中的传奇故事。与画家的前一类画作相比较，她们没有了母性气质。仿佛画家在"创造"她们的时候，决定了她们首先非是女人，而是美人，而是美的人。正如没偷吃过禁果之前的夏娃一样。她们也极容易使欣赏者联想到《聊斋》里的花精狐魅。但不是了解人间爱情的那些，而是不懂爱情忧喜的那些。画幅上的她们皆有不食人间烟火的气质。那是一种超凡脱俗的气质。她们稳定了画作神秘、浪漫、沉静又唯美的品质，以及一种仙境般的大自然的馥芳气息。那气息似乎正从画幅上散布开来，并足以浸润到我们的心灵里，使我们不禁地神驰意往……

　　分明、唯美的风格，既不但是中国现代重彩画的特征，也是画家张宏宾在创作他这些画时的主观追求。他使我觉得，他是一位灵魂里有唯美倾向的画家。

　　而唯美倾向，据我想来，也许会是全世界绘画艺术以后相当长一个时期内的主流倾向吧。

　　我认为，世界文明的程度，已经为人类的艺术实践提供了在唯美空间里最充分地施展才华的种种条件。唯美的艺术之门一旦向艺术家们敞开，人类艺术的前途将更具永恒的魅力。

　　而这一点首先来由绘画艺术实践着，乃是绘画艺术责无旁贷的使命吧？

据我所知，现代重彩画，乃是近十年内，由几位旅居美国的中国画家所推动的新画派。

张宏宾是这一画派的极重要的代表画家之一。他使这一在最初仅仅以着力体现装饰美学原理的画种，具有了更为隽永的浪漫气息和诗性格调。

因而他提高了现代重彩画装饰性审美价值的艺术品质。但我们欣赏者以及实践现代重彩画的画家们仍应看到——作为一个新的画种，与其他画种相比较而言，其现代重彩画表现力的局限性是分明的。此画种目前的审美魅力，似乎还难以脱离。

听 "秋 雨 时 分" 有 感

　　"秋雨时分"，自然是余秋雨先生在凤凰电视台讲解中华文化的节目。

　　我与余秋雨先生只见过一面，屈指算来，竟是十几年前的事了。那似乎是在一次全国性的"作代会"或"文代会"期间，而我们共同挤在电梯里。在我记忆中，又似乎是王安忆为我们互相做了介绍；我们也就相互握了握手而已，都没说什么。

　　那时的余秋雨，因了几篇散文产生影响，声名鹊起。后来的他，迅速地名声大噪，书也出得很多，印数也很多，一时成为评论和报道的焦点。不论什么人，一出名，总是要付出些代价的；尤其文人，证明自己存在价值的方式无非便是著文和说话。文人相轻，言多必失，引来非议，招到臧否，委实所难免，也很正常。

　　我家里是有着他的几本书的，或是自己买的，或是出版社赠送的。并且，我还大抵是读过的。据我所知，他的书当年颇受大学学子们青睐，因为书中有知识的成分。以学为主的学子们，每认为谁知道得多，便是学问家了。

　　我如今也在大学里教书了，一再对我的学生们强调，对"知识"二字，务须拆开来理解。知道是一回事；知道而后有见解，且见解比较独到，比较正确，有益于提升别人的认识水平，乃另一回事。两回事加在一起，无论对于教者还是学者，才是"知识"的全部。

我读余秋雨先生的书的体会是——他的书中既有其知，也有其识，而我更看重的是其识。我并不认为他的散文篇篇皆佳，但在他的每一部书中，好散文总是有几篇的。而对于一部散文类的书来说，那也就不错了。

在从前，文、史、哲知识之整合是对文科学子素质的综合要求，更是对文化知识分子素质的综合要求。余秋雨先生是在上海戏剧学院主讲过戏剧史的，戏剧和文学是关系密切的，文学和哲学是互为影响渗透的。故依我想来，他在上海戏剧学院主讲戏剧史那几年，一定是一位文、史、哲书籍通览之人，也一定受益匪浅。他的某些散文，立足于当今，那思考，却是穿透了历史的。这是余秋雨笔下好散文的特征，也是一概论史中人事的好散文的特征。

如果说我对余秋雨散文也有文人之间的一点儿不以为然，那便是他的文字。不是批评他的文字不好，而是每替他遗憾，觉得文字更好一些，他笔下那好散文也就更好了。即使他的那些好散文，在我读来，也总还是觉得更像是大学课堂讲稿，相对于大学课堂讲稿，都称得上是好散文；而相对于好散文，稍欠文采也。

再后来，他不知怎么一来竟成了众矢之的——有指出他散文中知识性错误的"硬伤"的；有挑出他书中错别字的（说来羞愧，我也在这两方面被痛斥过，而且令我哑口无声）；有指责他不甘寂寞喜欢上电视的；有怀疑他积极配合对自己的炒作的；还有人揪住他"文革"中曾是上海市委大批判写作班子的旧事不放……

那一时期，在不少场合、不少情况下，我被当众问及对他的看法。仔细回忆起来，我对他的评价，一直不低于这样的一种始终如一的"口径"——我们中国当代一位很有独立思想的优秀的散文家。

人无完人啊！我们谁是完人呢？就连他"文革"中的那件事，在我这儿，也是完全可以原谅的。虽然我仅见过他一面，而且是在拥挤的电梯里；但依我读他的书所获得的间接的印象，觉得他本质上肯定是一个比较良好的人。也许他有恃才自傲的时候吧？但比他更傲的大小文人多了。何况，即使他真的曾傲过，也还总有傲一下的资本。

坦率地讲，在他成为众矢之的那一时期，我是有些相怜的。

想我们中国，文化思想力至今仍属稀缺成果。靠一个有文化思想的人，不能形成那么一种力；靠十个，其力依然微弱；靠百个，举目四顾，分明又没那么多。余秋雨先生毕竟是一个有文化思想的人，其文化思想有时候毕竟是足以引起共鸣，促使更多人思考的。像他这样的人，对于中国之当代，不是多了，而是还少。既少，相煎何急？

像他那么聪明的人，我相信，善意地批评他肯定是愿意心悦诚服地接受的。我一向认为，文艺的、文学的、文化的批评，是一个时代的文化气象的风标，也可以说是旌旗。自认为有秉持文化批评之责的人士，在当下，似更应以庄性和理性为风范。批评娱乐化，那也就只有你娱我娱，一块儿娱乐至死算了。我之相怜于当时的余秋雨，既怜他几乎被某些批评娱乐化了，其实也怜他所做出的某些反应的不太虚心和太过娇气。确乎，比之于我曾经历的，他当时未免表现得娇气了点儿……

大约两年前吧，余秋雨先生开始在凤凰卫视主持他的"秋雨时分"了。我偶尔看了几次，觉得每讲总是或多或少都有些思想含量。文化中自然是有故事的，某些讲文化的人，善于将文化中的故事从文化中剔出来，眉飞色舞，侃侃而谈。故事来自文化，于是沾有文化的气息；但讲文化和讲文化中的故事并不同，对于文化而言，其中的故事是需要用人类文明的思想去化的。

我觉得，秋雨先生是深谙此点的，所以我能看出，他不愿在宝贵的电视时段中仅仅充当二十一世纪的孙敬修老爷爷。他总是有意将文化进程中必会涉及的故事概括了，话锋一转，于是阐述他的文化观点。我认为，那些得以在现场聆听他讲解的大学学子，幸哉！今天，能够不持别人的讲义而在大学课堂上比较宏观地讲文化现象的人，也不是很多的。

　　"秋雨时分"的余秋雨先生，比之于数年前我在电视中见过的他，表情很是持重了。他的脸上，他的言语中，竟体现着几分"无猖狂以自彰，当阴沉以自深"的意味了。

　　他近来所讲元以降文化思想现象，我就从始至终像一名"小朋友"，坐在电视机前聚精会神地听完。对于比较之法，他运用自如。在谈到近代史中那多乎哉不多矣的文化成果和思想者们时，他既肯定了那些成果的意义和思想者的先驱作用，同时也措辞温和而深刻地指出了——比较于西方，我们在文化上已显而易见地落后了。尤其是，他没有讳言文化专制对中国文化苑林的严重危害。这也就等于指出了这样一种事实——正因为文化上落后了，社会思想也落后了，于是一切都落后了……

　　想想吧，《四库全书》完成以前，贝勒已在法国出版了《历史批判字典》；启蒙主义文化已在英、法两国乘复兴运动之势而兴起；英国已确立了君主立宪政体；伏尔泰已秘密出版了《哲学通讯》；孟德斯鸠已奉献出了《法意》一书；卢梭已发表《论人类不平等的起源和基础》。而在《四库全书》以后至《二十年目睹之怪现象》《官场现形记》在坊间出现，一百几十年间，中国文化思想方面几为空白……

　　文化悲观主义不好，文化臆想主义也不好。恐怕讲文化的人，倘不成心投谁所好，还是以老老实实地承认我们近一二百年的文化落后了为是。文化落后了，思想才沉睡了；否则我们为什么曾自己叫自己做"东亚睡狮"呢？我们这头睡狮当年可是被西方列强的坚甲利炮轰炸醒了的！不思考这些我们也许还会睡着的。

　　无疑，余秋雨先生的头脑，仍在思想着。那么，我很尊敬地说——余秋雨毕竟是一位文化思想者。

　　秋雨先生保重。我祝他在"秋雨时分"重塑一位学者唯思想为大的形象。并且，我开始认同他与电视联袂这一决定了。于他，那是适合的……